〝悪女〟の妹が〝前世〟なんて
呪いを抱えてた
『死』のシナリオから逃れるために
1
みはら
Kamihara
イラスト オロロ
Ororo
早川書房

My Wicked Sister Has Been Cursed by Her Past Life: Escape from the Scripted Death

by

Kamihara

Illustration
★
オロロ

Book Design
★
早川書房デザイン室

〝悪女〟の妹が、前世なんて呪いを抱えてた1

――『死』のシナリオから逃れるために

Contents

特典

登場人物紹介

〝悪女〟の妹が、前世なんて呪いを抱えてた 1

ヴィルヘルム・ルディーン

騎士団と専属契約を
結んでいる大型獣専門の医師。

リノ・ハーナット

ベルベットとグロリアの弟。
姉達が活発すぎるせいか
比較的常識人。

ベルベット・ハーナット

主人公。1人で弟妹4人を育てている。
十年前に養子に出した妹を遠くから見守っていた。
妹の帰宅が発端で貴族とかかわることになる。

グロリア・デイヴィス

ベルベットの妹。
十年前侯爵家へ養子に行き、
今度は婚約破棄を受けて
ハーナット家に帰ってきた。
転生者として前世の記憶がある。

ギディオン・オブラン
エドヴァルド専属の
近衛騎士隊隊長。
強面で子供から
よく怯えられる。
エルギス
宮廷魔道士。
人見知りする人物だが
ベルベットとは
打ち解けた。
スティーグ
サンラニア国第二王子。
グロリアの婚約者だが
公の場で婚約破棄宣言を行った。
エドヴァルド
サンラニア国第一王子。
弟と違い思慮深く
国民思いの王子として人気がある。

1　帰ってきた悪役令嬢

ベルベットにとって、妹のグロリアはかなり不思議な子だった。

ハーナット家から妹を養子に出す話が出たのは十年前、ベルベットが十三歳の時になる。この時、妹の年齢は七歳。

彼女は娼婦だった母と、何の因果《いんが》か侯爵との間に生まれた幸運な娘だ。子供とは思えないほど利発で、なにより誰から見ても愛らしい少女だったから、実父である侯爵がグロリアを欲しがったのは、子供であるベルベットでも理解できた。

しかし家族と離れるなど信じられなかった当時のベルベットはこの養子縁組に反対。もちろん彼女と仲の良かった妹も嫌だと言ってくれると信じていた。

ハーナット家は母子家庭だ。

多忙で家事が苦手で、さらに生活リズムの合わない母の代わりにベルベットが弟妹達の世話を焼き、家のことを子供ながらに切り盛りしていた。グロリアにとっては姉が父母代わりで、よく姉の後ろについて回っていたくらいだ。

グロリアは星を浮かべたようなキラキラした瞳で、よくベルベットの袖《そで》を引いた。

「ねえ、かごを持ってどこに行くの」

「鶏の卵を取ってくるだけだよ」

「じゃあ私も一緒に行く！」

「すぐそこだし、それよりリノを見ていてあげてよ。グロリアだってお姉ちゃんでしょ」

「リノはお母さんのそばでぐっすりだから、私はおねえちゃんを手伝うの。いっつもみんなのことばっかりで大変なんだから！」

どこに行くにもベルベットにべったりで、もしかしたら母よりも懐《なつ》いていたかもしれない。

姉妹はお互いを助け合っていた。養子縁組に関しては侯爵や母も彼女達の意見を聞いてくれたし、ふたりが強く反対すれば、拒否できると思っていた。

しかし妹の返答はこうだ。

「私が侯爵家に行けば、おうちにたくさんお金が入るじゃない！」

こんな台詞《せりふ》を吐いてしまった妹を、母がどう感じたかは不明だ。

なぜならベルベットはグロリアの決断がショックで、母がどんな顔をしていたのか覚えていない。

当時は妹に裏切られたような気持ちになってしまったのは否《いな》めないが、後々になると、この発言には思うところがある。

ずばり、妹は賢すぎる、だ。

元々違和感はあった。

やたら大人びた振る舞いは、ただ大人の真似をしているにしては、同い年の女の子達とは一線を画すような知性があった。

俯《うつむ》きがちにブツブツと呟《つぶや》くひとり言はいつも不思議だったと記憶している。

「九九ができれば楽勝……って感じではないのよね。アイテムも出回ってないし、思ったより無双はできないか」

「グロリア、むそうってなに？」

彼女の頭の中にある言葉は、ベルベットには理解できないものも多かった。

思考に集中する妹の顔をのぞき込めば、大体グロリアは大慌てで本をぎゅっと抱え込む。

「なんでもない！　ほ、本を読んでただけっ」

「その本、母さんの本棚にあったのだっけ？　大人が読むヤツなのによく読めるね」

「そ、そんなことない。けっこう簡単だよ」

「わたしには難しかったけどなぁ」

「むずかしいなら、私が教えてあげる。お姉ちゃんならすぐだよ」

「……嬉《うれ》しいけど、いいや。二つ隣の畑のお手伝いがあるし、そっち行ってくる」

「また手伝いに行くの？」

「収穫期だからね。手伝ったら野菜をくれるし、行かない手はないよ」

「なら、私も……」

手伝おうとする妹に、ベルベットは笑いながら人さし指で額をついたものだ。

「グロリアはまだ小さいからだーめ。それに貴女《あなた》は頭が良いんだから、お勉強をしないとね。体力仕事はおねーちゃんの仕事だよ」

彼女はどこで学んだか、教えていない文字や計算を独学で覚えるだけの賢さがあった。母は忙しく、ベルベットには学が足りなかっただけに、なぜ勉強ができるのか不思議だったが、将来が有望であるのは喜ばしい。もう少しして教会に通っていたら、まさに神童として謳《うた》われていただろう。

そんな妹だったから、家の経済状況を理解し、憂《うれ》いていた可能性は大いにある。

当時は「お金がない」が口癖だったベルベットが不甲斐《ふがい》なかったから、家族を助けるために侯爵家にもらわれて行ったのではないか……と悩んだけれど、それにしては、と思う状況も多い。

それは養子縁組が決まり、グロリアが出立する日だった。

グロリアは落ち込むベルベットの手を取り明るく告げた。

「悲しまないで。心配しなくても、私は大丈夫よ」

「グロリアは悲しくないの？」

「離れ離れになるのは寂しい。けど、これはどうあっても避《さ》けられない運命なの。だったら悲しむより笑っていた方が何倍もいいわ」

「こんなときまで強がるなんてどうかしてるよ」

目に涙を浮かべて別れを惜しむ姉に対し、妹はそっけない。

「強がってなんかない。だって私は将来王子さまのお妃《きさき》さま候補になるんだし、そのあたりまでは安泰なのはわかってるの。うまくやってみせるから平気よ」

「また、そういう夢物語を……」

「夢物語じゃないもん。それより、お姉ちゃんはみんなをお願いします。ご飯も適当にしないで、ちゃんと食べてね？」

七歳の女の子にしては口が達者だが、これもいまさらだ。当時のベルベットも、いつものグロリアのひとり言、もとい妄想のひとつだと片付けた。日常的に「こんなのシナリオにない」とか「どの状況を変えれば生き延びられる」とか呟いていれば、いつものことだと聞き流してしまう。

日頃妄想が激しくて、ちょっと変わり者でも、グロリアはベルベットを慕《した》ってくれていた。だからきっと惜しんでくれると思ったのに、この別れようといったらない。ベルベットがどれほどショックだったか、妹は知る由《よし》もないだろう。

もう少し落ち着いて考えることができるようになったのは時間を置いてからで、可愛らしくペコリと頭を下げ、淡々と養子縁組されて行った妹を見送るしかなかったあの日のことは、大人になってもよく覚えている。

わかたれた姉妹はそれから別々の道を歩んだ。

妹は華やかで飢えることのない、貴族の生活を。

姉は到底子供らしくない、働き詰めの毎日を。

グロリアは、この国では本来後ろ指を指されがちな隠し子という出自にもかかわらず、侯爵家の中でも秀でた娘として迎え入れられたと風の便りで耳にした。

出自の怪しいグロリアの秘密が漏れなかったのは、侯爵家は当然だが、ベルベットの努力も大きい。なにせベルベットはグロリアが養子に行ってから、母によく言い含《ふく》められた。

妹が去り、ご機嫌ななめのベルベットの肩に両手を置いて、グロリアと同じ瞳の色をした母は言った。

「いい、ベルベット？　寂しいのはわかるけど、もうあなた達は別々のお家の子なのだから、会いに行ってはだめよ。グロリアの幸せを願うのなら、あの子の陰《かげ》に私達がいてはいけないの」

名家にもらわれて行った娘と、都の片隅で細々と暮らす貧民との繋《つな》がりが知られることなど許されないのだろう。母に言われた通り、ベルベットは、グロリアに会いに行くことはしなかった。

それによしんば会いに行ったとしても、互いの身分が姉妹としての再会を許さなかったろうから、会いたい気持ちを堪《こら》えたベルベットは正しかったのだろう。

ベルベットはしばらくはそれなりの生活を送ったものの、数年後には食うや食わずの毎日を送る羽目になった。

最初はハーナット家にも大金があった。

これは妹を養子縁組にした際、侯爵から口止め料としてもらった金だ。

家族全員を支えるには十分な額だったが後年、母が病に臥《ふ》せったために大半が薬代となってしまった。

看病も虚《むな》しく、ベルベットが十七になる前に母は亡くなってしまったのだから、人生とはままならない。おまけに母がいなくなったからといって、生活が楽になるわけではない。

その最たる理由は、ハーナット家が子沢山だったことにある。

ベルベットの弟妹達は実際に母が産んだ子、道ばたで拾った子と様々ではあったけれど、彼らを育てるのに忙しく、ベルベットはわずかな賃金を稼ぐために毎日出かける日々だ。

さらに時が過ぎ、ベルベット二十一歳、グロリア十五歳の出来事である。

『あるめでたい話』が国中を駆け巡ったとき、かつてグロリアの言葉を大言壮語の夢物語と受け止めていたベルベットは、ついぼやいた。

「あの子、もしかして未来予知の才能でもあった？」

グロリアは本当に第二王子《おうじさま》の婚約者になった。

たしかにグロリアがもらわれていったデイヴィス侯爵家はサンラニア国有数の名家だ。

当主の手腕もあったかもしれないが、王家との婚約にこぎ着けるまで隆盛していたとは予想外で、まして隠し子のグロリアが選ばれたのは驚きしかない。彼女の出自はどこぞの貴族の女に産ませたと思われており、平民出とは思われていなかったためだ。

この時のベルベットは、一人の稼ぎで弟妹を食べさせていけるだけにはなっていたが、誰に語らずとも度々《たびたび》グロリアを気にかけていた。

さらに二年経ち、ベルベットが二十三歳を迎えると、グロリアが通っているサンラニア学園を卒業したら、いよいよ彼女らの結婚式が執り行われるだろうと耳にした。

もはやベルベットはグロリアの身内ではない。

向こうもとっくに生家など興味ないだろうが、ベルベットが昔の妹を思うくらいは勝手。幸せを願うのも自由なはずだと信じていたら、その時はやってきた。

第二王子の誕生日祝いだ。

国中の貴人が王城に揃い、色とりどりに飾られ、埃ひとつ見当たらないきらびやかな会場では楽器が奏でられている。華やかといえば聞こえはいいが、目が痛くなるばかりのパーティで、第二王子はグロリア以外の女性を連れていた。

彼らは参列者の注目を集めている。

なにせこのお祝いは第二王子とグロリアの仲の良さを見せつける意味を兼ねていたはずだからだ。彼らの婚約をもって、次期国王たる第一王子の補佐を務める第二王子の地位も安泰となり、国の行く末も盤石《ばんじゃく》であると皆に知らしめる、そういう目的があったのに、場はひっそりと眉を顰《ひそ》める貴人達で溢《あふ》れかえった。

馬鹿野郎《だいにおうじ》は言った。

「グロリア・デイヴィス。お前との婚約を破棄させてもらう」

誰もが呆然《ぼうぜん》とした。

呆然とせざるを得なかった。

王子の隣で勝ち誇った顔を隠さない女が笑んでおり、傍観者であったベルベットはこれらの光景を悪質な冗談か、それとも歌劇が始まったのかと思ったくらいだ。しかしいくら待っても愉快な音楽は流れないし、歌い手達も現れない。あまつさえ第一王子や、国王に王妃まで顔に疑問符を浮かべて困惑している。

これに対し〝玲瓏《れいろう》なる一輪の華〟と名高いグロリア・デイヴィスの返答は簡潔だった。

「つまり殿下、わたくしはいま、婚約破棄を宣言されているということでしょうか」

たおやかに微笑む娘に動揺はない。

むしろいつも通りだ。

グロリアは常に優秀で、常に冷静さを失わない令嬢だと評判である。

彼女の反応に第二王子は怯《ひる》んだが「ああ」と鷹揚《おうよう》に頷《うなず》いた。

「聞けばお前は王家に相応《ふさわ》しくなく、醜態が目立つ」

「まるで身に覚えがありませんが、どのような醜態でしょう」

「私の婚約者であることを盾に、様々な横暴を働いている」

「横暴、ですか。それはたとえば、殿下お抱えの商会を買い上げたりしたこと？」

「その話は関係ない。胸に手を当てればわかるはずだ」

強気に言われて、グロリアは己の胸に手を当てたが、それも数秒。

すぐに小鳥のように小首を傾《かし》げ、これに第二王子が額に青筋を浮かせた。

「ご婦人の顔を叩き、恥を掻《か》かせた蛮行《ばんこう》を私が知らないと思ったか」

「ああ、殿下のいとこ殿のお話ですね。わたくしはわたくしの身分に相応《ふさわ》しいだけの対応を相手に求めているだけですから、謝罪の言葉は持ちません」

結局グロリアの醜態とは何なのだろう。

しかしまったく動揺を見せないグロリアに王子は痺《しび》れをきらしたようで、止めようとしてきた護衛の腕を振り払った。

「ともかく、お前のような乱暴な女を王家に加えるわけにはいかない」

「左様ですか」

普通なら泣き出してもおかしくないはずなのだが、グロリアは狼狽《うろた》えもせずお辞儀した。

爪の先ひとつまで一ミリも揺るぎのない、貴人として相応の礼だ。

「では、そのように。王子殿下と並ぶことが相応しくないのであれば、わたくしは退場するのみです。では皆さま、どうぞご機嫌よう」

縋《すが》ることも、泣き叫びもしない。

婚約者の隣にいる娘や、王子の親である王へすら糾弾も行わない。

颯爽《さっそう》と踵《きびす》を返す姿に、誰かが彼女を引き留めるが、グロリアの足は止まらない。

騒然としだした場を落ち着けようと指揮者が楽器を奏でさせ騒音をかき消そうとするから、会場は

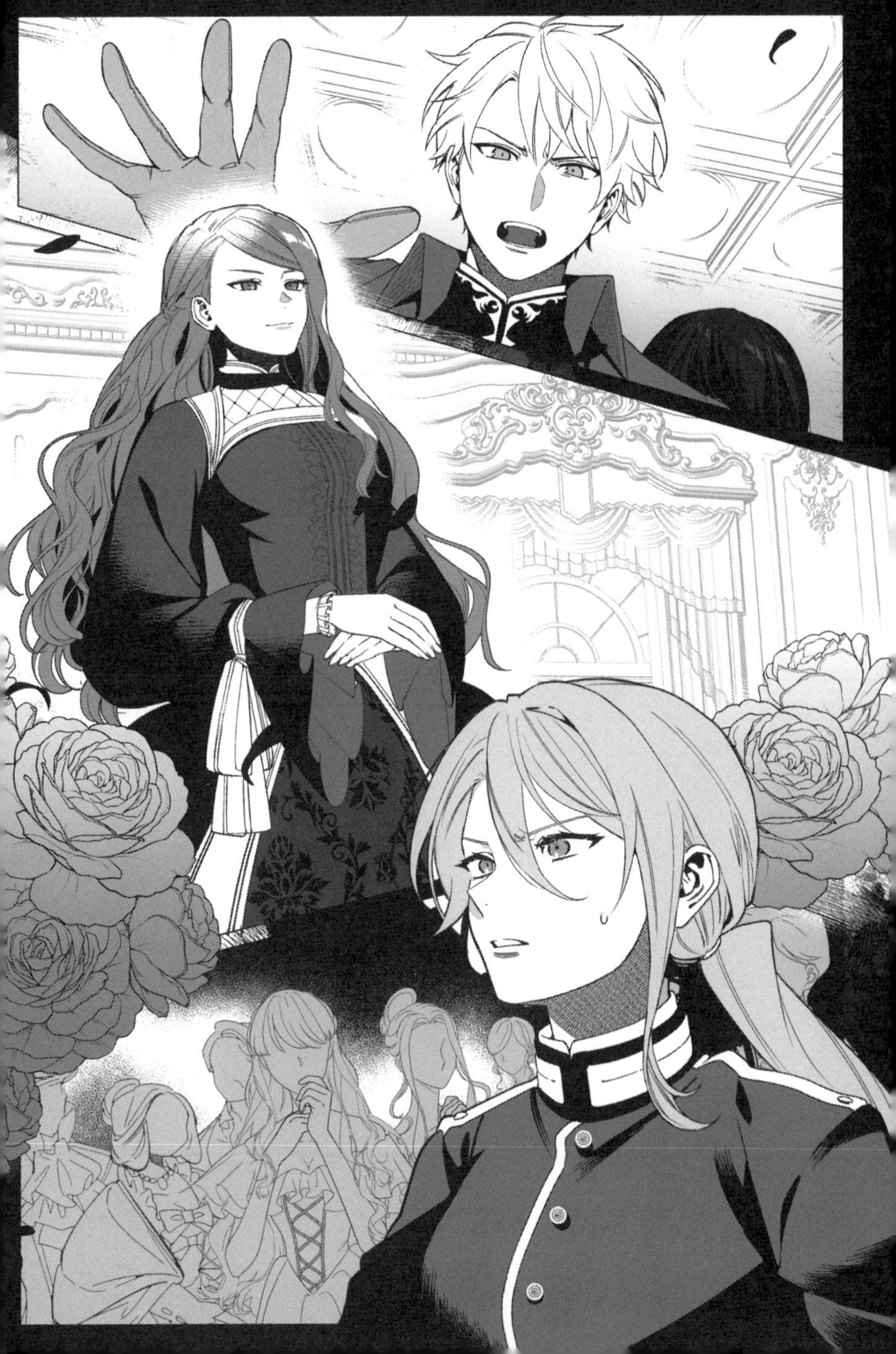

いっそう慌ただしい。

人々は混沌とし、小さなざわめきが波となっている中、口元を扇《おうぎ》で覆《おお》っていた〝玲瓏なる一輪の華〟の目が動く。

ベルベットは驚いた。

なぜならグロリアがベルベットを視界に収め、足の向きを変えると、まっすぐに彼女のもとへやってきたからだ。かつての姉の前で立ち止まったグロリアは、頭のてっぺんからつま先まで、じっくりとその姿を目に収めて口角をつり上げる。

親しみが込められた無理のない自然な笑いだった。

ベルベットが遠くから見ていた。社交界で見せる嘲笑《ちようしよう》を込めた笑みではない。グロリアは……妹は、まるで大輪の花を咲かせたかのような満面の笑みで口元を隠しつつ、ベルベットに顔を寄せる。

「姉さん、私、そちらの家に帰ります」

間《ま》を置いて聞き返した。

「考え直さない？」

敬語もなにもあったものではない。

話しかけられたこともだが、妹が成長した自分を見分けた事実にベルベットは頭が回らなかった。考える暇もなかった回答だが、たとえ時間を与えられても、言葉遣いが違うだけで返答は変わらないだろう。

グロリアが上目遣いで拗《す》ねた表情を作ると、彼女の感情表現が豊かだったことにも驚かされる。薔《ば》薇《ら》をイメージした赤い衣装に髪飾りは大人びており、赤みを帯びた髪が頬にかかる姿は際立った美人だが、今の姿はまだまだ可愛らしい乙女の域だ。

ベルベットとグロリアはしばらく見つめ合った。

「グ……」

妹の名を口にしかけて、止《や》めた。

正式な招待客であるグロリアに対し、ベルベットは借り物の騎士服を纏《まと》うその他大勢の警邏《けいら》だ。

突然の婚約破棄という荒唐無稽《こうとうむけい》な喜劇と、計画通りと言いたげな妹のせいで無関係を装《よそお》えなかったのは失態だが、これればかりは己に責はないはずだ。

混乱の隙《すき》を縫《ぬ》い、会場やグロリアから逃げるようにその場を離れたが、行動力の化身を甘く見たツケは翌日の早朝にやってきた。

元気よく玄関がノックされる。

玄関兼居間の隅で寝ていたベルベットが、重い腰を上げのろのろとドアを開けると、そこに立っていたのは、貧乏家屋には相応しくない美しい乙女だ。

「グロリア・デイヴィス改めグロリア・ハーナット。ただいま実家に帰りました！」

ベルベットが状況を理解するのに、時間を要したのは言うまでもない。

「…………ええ、と」

鞄《かばん》一つだけを持ったグロリアが、いる。

服装はグレードを落としたか平民の女子と変わらないが、立っているだけでもにじみ出る雰囲気から目を離せない娘だ。

ベルベットは寝起きのぼさついた髪も、何事かと後ろから顔を出した弟の存在も忘れて口を開いた。

「……グロリア？」

「はい、グロリアです」

名前を呼ばれただけなのに、にこにこと愛想を振りまくベルベットの妹。

社交界で噂されていた、孤高の花と揶揄《やゆ》された乙女はどこへ行ってしまったのだろう。十年前を彷《ほう》彿《ふつ》とさせる活発な眼差《まなざ》しは、かつての妹そのままだ。

ベルベットの胸を懐かしい気持ちが過《よぎ》る。

おかえり。

そう言いかけた言葉をぐっと呑み込むと、理性で自らを押しとどめて、心とは正反対のつっけんどんな言葉を放つ。

無論、なるべく声を抑えてだ。

「ディヴィス家のお嬢様が、なんでここにいるわけ」

「もちろん帰ってきたからです。昨日、姉さんに言ったでしょ？」

忘れたわけではないが、つい頭を抱えるベルベットだ。

「帰るって、冗談でしょ。本気で言ってたの？」

「冗談なんかじゃありません。私にとっては、姉さんや弟妹達がいるハーナットが実家です」

「やめて。そんなの言っていい台詞じゃないって、貴女ならわかるでしょ」

「もう、姉さん冷たい」

「なんとでも言って。馬車はどこ、いますぐ帰りなさい」

「馬車はもういないわ。かなり歩いてきたから、見つけようとしたって無駄よ」

グロリアは言うことを聞いてくれない。帰れと態度で露わにする姉を前にしても怯《ひる》まず、それどころかうっとりと表情を溶かした。

「ずうっと、いつか帰るんだーって、そう思っていました」

苦虫を嚙《か》みつぶしたようなベルベットを尻目に、事態は進んでいく。玄関で立ちすくむ姉に疑問を覚えたのは、弟のリノだった。

「……姉さん、お客さんなら家に入れたら？」

「違う、お客さんってわけじゃ……」

せっかくベルベットが玄関ドアと身体《からだ》を張ってグロリアを隠していたのに、リノの訝《いぶか》しむ声に、グロリアの瞳に煌《きら》めきが増す。

「誰か親しい人なんでしょ。いいよ、チビ達は僕が見るから上がってもらいなよ」

「いいから部屋に戻ってなさい」

しかしベルベットが遮《さえぎ》る前に二人は顔を合わせてしまった。

「リノ、もしかしてそこにいるのはリノかしら！」

「…………グロリア？」

いっそ「誰？」と言ってくれた方がベルベットには良かったのに、弟の記憶力の良さが災いした。

グロリアとリノの年の差は二歳しかなかったから、養子縁組当時五歳だったリノも二番目の姉を覚えている。

弟は、過去の姉と、面影を残したまま成長した姿をイコールとして繋げてしまった。

「ちょ、グロリア待っ……！」

ベルベットの手をすり抜け室内に飛び込んだグロリアがリノに抱きつき、リノもまた、状況を理解できないなりに二番目の姉を抱きしめ返す。

「え、ええと……グロリアが、どうしてうちに……」

「もちろん帰ってきたから！　あなたにも会いたかった、ずっと会いたかったのよ」

「え、あ……」

「大きくなったわねぇ。私の可愛い弟ったら、目元とかが小さい頃のままだわ」

甘えるような姿は本当に『あの』グロリアなのだろうか。貴族社会を詳しく知らないが、養子に行ってからのグロリアは、年相応に感情を表に出す真似はしなかった……とベルベットは聞いているし、少なくとも遠くから見ていた分でもそれは同じだ。

まんまと家に上がり込んだグロリアは懐かしそうに室内を見渡す。

「お家は相変わらず狭いけど、もう居間にベッドを置いてないみたいだし……でも変わったのはそのくらい？　外観もあんまり変わってなかったけど、増築してないの？」

「一部屋だけしたよ。隣で皆一緒に寝てる」

「まあ、相変わらず仲良しなのね」

「リノ、グロリアには何も教えなくていいから」

「姉さんは無視していいわ。ねえリノ、牛小屋は潰しちゃったの？」

「世話が大変だから牛は売ったよ」

「リノ！」

ベルベットは注意するも、リノはグロリアに冷たくなりきれないらしい。

あの頃から変わらずハーナット家は貧しい。むしろ台所事情は苦しくなるばかりだが、それを説明するわけにはいかない。

すっかり十七歳相応の顔立ちに変貌を遂げた妹。

ベルベットが知る、嫌がらせや悪口に堂々と立ち向かい、時には平手打ちも厭《いと》わないディヴィス家の令嬢はどこに行ったのだ。

「ねえリノ、あれから男の子二人を養子にしたんでしょう」

「……なんで知ってるの？」

「もちろん調べてたからよ。それにお母さんが女の子を産んだって聞いた。私、会ってみたいのだけど隣で寝てるの？」

「あ、あー……それなら……」

嬉々《きき》として尋ねる姉に、しどろもどろで答えようとする弟。

ベルベットは頭痛を堪《こら》える面持ちで割り込みをかける。

「本当に、いい加減にしなさい」

「なによぅ、姉さんのケチ」

「貴女は黙って。リノ、隣のチビ達を見てきて。もし起きてたらこっちに来させないで」

「え、でもさ……」

「いいから行って」

反論は許さず、グロリアには座らないように牽制しながら問うた。

「グロリアは声を抑えて。それと聞きたくないけど、侯爵家はどうしたの」

「やだ、ここにいるのがその答えよ」

「それはわかってる。侯爵になんて説明して出てきたかを聞いてるの」

「説明はしてないわ。置き手紙をしてきただけだから、もう少ししたら目を通すんじゃないかしら。でもお父様って寝ぼすけさんだから、時間がかかるかしらね？」

茶目っ気たっぷりに答えようがベルベットはほだされない。

厳しく追及するように机を叩く。

「それってなんて書いたの」

「養子縁組の解消をお願いします、ってお手紙と手続きの書類」

ベルベットの頭痛は酷《ひど》くなるばかりだが、ここで負けてはならない。

「貴女の護衛や侍女には何か言った？」

「いいえ？　もう私の召使《めしつか》いじゃないから、必要ないもの」

「そんないらないから捨てる、みたいなノリで言われても困るの」

グロリアは気軽に言ってみせるが、侯爵家の娘が家出の挙げ句、平民の家に逃げ込んだのを匿《かくま》ったなんてバレたら、良くて投獄悪くて処刑だ。

ベルベットは目をグルグル回しながら、こめかみから汗を流す。

そうだ、ようやく姉妹の別れという美化のヴェールが剝《は》がれてきた。

幼い頃からグロリアはこんな娘だった。

「姉さん、姉さん、お顔が面白いことになってるけど大丈夫？」

「ちょっと黙って」

このまま侯爵家に弁明に走ったところで許してもらえるのか。娘を拐《かどわ》かしたと言われやしないか。いったいどこに相談するべきだ。仕事上の上司に説明すれば助けてくれる？

しかし相手が侯爵となれば、いくら上司と言えど危ういかもしれない。

ベルベットは一応王立騎士院所属の身分になっているが、それは書類上の形だけ。正確には貴族身分の騎士に雇われている、街を走り回るなんでも屋《したっぱ》に過ぎない。

悩みに悩んで出した結論はひとつだ。

いつの間にか勝手に席に着き、くつろぎだしている妹を脅すように睨《にら》んだ。

「侯爵家に帰りなさい。ここは貴女の家じゃない」

「嫌です」

「グロリア、いまは貴女のわがままが通用する場面じゃない。正式に契約を交わした以上、貴女はデイヴィスの人間で、ハーナットの娘じゃない。つまり貴女と私は姉妹じゃない」

ベルベットは厳しく問い詰めるのだが、小憎たらしいことに相手は微塵も動揺しない。

ただ少し……きつめの口調で責められたのは気に障《さわ》ったのか、不服そうに唇を尖《とが》らせた。

「姉妹じゃないなんて、ひどいこと言わないで。私がもらわれて行くときは、どこにいたって家族だからねって言ってくれたのに」

「それは子供の頃の話。わたしはもう分別のついた大人だし、貴女だってあと一年したら成人なんだから、常識ってものをわきまえなさい」

「常識なんて言葉を持ち出してるけど、そんな嘘で固めたって意味ないんじゃありません？」

「嘘？　嘘なんてついてない」

反論すれば、グロリアは鈴を転がすように笑った。

「いいえ嘘よ。だって姉さん、私のことをずっと気にかけていたじゃない」

「は？」

「姉さんは侯爵家に近寄れない。だからわざわざ伝手《つて》を頼って、王城や学園近くを通って私の様子を見にきてた。昨日だって警邏隊に潜り込んで、私の晴れ姿を見届けようとしてくれてたんでしょう」

「なん……!?」

「なんで知ってるのか、って？」

ベルベットは決して気付かれないよう、一定以上の距離を保ってグロリアを見守っていた。見つからないように顔だって隠していたのに、なぜ妹は知っているのだろう。衝撃を受けるベルベットに、グロリアは鼻の穴を膨《ふく》らませる。

「心外なのはこちらよ。私が姉さんの姿に気付かないと思ったの？」

違う、と言おうとしたが、バレていた事実に動揺して失敗した。

その通りだった。

ベルベットは堂々と妹と相対できない。

だが昨日のように大勢が参加するパーティなら、伝手を頼ればぎりぎり警邏として入り込める。

うまい嘘が言えず黙り込む姉を見守るグロリアからは、先ほどまでの無邪気さが消え去っている。何もかも見透かすような眼差しに、ベルベットはどことなく居心地の悪さを覚えた。

こうと決めたら頑固な部分は変わらない。

変わってない、と彼女は心中で独りごち、どこか懐かしさを覚えつつも、表面上は苦々しげに目を逸らした。

「侯爵家は貴女にとって最高の環境を与えてくれる場所だったはずなのに、どうして……」

「目的を果たしたから」

「目的って？」

「婚約からの婚約破棄です。詳しくは言えないけど、それを終えたら私は戻るつもりだったし……」

どことなく意地の悪い笑みを浮かべる。

「昔から役に立たないなら出て行けって親戚に言われてたから、その通りにしただけよ」

ベルベットは静かに息を吐きながら、侯爵の言葉を思い出す。

——絶対にグロリアを守ると言ってくれたのに、肝心の身内から守れてないじゃない。

「……言えない事情があるなら仕方ない。わたしが踏み込んでいい話じゃないわけだ」

「嘘は言ってないんだけど」

「でも隠しごとはしてる。絶対にわたしには話せない内容なんでしょ」

「なんでわかるの？」

「そういう顔をしてる。そんだけ」

強いていえば、咄嗟《とっさ》に話を誤魔化《ごまか》そうとする癖が直っておらず、ほんの一瞬だけ唇が動く瞬間をベルベットは知っていたのだが、理由は隠した。

覚えていてくれた、なんて喜ばれては元も子もないからだ。

それにグロリアなりに何か込み入った事情があるらしい。

……帰れと言ったところでグロリアは言うことを聞かない。

こんな綺麗な娘を一人で帰すのは、下手をすれば襲ってくださいと言っているようなものだから、どのみちベルベットが送りとどけねばならない。

しばらくの沈黙をはさんで、ベルベットは頭を冷やした。

「デイヴィス家を出るって本気なんだ？」

「もちろんです。だって、小さい頃に話してたでしょう。私の夢は、少なくともお妃様なんかじゃなかった。それはいまも変わってないの」

「……お妃様になるから安泰とか言ってなかったっけ」

「やだ、そんなの覚えてたんですか。身の安全って意味で発言しただけで、それとこれとは別よ」

「……で、その夢って？」

「秘密」

えっへん、と、まるで幼い頃を彷彿とさせる胸を張る姿は、控《ひか》えめにいっても愛らしい。ベルベットは一瞬庇護《ひご》欲《よく》に駆られたが甘い顔はできなかった。

「わかってるだろうけど、どう足掻《あが》いたって貴女の保護者はディヴィスだし、無断で預かるなんてできない。昼になったら、わたしは貴女をディヴィス家に連れて行く。行かないって言うなら、先方に迎えに来させる」

「頭の固い姉さんですね。そんなことしたって私は帰らないのに」

「なんとでも言いなさい。あと、姉さんとは呼ばないで」

「そんなこと言って、嬉しいくせに」

嬉しいに決まっているとも。

もし本当にグロリアが帰ってきてくれるのなら、これほど心強い存在はない。

だがそんな甘えを持ってしまったら、彼女を帰せなくなってしまう己がいると、ベルベットは自分を知っている。

まったく、久方ぶりの会話がこんなものでいいのだろうか。

「ところで姉さん、目の下に隈ができてます。寝てないの？」

「大人には色々あるの。とにかく、昼になったら貴女を家に送るからね」

「まあ、じゃあ昼まで家にいていいのね」

「…………昼までね」

ハーナット家に帰ってきたときの彼女があまりに嬉しそうだったから……と大目に見てしまうのは、やはり手ぬるいだろうか。

「子供達に会うのは構わないけど、余計なことは話さないでね」

「姉さんはどうするの？」

「寝る」

誕生パーティに潜り込むため、コネ作りという連日連夜の無理な勤務が祟《たた》っていた。帰ってからも馬の世話や洗濯《せんたく》といった家事をすませてから休んだため、いまなお身体は重く、せめて数時間だけでも眠ろうと残りをリノに任せ、毛布にくるまりながらボロい長椅子に横になる。

意識がなくなるのはあっという間だったが、彼女の目覚めを促したのは乱暴にドアを叩く音だった。

ドンドンドン、と絶え間なく続く音に、ボサボサの頭を掻く。

「……なに」

充分に休憩を取れていないこともあり、身体を起こすベルベットは怒り心頭だ。

グロリアはおろか、隣室の弟妹達の姿もどこにもない。家はもぬけの殻《から》だったが、彼らを気にかける余裕はない。頭は回らず、大股《おおまた》で部屋を跨《また》いで行く。

不躾《ぶしつけ》な客人を一喝《いっかつ》すべくドアノブを握った。

「うるさい、しつこく叩くな！」

乱暴にドアを開けて、その人と目が合った。

まず印象的だったのは、紫水晶を思わせる、透き通った瞳を持つ男性だ。

全体的に痩せ型か。背はベルベットより頭ひとつ分飛び抜けている、全身黒ずくめの魔道士だが、愁《うれ》いを帯びた瞳が印象的だ。佇《たたず》まいには知恵と静けさが宿り、月光が水面《みなも》を優しく照らすような優雅さも併せ持っている。もし余裕がある時だったら、観賞用として感心していたかもしれない見目麗《みめうるわ》しい人物だ。

絵画のモデルにでもなった方が稼げそうな魔道士は傍にいた男に顔を向ける。

「特に魔法はかかっていない、見た目通りのぼろ家《や》だ」

人の家に対しなんたる言い草か。

しかし相手はどう考えても貴人。言い返してはまずいという小市民根性が働いて、口を噤《つぐ》むベルベットは魔道士が向いた相手を見やる。

立ち位置的に、こちらがドアを叩いていた人物らしい。

こちらも魔道士とは違う種類の美男士だ。鼻梁《びりょう》の整った顔立ちに、均整の取れた身体付き。身に纏《まと》うのは裾《すそ》の長い上着と外套《がいとう》で、腰には立派な剣を下げている。

その男性達と、彼らの背後にいる人達を視界に収めて彼女は失敗を悟った。

なにせその人達には見覚えがありすぎた。

顔見知りではないけれど、一方的に知っている有名人だ。

後方の二人は、片方はグロリアの兄で、もう一人は見間違いなければ第一王子。この二人の存在をもって、近くの二人の正体も悟った。

宮廷魔道士に近衛隊長だ。

——詰んだ。

あらゆるこれまでの出来事が走馬灯《そうまとう》のように頭を駆け巡り、ド下手くそな辞世の詩を謳《うた》いだす。

この世との別れが決まった瞬間だったが、出来るものなら死にたくない。

即斬られるかと思ったが、ベルベットはまだ生きていた。

相手は首の繋がっている彼女に用事があったらしく、近衛隊長がよく通る声を放つ。

「王立騎士院所属のハーナットだな」

「ハイ」

声が強ばった。

近衛隊長は左目から頬にかけて走った傷跡が特徴的だ。

顔立ちは整っていても強面《こわもて》のせいで台無しとなっているが、そこが男らしくて素敵と声にする女性もいると聞いたことがある。

人違いということにしたかったけれど、生憎《あいにく》、ベルベットが彼らの正体に気付いたことを悟られた。

「ナニカゴヨウデショウカ」

「用も何も、それはお前が誰よりも理解しているはず」

「アッ」

たぶん、この場合は正気でいる方が難しいので、頭を空っぽにするのが正解だ。

「入るぞ」

「エッッ」

流石《さすが》にそれはちょっと……とは立場に怯《おび》えて声に出せずも、身体は正直に阻《はば》むように立ち、相手を妨害している。

近衛隊長は何を誤解したか、いまにも剣を抜きそうな勢いでベルベットを睨み付けた。

「グロリア様を匿っているのは把握《はあく》している。隠し立てすると容赦しない」

「隠し立てなどしていません」

「それはお前が決めることではない……エルギス」

エルギスと呼ばれた宮廷魔道士がフードを外し、部屋の方を見つめながらぼやく。

「本当にこんなところにグロリア嬢がいるのか？」

「お前がいま求められている役目において、疑問は必要か？」

「尻尾を振るだけの犬が欲しけりゃ他のヤツに頼めばよかっただろ。大体最初に言ったろ、こんな都外れに僕を超える魔法使いがいるはずないし、こんな一般人……」

言いかけたところで、髪を直したベルベットを直視した。しばらく黙り込んでしまうから、家主はつい尋ねてしまう。

「……わたしの顔に何かついてます？」

「なんでもない」

「顔が赤いですが、お加減が悪いならお帰りになっては」

上から下まで人を眺《なが》めておいて、困ったように視線を逸らしたのは意味不明だ。

普段であればたいして気にならないが、今のベルベットは冷静さを欠いているので、若干《じゃっかん》尖った言い方になる。

近衛隊長が苛立《いらだ》たしげに顎《あご》を動かす。

「黙って中を検《あらた》めさせろ」

「事情があるので、少々お待ちいただけませんか」

「お前がグロリア嬢を逃がさない保証がどこにある」

「そんなことしません」

「では我々を拒む理由は何だ」

この男達は年頃の子供三人が好き放題遊んだ家の惨状を知らないようだ。知らない間に転がっているクワガタやカブトムシの死骸、そこら辺から拾ってきたらしい木の実は腐り、棒きれが散乱し、遊び古した玩具《おもちゃ》、人形、脱ぎ散らかした服だらけの家に貴族、そのうえ王族を入れろというのは無理がある。

家庭を預かる者の立場としては足止めをしたいベルベットの方が圧倒的に正しいし、彼女は本気で家の中を見られたくない。

――ホント帰れ。いますぐ帰れ！

この絶望を押し隠せない表情で気付いてはくれないものか。

祈るような気持ちで魔道士に救いを求めるも、こちらも助けてくれる気配はない。当然と言えば当然だが、近衛隊長は無慈悲にも「退《の》け」と命令を下し、ベルベットも諦《あきら》めた。

「見てもらえばわかりますけど、いま、いません」

「嘘かどうかは中を検めてから判断する」

「でしたらうちを確認するのは、せめて貴方がた二人だけにしてもらえたら……」

諦め悪く申し出れば、もう一度睨まれたが、ベルベットとて必死だ。

せめていまもなお後ろで待機している大貴族と王族を汚い家に入れるわけには行かない。

ジェスチャーで合図を送り、隙間から悲惨な内部を見せれば騎士の怒りも落ち着いたが、汚れた内部には嫌悪感を隠せなそうだ。

ベルベットと思いが重なったか、踵を返すと後ろの二人に頭《こうべ》を垂れたのである。

「殿下、並びにシモン殿はこちらでお待ちください。狭苦しく汚い家ですので、なにがあるかわかりません。危険がないか、私が中を調べて参ります」

それみたことか、と言ってやりたいが二言ほど余計だ。

「僕も遠慮したいんだけど」

「お前は入れ。魔法の痕跡がないかを確かめるのは魔道士の役目だ」

「だからないって……」

近衛隊長はエルギスを連れて中に入ると、嫌々検めつつ、居丈高《いたけだか》に言った。

「検めるまでの間に、見苦しくない程度に片付けろ」

言われずともとっくに団子虫を拾っている。

昆虫類は窓から外に投げ捨て、散らかった物は数少ないクローゼットに放り込むが、肝心の棚の中も惨憺《さんたん》たる有様だ。そのクローゼットまで中を見られたが、グロリアは隠れていないとわかると興味を失った。

「エルギス、地下はありそうか」

「芋を保管するためのちっさな床下収納があるくらいだよ……うわ、変なの踏んだっ」

「あ、そこ子供が持ち込んだ芋虫が転がってるんで気をつけてください」

「先に言えよ」

エルギスの靴底を汚したことで多少溜飲《りゅういん》は下がったが、ベルベットの気分は最低だ。

ひとつ幸いだったのは、グロリアが指摘したとおり、家を増築していた点だ。貴族にとっては襤褸《ぼろ》小屋でも、居間と寝室が別々だったおかげで物はいくらか分散している。増築前は一ヶ所にすべての家具と物が集中していたから、これでも随分《ずいぶん》マシになっていた。

女の子が隠れられそうな場所を検められる間に、ベルベットは居間を片付け終えた。正確には見苦しい物を、全部見えない場所へ追いやった。

ハーナット家の内部にグロリアの姿はない。

わかりきっていた結果を近衛隊長は当然のように述べる。

「中には何もなさそうだと殿下に報告申し上げてくる。エルギス、その女を見張っていろ」

「このボロ家《や》に残れって？」

「念のためだ」

そのまま二度と来ないでくださいませんか、というベルベットの思いは届かない。

残ったエルギスはあまりやる気がないらしいが、こんな風に忠告してきた。

「あんた、身なりを整えた方がいいぜ。押しかけたのは僕らだけど、一応相手は王族だから見苦しくない程度にしとけよ」

寝癖のついた髪を直し、シャツのボタンを留め、襟《えり》や袖を直して出来る限りシワを伸ばすも、つい愚痴がこぼれた。

「……押しかけられなきゃこんな目には遭わなかったんですが」

「ギディオンがいないとわかるや文句を言いやがる。やっぱり騎士ともなれば、近衛は怖いか」

「この状況で、怖くない人がいますか」

「そりゃ違いない。だけど宮廷魔道士にも少しは敬意を払ってもらいたいもんだ」

人の不幸が楽しいのか、唇の端をつり上げる魔道士を、ベルベットは恨みがましげに見る。

「敬愛されたいなら、それ相応の出会いであってほしいと思うのは贅沢《ぜいたく》なんでしょうかね」

これにエルギスは考え込んだように顎を撫で、やがて艶《つや》やかに笑った。

「それならまあ、それっぽく対応しようか」

ベルベットが服を直す間、律儀に背を向けていた宮廷魔道士は近衛隊長と同じ質問を投げた。

「グロリア嬢がどこに行ったか、あんた知らないかい」

「そう言われましても……」

相手はベルベットの返答を封じるように言葉を重ねた。

「親切にするために改めて訊いてるんだ」

肩をすくめ、親切のために忠告してくる。

「逃がしたとか嘘をついたり、しらばっくれ続けるのはおススメしない。彼女がここからどこにも行ってないのは、もう調べがついてる」

「げ」

「被害者でいたいなら、素直に答えた方がいい。なぜならギディオンはもうあんたを誘拐犯として認識してる」

声を漏らすベルベットに、エルギスは小さく鼻で笑う。

「あいつの前で無知蒙昧《むちもうまい》な、曖昧《あいまい》な答えなんかした日には、首と胴は泣き別れだ。僕が早く帰るためにも、できたら素直に教えてほしいもんだね」

つまり「わかりません」などと抜かしたら斬り捨てるぞと脅している。

近衛隊長は騎士称号を授かっている。

絵物語を通して描かれる『騎士』は清廉潔白《せいれんけっぱく》の存在だ。加えて宮廷魔道士や近衛隊長ともあれば乙女も憧《あこが》れる存在のはずだが、宮仕えなんぞこんなもの、とベルベットは諦めた。

妹思いの姉なら、ここは庇《かば》ってやるのが常道かもしれない。

だが彼女は正直に答える。

親指を立てて外の方に向けた。

「たぶん狩猟小屋の方ですね」

四人を案内したのは、家と厩舎《きゅうしゃ》から離れた場所にある木造小屋だ。しかし小屋といっても壁の一面はぶち抜かれており、屋根のおかげで小屋の体裁を保っているだけ。雨を凌《しの》ぐためだけの内部には、森から小さな果実を摘むための籠《かご》や当たり障りのない道具が置かれている。

そこにベルベットの予想通り、グロリアがいた。

その姿を目撃したとき、不覚にもベルベットは自分の置かれている立場を忘れた。

彼女は壊れかけの椅子に座り、末の妹を膝《ひざ》に乗せて笑っている。双子の方の弟から手渡された蜥蜴《とかげ》も臆《おく》さず受け取って、手の平で押さえながら撫でていた。

リノが少し距離を置いて彼らを見守っていたが、それがもたらすのは、あたたかみのある困惑だ。

……たしか昔は、ベルベットとグロリアとリノが、あんな風にはしゃいでいて、子供達を母が見守っていたのではなかったか。

取り留めのない記憶が弟妹達と重なるも、すぐに気を取り直す。貴人達を案内しようと振り返れば、今度はベルベットが呆気《あっけ》にとられる羽目になった。

客人達は、グロリアを見て明確に驚いている。

果たして割り込んでよいものか悩ましい光景だが、ここで動かねば話は進まないし、思い切って声を張り上げる。

グロリア、とベルベットが妹を呼べば、彼女は人懐こい犬を彷彿とさせる仕草で振り返るが、姉の背後に控える人達を認めた瞬間に表情は曇った。

可愛らしい犬から、一瞬で人嫌いの猫に化した様相だ。

末の妹を弟達に任せ、まっすぐにベルベットの元へやってくる。

「まさか事なかれ主義のお兄様が、こんなに余計な方々を連れてくるとは思いませんでした」

「グロリア、殿下に余計なとは何事か」

「私は構わない、シモン。実際君には無理を言って連れてきてもらったからね」

第一王子エドヴァルドの物腰は柔らかく、グロリアの養子先の兄シモンとは仲が良さそうだと窺《うかが》える。

グロリアは苦言を呈するように「家へ」と彼らを誘導した。

「皆さまともあろう方々が、子供達の前で変な話をされるつもりではないでしょう」

「グロリア、君は……」

「殿下、話をするなら向こうで口を開いてくださいませ」

そして小さい頃そうしていたように姉の袖を引っ張って行こうとするので、ベルベットは抵抗した。

「私はこっちで待ってるから」

「え?」

話し合いなら関係者だけで行ってくれないか……そう言いたかったが、グロリアは心底不思議そうに目を見開いている。

拒絶されたのが信じられないと言いたげで、純粋に姉が付いてきてくれるはずだと思っていた姿に、ベルベットは肩を落とした。

「……わかった、行く。行くから袖を引っ張らないで」

戻った先は自宅の、ひび割れた壁がアクセントとなっている居間だ。

ハーナット宅は都外れの農地帯にあるから、たとえ騒音になったとしても聞き咎《とが》められないのが唯一の救いだ。

形だけでもと用意した茶には、グロリア以外誰も手を付けない。

まあいいけどね、とベルベットはひっそり茶を啜《すす》る。

明らかに彼女は邪魔者で、エドヴァルドやシモンは一般市民を追い出してほしそうなのだが、グロリアが彼女を逃がさんと捕まえているので離れられない。

卓に腰掛けたのは姉妹の二人。

机を挟んだ向かいに第一王子エドヴァルドとシモン。彼らの背後に護衛として宮廷魔道士エルギスと近衛隊長ギディオンが立っている。

さて、どんな火《ひ》蓋《ぶた》が切って落とされるだろう。

無理やりグロリアを連れ帰らなかったあたり、彼らは彼女の話を聞くつもりがあるのだろうか。

最初に動いたのはエドヴァルドだった。

「まず、君には申し訳なかったと伝えておきたい」

神妙な表情でグロリアに頭を下げる。

ちなみに、これまで彼はベルベットに対して一言も口を利いておらず、彼女は内心で「へー」と顎を撫でている。

無論、感心しているのではない。

貴人というのはかくも平民を「見ないもの」として扱うのに優れているのか、納得していたのだ。

エドヴァルドは続けた。

「愚かな弟《スティーグ》が君を傷つけた。また、私達の対応が遅れたために民衆の前で君の尊厳を踏みにじり、経歴に泥を塗ってしまった点においても、父母に代わり深く謝罪したい」

「わたくしは殿下に謝っていただく必要を感じておりません」

次期国王に謝罪しながらも、グロリアは素《そ》っ気《け》ない。

「だってスティーグ様はもう十八歳でいらっしゃるもの。王族として優れた教育を受けていらっしゃいますし、成人した殿方の決めたことであれば、ご兄弟が口を挟むなんておかしな話です」

「いいや。此度《こたび》は男女の問題ではなく、王家と侯爵家の問題だ」

「ご大層なことをおっしゃるのね。わたくし、もう侯爵家の人間ではございません」

グロリアもわかっているはずなのにこの言い様。

『話し合い』が開始されて五分も経っていないのに、ベルベットはすでに後悔している。

安らげるはずの自宅が一瞬にして地獄と化している。

――やっぱり全員帰ってくれないかな。

彼女の真っ暗な気持ちを余所《よそ》に、ディヴィス家のシモンも会話に参加した。

「グロリア。たしかにお前の部屋で見つけた破かれた養子縁組の契約書と、親子関係破棄の嘆願書は受け取った。だが父上や母上、それに私もそのような妄言を受け入れる気はない」

「もうわたくしと養子縁組を交わした証明書もありませんのに？」

「この家にも保管してあるはずだ、契約はまだ生きている」

ベルベットは言いたい。

グロリアが契約書を破いたとはなんだ。

シモンは人の家の証明書を当てにしないでもらいたい……と。

それに、とシモンは咳払《せきばら》いを零《こぼ》す。

「書類が問題なのではない。これまで私達と共に過ごした時間が、グロリアという人間をディヴィス家の一員だという意識を植え付けた。お前は既にグロリア・ディヴィス以外の何者でもないのだ。私達に非があるのならば直すよう努めるから、まずは話してくれないか」

ディヴィス家次期当主にここまで言わせるのも相当ではないか。

ベルベットが観察する傍らで、グロリアは鈴を転がすような笑い声を上げる。

「お兄様にそうおっしゃっていただけるとは、嬉しい限りです。でも誤解してますね」

「誤解とは？」

「わたくし、お兄様のことは嫌いじゃありません。もちろんお父様やお母様に、義理の妹もよ」

「では、なぜ……」

「わたくしは養子縁組を解消したいだけなんです。婚約破棄宣言はただのきっかけで、そこに貴族としての名誉は関係ありません」

「貴族を捨てると!?」

信じられない、と言いたげなシモンに、ベルベットも全力で同意して心で「わかる」と頷いた。

グロリアは素直に理由を述べているだけだが、シモンはまだ懐疑的《かいぎてき》だ。

「なぜディヴィスの名を捨てたい。豊かな暮らしを捨て不自由を選ぶなど……」

「デイヴィスである以前にハーナットでいたいだけ。おかしなこと言ってます?」

おかしなことだらけだ、とグロリア以外の全員が思ったはずだ。

鳩が豆鉄砲を食ったようなシモンから、エドヴァルドが説得役を引き継ぐ。

「念のために聞いておきたい」

「もしかしてそれがエドヴァルド様がわざわざ出向いてこられた理由ですか?」

「そうだ。君はスティーグに名誉を汚されたことに怒りを覚えていないと言いたげだが……」

「事実です。怒ってはいませんけれど、なんでしょう」

「……本来なら、君は私の婚約者になるはずだった約束を反故《ほご》にした。そこに思うところはなかっただろうか」

ベルベット《こくみん》は知らない話だ。

カップの底で机を鳴らしてしまいギディオンに睨まれてしまったが、動揺するベルベットは信じられないものを見る目になっている。

聞きたくなかった自国の王室事情。

間違いなく聞いてはならない内容にベルベットはこの場から逃げ出したくなり、そんな彼女をエルギスが面白そうに眺めている。

断じて言うがこれは機密情報のはずだ。

第一王子とグロリアの浮いた話などひとつも流れてきたことがない。

――グロリア、それ、こんなところでしていい話じゃないって！

動揺を顔にありありと浮かべるベルベットを余所に話は続く。

王子の告白にグロリアは上品に口元を隠した。

「やだ、あんなに淡々と約束を反故にした殿下が気にかけてくださっているとは思いませんでした」

「淡々とはしていない。それはどちらかと言えば君の方だ。当時は君が泣くかもしれないと、シモンが心配していた程にはね」

「殿下っ」

思わぬ暴露にシモンが慌てるも、グロリアは知っていたと言わんばかりに楽しそうだ。

「わたくし、デイヴィス家では感情を表に出してはならないと教えられてきました。その教えに従って過ごしていただけで、中身は周りの子と大差ありません」

「……では、私は君を傷つけたかな？」

「ええ、ちょっとは」

これに関してはそうかなあ、と内心で疑問を呈するベルベット。

昔の話になるが、子供の頃からグロリアは早熟だった。時々子供らしい我《わ》が儘《まま》は言うが、どこかわざとらしかった部分は否めず、自分の将来に関しては未来を見通すような雰囲気すらあった。

グロリアは穏やかに唇の端を持ち上げる。

「エドヴァルド殿下の件も無関係ですから、ご安心なさいませ」

グロリアは彼のみならず、兄にも笑いかける。

「それにどう謝っていただいても、わたくしに対する社交界の噂は消えないでしょう。スティーグ様があの場でわたくしを拒絶した時点で、わたくし達の関係は終わったのです」

「グロリア。そのスティーグ様は、一時の気の迷いで……」

「ま、嘘でしょお兄様。まさかわたくしにあの方とよりを戻せとおっしゃってるの？」

シモンも無理を言っているのは承知しているらしいが、言わねばならないのが彼の立場だ。ベルベットは宮廷事情に詳しくないが、彼らがグロリアを引き留めたい理由は推測できる。

本人達の感情はどうあれ、あのような婚約破棄では王家に非難が集まる一方だ。

「……真偽を確かめるまで待ってほしい、と言いたかっただけだ」

「お兄様、お兄様、真偽も何も、スティーグ様は本気です。公の場で婚約破棄するなんて、よっぽどの勇気がなければできません」

「勇気は時に蛮行と化す場合もある。スティーグ殿下の場合は、ご自分の意思ではなかったのかもしれない」

「隣にいた女性のこと？　彼女、たしかわたくしと同じ学園生でしたわよね」

「そうだ。現在事実を確認している」

グロリアは彼の女性を詳しく知らないらしい。

シモンは重々しく告げた。

「デイヴィスに帰ってきなさい。いきなり出奔《しゅっぽん》するなど、少しは残された者のことも考えてほしい」

「考えましたけれど……役に立たないなら出て行ってと言われてましたし」

「誰だ、そんなことを言ったのは!?」

慌てるシモンを肴にグロリアは悪戯《いたずら》っぽく微笑む。

「オニール子爵です」

「叔父上はお前を可愛がってくださるではないか。スティーグ殿下との仲も取り持ってくださったのに……」

「わたくしが八歳の頃におっしゃった言葉です」

「お前、そんな昔の話を持ち出して！」

「やだ心外。子供のわたくしがものすごく傷ついたのに、昔の話なんて言って」

存在を消しているベルベットは、うん、と心中で独りごちた。

これはもう、グロリアは完全に相手を揶揄《からか》っているモードだ。

妹は出奔に毛筋ほどの迷いもない。説得されるつもりは皆無で、相手をどうはぐらかし、疲れさせるかを念頭に置いている。

こうなっては仕方がない。

いつまでも居座られては弟妹達が帰って来られないので、「あの」と小さく挙手した。

「申し訳ないのですが、少々グロリア……様を隣室にお借りしてもよろしいでしょうか」

「なに、姉さん。言いたいことがあればここで言えばいいのに」

そんなことができるのは心臓に鉄の毛が生えた人間だけだ。ベルベットは常識を備えた極めて良識的な一般人なので、王侯貴族の前で侯爵の娘と言い争うような真似はしない。

グロリアを隣室に呼んだところで鼻先に人さし指を立てた。

「今日のところは大人しくディヴィス家に戻りなさい」

「嫌」

「話を聞きなさい。今日のところは、ってちゃんと付け足したでしょ」

「私はハーナットに帰ってきたの。嫌なものは嫌」

子供みたいにそっぽを向いても騙《だま》されはしない。

ベルベットは少々語気を強くする。

「殿下やシモン様をちゃんと見てた？　あれは貴女と一緒で、どうあっても納得してくれない。相手をからかうのは自由だけど、今日はうまく躱《かわ》したところで、また貴女を説得しようとやってくるのは目に見えてる」

「次も追い返せばいいじゃない」

「そういうわけにはいかないの。来られる度に子供達を追い出してたら話にならないし、貴女、ラウラを膝に乗せてたならわかるでしょ」

女の子の名前に、グロリアは唇をきゅっと結ぶ。

「……あの子、どうして足が不自由なの？」

「事故。だけどそれは、いまは関係ない」

ラウラは末の妹だ。

グロリアが養子に行ってから生まれた子で、昔遭った事故のせいで片足が不自由である。

「わたしはずっと家にいられないし、リノだってそう。あの人達が来る度に子供達だけ外に出すわけにはいかない。今日みたいな事が繰り返されたら迷惑なの」

「迷惑って……それって私が邪魔ってこと？」

たった一言で泣き出しそうになるのは、多少なりとも思うところがあったせいかもしれない。

ベルベットは言葉の足りなさを後悔し、訂正するべく、グロリアと目を合わせながら強く言った。

「邪魔とは言ってない。でも、ちゃんと帰ってきたいのなら、せめて侯爵と話をしなさい。あの人は貴女の実父で保護者なの」

「部屋から出してもらえないかもしれないわ」

「あなたなら来ようと思えばまたうちに来られる」

「その根拠はなによぅ」

「うちに帰るんだって思い続けた執念と、家の人の目を盗んで抜け出してきた行動力があれば、何も問題ない」

などと言ってみせるのは、単に楽観的になっているからではない。

いまだ納得していない妹に、ベルベットは深いため息が漏れ出る。

「あのね、つまりシモン様だって貴女のお兄様なわけ」

弟妹を叱る時と同じように言えば、グロリアは反論した。

「でも姉さんだって聞いてたじゃない。あの人達が……お兄様でさえ私を連れ戻したいのは外聞があるからで、私の意見を尊重してくれてるわけじゃない」

「そりゃ一方的な事情だとはわたしも思った。だけど本当にそれだけだと思ってる？　相手だって立場のある身なんだし、やむを得ないってわかってるんでしょ」

正しい、正しくないの是非《ぜひ》はベルベットにはわからない。ただ、彼らがグロリアを連れ帰ろうとする姿を見て、感じたことを述べている。

グロリアは聡《さと》いから、姉の言いたいことも察してくれた。

頭の端では彼らの事情も理解している。

「グロリアにしたら、たまったものではないのはわかる。あの婚約破棄宣言の本人――第二王子《ばか》を諌《いさ》めなかった周囲には腹が立つし、だから関わりたくないならそれでいい、とわたしは思う」

ベルベットは頭ごなしに否定しているのではない……それがわかって、グロリアは大人しくなる。

「……つまり？」

「不要というなら、せめて堂々と棄《す》ててきなさい。殿下は知らないけど、シモン様は話のわからない人じゃなさそうだから」

「そう簡単にいくかしら……」

グロリアは半信半疑だが、ベルベットにしてみれば単純だ。

家出娘を連れ帰るだけなら、それこそ金と人に任せればいい。それをシモンはわざわざ自ら足を運び、妹の言葉を引き出そうとしたのだ。ベルベットという他人の前で感情的になるのも、気を許している証拠ではないか。

シモンの表情は他人相手にはできないものだった。

「貴女がデイヴィス家で暮らした月日は十年。その十年の中身を私は知らないけど、嫌いにならないだけの関係ではあったんでしょ」

「それは……」

「グロリアは本気で嫌いだったら、相手になんかしないしね？」

「うっ」

本音を言えば……グロリアの帰還は迷惑でもなんでもない。だが突然すぎたので、まったく準備ができていない。

ベルベットは思う。

着替え、布団、食料、今後についての働き方と収入……すべて足りないのだ。余裕のある暮らしをしていないので、恥ずかしい話だが、いきなり転がり込まれても対応できる経済力がない。

それになにより、と嘆息する。

ベルベットには縁のない出来事だったので失念していた。

「それにさ、貴女、デイヴィス家を棄てたら学園に通えなくなるでしょ。せっかく色々なことを教えてくれる場所なのに、それでいいの？」

グロリアが何を夢見ているのかは知らないが、学園はすべてにおいて将来の可能性を広げて繋げてくれる学び舎《や》だと認識している。

貧しさが理由で職の選択がなかったベルベットとしては、もったいないと思うのだ。

もちろん、それらを含め妹の生き方だから文句は言えないけれど……。

だから惜しみはするが、彼女の意思を尊重しようと努め、大事な一言を告げた。

「帰りたいと思ってくれたことは嬉しい」

グロリアの瞳孔が大きく開く。

「だからちゃんと話をしてきてから、貴女が決断するなら構わないの。本当に帰ってきたいなら準備を進めておくから、もっと堂々と……あの人達を引っぱたいて帰ってきなさいな」

くるりと踵を返し背中を向ける。

説得は上手くできたはず。

ベルベットは照れくさい半分、決まった……と自画自賛し、次の瞬間、背中に衝撃が走った。

身体に回された腕のせいでうまく身動きが取れない。

「は？　ちょっと、グロリアっ!?」

聞き分けのない娘が背中に張りついている。

剝がそうとしても断固として離れず、幼児のようにイヤイヤと駄々《だだ》を捏《こ》ねた。

「やだ。帰らない」

「あ、あのねぇ……いま話したこと、ちゃんと聞いてた？」

「聞いてた」

「じゃあ理解できるよね。それにうちの状況を見てよ、迎え入れようにも……ね？　だからここは、いったん大人しく引き下がって……帰ってくるのがだめなんて言ってないし」

「やだ」

ベルベットはなるべく優しく妹を窘《たしな》めた。しかし続けて言葉を重ねても、返答は拗ねた「嫌」の一言のみ。最後にはとうとう感情が爆発した。

「冷静になれ！　浅はかな考えで全部捨てるとか馬鹿なこと言うんじゃない！」

「浅はか!?　浅はかって、今日ほど計画的な行動はないんですけど！　お姉ちゃんこそ、なんで私を帰らそうとするのよ!?　そんなに私が迷惑なら、そう言えばいいじゃない!!」

「だから迷惑じゃないって！」

足掻いてももがいてもグロリアは剝がれない。いくら細身の女の子とはいえ、全身でのし掛かってくるから負荷は相当だ。

　ベルベットはぎりぎりと奥歯を鳴らし、重石《おもし》となってくるグロリアごと引きずってドアを開ける。男達の待つ居間へ引っ張って行った。

「やーだーー！　やだ、お姉ちゃん嫌い、ばか、ばかばかばか！」

　幼児並みの知性に落ちたグロリアは、もはや恥ずかしげもない。

　自称常識人《ベルベット》は全身で汗をかき、肩で息をしながら、男達に向かってひっつき虫と化した妹を指差す。目を白黒させている客人達の前で、迫真の叫びが放たれた。

「これ、持って帰ってもらえますか！」

2 セルフでドナドナ

ベルベットは早起きで、朝は自然に目が覚めるように体が慣れてしまっている。

この日も朝陽が昇る前に目を覚ますと、身体に残る疲れを引き摺《ず》りながら上体を起こした。

彼女が横になっていたのは寝室ではなく、二部屋しかないハーナット家の残りの部屋――居間だ。度重なる利用で木枠が朽ちかけた長椅子に横になり、毛布だけを被っていた。

数年前まではまだ全員一緒に寝ていたが、弟妹達が成長するにつれベッドの広さが足りず、ベルベットは度々別室で眠るようになった。

リノはベルベットの体調を心配したが「どうせ馬の世話もあるし」と言われてしまえば、長男は何も言えない。しかし姉の負担を減らすべく、彼女が仕事で駆けずり回る間に家事を手分けして取り組むようになった。ハーナット家なりの家事分担だ。

家を見回す度に、ベルベットは悩む。

――どうにか増築してリノの部屋を作ってあげたいんだけどなぁ。

あともう少し金と時間があれば解決できる問題は、養育費に消費されがちだ。

着替えもほどほどに家を出れば、外はまだ暗い。

あたりは殆《ほとん》どが森林に囲まれており、唯一開けている正面玄関側は農作地となっている。

隣家とは距離が空いており、このことから都外れに位置しているのは明らかだ。中央に行くためには距離があるから、移動手段は馬が主になる。

こんな時間帯に一人で移動しても警戒すべきは野生動物くらいだから、この国の治安の良さは飛び抜けていた。

無論、どんな国でも犯罪が絶えないように泥棒も存在するが、農民が過半数を占める一帯で、とりわけ家も古く貧しいハーナット家を狙うなら、それは三流以下の目が節穴の持ち主だろう。

このように長閑《のどか》な時間を満喫できるサンラニア国は広大な土地を持つ大陸有数の発展国となっている。

土地は豊かで気候は穏やか。

水や鉱山といった資源に恵まれているから自給自足で国の産業が賄《まかな》えている。

国は都のみならず見えない先の土地まで壁で囲むように内包しているのが特徴で、これらを守る防衛力を維持し、難攻不落の名を欲しいままにしている。

数百年と続く歴史のある国だが閉鎖的ではなく、他国の文化に寛容で盛んに交流を行っており、海上貿易を主として多文化を取り入れている。

さらに天体の運行に関する知識も流入し、数十年ほど前から協定国間で時間や月日の概念が定められた。

また魔法文化においても寛容で、積極的に賓客《ひんきゃく》を招いて新しい知識を取り入れている。若手の育成にも熱心だから教会と提携して無料の学び舎を設置し、国民の識字率を高めた。

信仰は三大神を崇拝し、あちこちに教会の設立を許している。

政《まつりごと》に密接に関係しているから国民のほとんどは三大神を讃《たた》えているが、少数派の精霊信仰や古代神信仰は禁じられていない。

届け出さえ出せば小さな信仰所を設けるのも許してくれる寛容さがあるが、唯一、隣国の聖ナシク神教国と折り合いが悪かった。

なぜなら彼の国は、自らが崇《あが》めるナシク神を唯一神と信じ、他の神を邪神と言って憚《はばか》らないからだ。ナシクは神の名の下《もと》にサンラニアへ襲撃を行い、強奪や強盗に誘拐を繰り返す。攫《さら》われてしまった人々は無残な姿となって返されてくるのが通例だ。

サンラニアは国民を守るために騎士団を結成し、いまも敵の侵入を防ぐため、壁の外で小競り合いを繰り返している。

この騎士団が結成されて良かった点は、先も述べた通り治安の向上だろう。

壁の内側は、子供を一人お使いに出しても無事に帰ってこられる治安の良さを誇った。

ベルベットは十歳になる栗毛《くりげ》馬の馬房《ばぼう》の掃除や餌《えさ》やりを終わらせると、畑が動物に荒らされていないかを確認する。

罠を仕掛ける必要はなさそうだと安堵《あんど》したら、次は人間の世話を焼く番だ。

起床時間を知らせるために使うのは古ぼけたラッパ。

息を吹き込むだけのデタラメな高い音を鳴らすと、ドアの向こうで一斉に不満の声が上がる。

ふくれっ面でドアを開いたのは双子の次男と三男のギルバードとメイナードで、末妹ラウラは長男リノに助けを借りながら移動していた。

長女ベルベットがチーズと林檎《りんご》、それにかちかちに固く水分の抜けたパンを並べる間、テーブルに並んだギルバードとメイナードは文句を忘れない。

「姉ちゃん、あのうるさい起こし方やめてよ」

「あんなの鳴らさなくてもちゃんと起きるし、こっちのことも考えてよ」

双子はその繋がりゆえか意見が合致しやすいから、争いは二対一になりやすい。

しかしクレームに慣れた長女は反省もせず言い返した。

「ご要望の丁寧で優しい声かけで、あんた達は何度わたしを困らせたっけ？」

「それは姉ちゃんの起こし方が悪いんだって。だって起こされた記憶がないのに、姉ちゃんは起こしたって怒るんじゃん。な、メイ」

「そうそう」

「二人がちゃんと返事してるのはリノも聞いてるし、だいたい文句言うならちゃんと起きればいいだけの話。とにかくラッパはやめないからね」

「おーぼう、おーぼう！」

「ぼーくんだ！」

「うっさい。いいからとっとと食べろ」

「じゃあ林檎切ってよ。齧《かじ》るのめんどくさい」

「はいはい……その前にお祈りね。ほら、ちゃんと背筋を伸ばす」

家族での食事の前に、神へ祈りを捧げるのは習慣だ。

こころ温まる歓談もハーナット家の日常で、双子とまともに応酬する気などないベルベットだが、視線を落としがちなラウラの問いには真顔になった。

「お姉ちゃん……グロリアちゃんには、もう会えないの？」

グロリアがデイヴィス家に帰っていった後、まともな説明をできなかったためだろう。彼女が自らをハーナットと名乗ってしまい、あまつさえ長女と長男共に彼女の存在を否定できなかったせいで、下の三人に隠していた事実がばれてしまった。

あの日のグロリアは、たとえ服のグレードを落とそうとも滲み出る気品を隠せていなかった。

まるでお姫様のような新しい家族の存在に、弟妹達はすっかり浮き足立っている。

ベルベットはグロリアの外観にこそ惑わされなかったが、妹がハーナットに帰りたがっていたと知ったばかりだ。己の気持ちに整理をつけながら、十歳達と八歳を上手に説得するのは難しい。

ナイフと林檎を持ちながらベルベットは答える。

「……あの子にまた会えるかは、わたしにはわからないかな」

我知らず声が沈んでしまっている自分に気付いていたが、これ以外に掛ける言葉はない。追い返してしまった以上は自らグロリアを追いかけることなどできないし、彼女には今の生活を守る義務がある。

姉の心の機微《きび》を感じ取ったかラウラは口を閉ざし、リノは話題を切り替えるべく、持っていたカップの底で強めにテーブルを叩く。

「姉さん、そろそろパンが切れそうだから次のを補充したいんだけど、いい？」

「構わないけど、外の竈《かま》を直そうと思ってたし次はわたしが作ろうか？」

最近は小麦粉が安い。

大量消費するなら簡単なパンを焼こうかと提案したのだが、ベルベットが手作りの意思を示した途端、弟妹達に緊張が走った。

背筋を伸ばし瞳孔を開いたリノが、ゆっくりとぎこちない笑みを浮かべる。

「い、いいよ。姉さん忙しいし、いつものパンなら大してお金は変わらないからさ」

「でも味に変化が欲しいって最近メイナードが……」

「あっ、や、やっぱりいつものパンが食べたいな」

ギルバードに小突かれる前にメイナードは大声をあげ、ベルベットは「そう？」と首を傾げる。

「いつもの味がいいなら買ってくるけど、わたしなら色々混ぜられるのに」

「姉さんの変わり種は独特で……なんでもない」

「お兄ちゃん……」

「ラウラ、いいんだ」

「……はーい」

「なに、ひとがパンを焼く程度で大袈裟《おおげさ》な」

ベルベットは林檎を切り分けると、皿に盛ってあった木の実やチーズを口に放り込むが、ろくに味わっていないのは見て明らかだった。

ベルベットは年少三人の顔を見渡す。

「わたし、今日も帰りの時間はわからないから、遅かったときはリノの言うこと聞いて良い子にしてね。知らない人を家に入れちゃダメだからね」

「また遅いかもなの……？　最近、ずっとじゃない？」

ラウラが不安そうに瞳を揺らす。

ベルベットの帰りの時間が不定期なのはいつものことだが、最近は特に忙しかった。

団欒《だんらん》の時間を取れないことに罪悪感を抱いていたベルベットは、心苦しそうに妹の頬を撫でる。

「ごめんね、もうちょっとしたら落ち着くから」

「いいよ。でも、終わったらお買い物に連れてってね」

「リボンを新しくしよって約束してたもんね」

「うん。お揃いで髪に結ぶんだからね？」

「大丈夫、忘れてない」

約束を確認すると、いつまでも動こうとしない双子を急《せ》かし、干して取り入れっぱなしになっていた服に着替えさせる。ラウラは丁寧に髪を梳《と》かして編んでやるのがベルベットの日課だ。

「姉ちゃん、そういえば靴に穴が開いたんだった！」

「この間買い換えたばっかじゃない!?　ていうかなんでもっと早く言わないの！」

「どうしよう！」

「どうしようって、予備なんてないから……そのまま行きなさい!!」

遅すぎるギルバードの報告に悲鳴が上がる。

ベルベットは苦渋の表情で弟妹達を見送ると食器を片付け、少しだけのつもりで横になったらあっという間に昼前だ。

慌ただしく自身の着替えを済ませたベルベットは腰に手を当て、ゆっくり室内を見渡した。

この間、王侯貴族を出迎えた部屋をだ。

「…………片付ける、べき？」

臭いを発するゴミはないものの、部屋は再び散らかって物で溢れている。

予期せぬ来訪とはいえ、他人様《ひとさま》にこの惨憺たる有様を見られた家主としては思うところが多々ある
が、すぐに清掃を諦めた。片付けなど面倒《めんどう》くささが先立つだけだ。

上着を羽織《はお》ると、家に一つしかない鏡に己を映す。

いまは弟妹もおらず、ベルベットは空元気を装う必要はない。

鏡の世界に映った彼女は物憂《ものう》げで、瞳に力がない。

ふと懐《ふところ》に手を差し入れると財布の中にある硬貨の枚数を数え……深くため息を吐いた。

――出費が大きすぎた。

改めて、王城に入り込むための工作に金を使いすぎた。

弟にはああ言ったが、できれば弟達には食べる量を控えてもらいたい。

しかし弟妹達には絶対に飢えさせることだけはしない……と決めているだけに、ベルベットは腹を
押さえ、今更ながらに少なすぎた朝食に思いを馳せる。

「仕方ない、夜を抜くか」

夕食は外で食べてきたと言えば、家族は誤魔化せる。

食事を忘れるくらいがむしゃらに動けば済む話だ。

問題は時間を忘れさせてくれるほどの仕事があるかだが、これればかりは雇い主にかかっている。

支度を済ませ、馬に跨がって数十分も経てば、石畳《いしだたみ》や煉瓦《れんが》仕立ての建物でひしめく都が見えてくる。

国王直下の都の名前はロカ。

三大神の一柱、男神ネブラが抱く知識の実「ロカ」から頂《いただ》いた名である。

馬から下りたベルベットは、手綱《たづな》を引きながら中央の街並みを横目で眺める。

大路ではたくさんの商店が軒を連ねており、積極的に道で行き交う人々に声をかけていた。

大通りを外れてゆるやかな坂道に入ると市民の姿は少なくなり、制服に身を包んだ人とすれ違うようになる。ベルベットは彼らと同じ服を着ていたが、着古しているので色褪《いろあ》せはじめており、鎧《アイロン》がけされたものほど綺麗ではない。

向かった先は四階建ての広い建物。

街中に点在している詰所《つめしょ》の一つで、ベルベットのような雇われ人が多く所属している。

裏手の厩舎《きゅうしゃ》に馬を預けると、一抱えの荷物を持って裏口から中に入った。

真っ先に向かったのは一階の薬屋で、店の主である薬師《くすし》が破顔《はがん》する。

「やあ、ベルベット。間に合ってくれてよかった。ちょうど薬の材料が切れたところなんだ」

彼女が持ってきた荷物は、家の周辺の森から採ってきた薬草や昆虫の類《たぐい》だ。

他にもキノコ、苔《こけ》、蜥蜴と種類は多岐にわたり、店主は品を検める。

素材一つ一つにグレードが設けられており、引き渡しと交換で銀貨を受け取った。ベルベットはそれを懐に押し込むと上階に上がり、ある部屋のドアを叩く。

返事をもらって中に入ると、雇い主が机に向かって腰掛けていた。

この詰所に所属する本物の騎士称号をもつ人で、ベルベットはこの人物に雇ってもらう形で働いている。

「失礼します。このあいだご相談いただいた盗人《ぬすっと》の件なんですが……」

騎士といえば華やかな仕事を連想する人が多いが、実際は違う。

泥棒が出たら衛兵と協力して駆けまわり、お使いがあれば国の端から端まで馬を駆る。治水工事で人手が足りなければ駆り出されることさえあった。

そんな彼らに雇われる下っ端《ぱ》が請け負う内容はもっと泥臭い。

騎士は国から給金をもらっているが、実情はこの上官のように人を雇う余力のある騎士が、自腹で多くの人を雇い、手足として動かす方式だ。

給金をもらう代わりに功績はすべて雇い主のものになる。

ベルベットの雇い主の場合、働く時間帯は不規則だが、良く言えば時間の自由が利く。

この人は貴族だったから給金は安定していた。

若くに親を亡くしたベルベットが一人で四人を養《やしな》えるのも上官のおかげであり、手柄を立てる活躍に繋がればさらに気前は良い。

最近追っていたのは泥棒の行方だ。

いち早く情報を提供し、新しい仕事をもらうべく訪ねたら、相手の反応は微妙だった。

髭面《ひげづら》の中年男性は、ベルベットが顔を見せた途端に顔を顰《しか》めた。

副官も似たような様子で、目は「どうしましょう」と上司に尋ねている。

彼らの態度にベルベットは戸惑《とまど》った。

なぜなら彼女は自身を誠実な働き者だと自負している。

彼らの役に立ってきた自覚もあったので、疎《うと》まれる覚えはない。

「何か……失敗をした覚えはありません。わたしは不手際でも起こしたのでしょうか？」

「…………そういうわけではないのだが」

「では、なんでしょう」

上官はこめかみを揉《も》み解《ほぐ》し、言葉を考えている。

ううむと呻《うな》り、腕を組んで話し出す。

「ベルベット、お前に折り入って頼みがある」

「はい、なんでしょう」

「使いだ。これを持って城に行ってくれ」

「城って、王城ですか？」

「他にどこがある。くれぐれも寄り道せずにまっすぐ向かえ。失礼のないようにな」

「…………これを渡すだけですよね？」

「もちろんだ」

渡されたのは蠟《ろう》で封をした、大きめの封筒だ。

ただのお使いにしては態度が大袈裟だが、言われた通り封書を受け取った。

「どなたにお渡しすれば良いでしょう」

「私の名前を衛兵に伝えてくれ、それでわかるようになっている」

「それはまた、いつもと違うような……」

「……問題でもあるか？」

「問題はありませんけども」

「だったら早く行け」

正直なところ、曖昧な指令ほど困るものはない。

なにせこの場合の「城」は、他ならぬ騎士団本部だ。

どうせ行けばわかるのに、届け先を語りたがらない荷は不安を誘う。

「それから、ベルベット」

「はい」

「その書類を渡したら、もうここには戻ってこなくていい」

「はい？」

「お前にできる仕事はないんだ……ああ、何も聞くな。とにかく行け！」

不可解な発言で勤め先を追い立てられ、不承不承《ふしょうぶしょう》ながらも再び馬の鞍《くら》に跨がる。

ベルベットは言われた通り王城へ向かった。

王城と聞くと堅苦しいイメージがつきものだが、門付近の雰囲気は街中と変わらない。ただしここに詰めるのは、騎士の中でもエリートばかりだ。

加えて王城に出入りできる立場としてのプライドと、王を守る使命を帯びているためか、胸を反《そ》って歩いている人の割合が高い。

居丈高な人が多いと感じるのはベルベットの偏見だが、彼女がどんな思いを抱こうとも変わらない事実がある。

それはベルベットなど歯牙《しが》にもかけられない存在だということ。

王城の門を越えて衛兵に用事を伝えると、たしかに話が伝わっていたのか、さらに奥の建物へと通してもらえる。

ただここでも不可解だったのは、道案内がいた点だ。

「しばし待て。案内人が来る」

「……あんないにん?」

常であったら「よし、通れ」くらいの態度で終わるのに、現れたのは制服を着た騎士だ。十代後半頃だが、少年の域を出ない見た目だった。

ベルベットの背骨を冷たい水が通り抜けて行くようだ。

奥の宮など立ち入りを制限される場所なのに、少年は当たり前のように進んでしまう。

不安よりも悪寒が勝り、多くを語らず送り出した上官への不信は募《つの》る一方。

少年は止まらず、奥へ奥へと進んで行く。その後ろ姿だけでも育ちの良さが窺え、いっそうこの場における自身の不釣り合いを際立たせた。

疑惑はひときわ立派な執務室に案内されてから確信に変わった。

左目から頬にかけて走った傷跡が特徴的な強面の美丈夫とベルベットの視線が交差する。

王族を守る一員の一人、近衛隊長のギディオンだ。

「来たか」

ベルベットは即座に、相手の用事は自分にあったのだと理解した。

目の前どころかお先が真っ暗になった心地で目を瞑《つむ》る。

彼女が数秒かけて現実を受け入れる間に少年は退室している。

ギディオンは椅子に腰を落とし、ベルベットに向かって手を出した。

「頼んだものは持ってきたか」

「こちらに」

「ご苦労」

所望した封書をギディオンは封を切って中身に目を通し、やがて彼女の目の前に投げ置く。封書の中身は、かつて上官と取り交わした宣誓書で、ベルベット直筆のサインが入っている。

この時点で状況はまともではない。

強面が口を開いた。

「要請したとおりのものだ。日が一番高く昇るまでに届けるよう伝えたはずだが、遅れたくらいでとやかく言うつもりはない」

「左様でございますか」

——王城勤めみたいに出仕時間なんて決まってないんですけどね。

答えても言い訳にしかならないので、ベルベットは頭を下げるだけだ。

ギディオンは敬わねばならない相手だが、彼女は近衛ではないし所属も違う。

本来面会すら難しい人物であれば、呼び出された理由はひとつしかない。

しかしベルベットは彼らに協力的なつもりだった。よもや駄々を捏ねるグロリアを押しつけて家から追い出したからか？

それとも王子をぞんざいに扱かったことに文句でもあるのだろうか。

ともあれ、あの騒動はまだ続いていたらしい。

うんざりしているベルベットに、ギディオンは確認を行った。

「これを運んできた意味はわかるか」

「いいえ。ただ渡してほしいとだけ言われて預かりました」

「そうか」

男が顎に手を押し当て黙る間、ベルベットはひとりきりで異郷に放り出された心地に襲われた。

自分の宣誓書を勝手に渡されてしまった点に文句はあるも、一刻も早く出て行きたい気持ちで、発言を許されていないにもかかわらず申し出る。

「申し訳ありません。必要なものはお届けしましたし、私にここは場違いのようです。退室をお許しいただけないでしょうか」

「そうもいかん。お前の身柄はこれから俺が預かることになる」

——勘弁してください。

「勘弁してください」

心の声が秒も経たず口から飛び出ていた。

心底、心からの言葉でもギディオンは素っ気ない。

「直訴したいならディヴィス家とエドヴァルド殿下にするんだな。俺が決めたことではない」

ベルベットは眉間《みけん》に皺《しわ》を寄せて下唇を噛んだ。

本来上官が所持しておくべき個人の宣誓書を渡された時点で予感はしていた。

相手の正気を疑う言葉に、冷静になれと自身に言いきかせる。

これがどこぞの騎士なら、なりふり構わず逃げるところだが、王城の近衛隊長であるのがネックだ。

「続きを話すぞ」

「お待ちください」

勝手に話を進められても困る。

ベルベットは片手で「待て」の姿勢を取りながら深呼吸を繰り返した。

嗚呼《ああ》、と心で嘆きながら思い返すのは、彼女を送り出した上官の台詞だ。

――お前にできる仕事はない。

あれは言葉通りの意味だったのだ。

「まず状況を整理させてください。いま、わたしがわたしの宣誓書を貴方に渡してしまったわけですが、それはまさか近衛隊に譲渡されてしまったのですか」

「見ての通りだ」

「勝手に？」

「お前が誓いを立てた相手は国であり、警邏隊長は仲介役に過ぎん。異動は上の総合的判断であり、お前の意思は関係ない。……これにもそう書いてあるはずだがな」

ギディオンは指先で宣誓書を指し示すが、ベルベットは諦めない。

「ではデイヴィス家とエドヴァルド殿下が関わっている。そう思っていいのですね」

「見ての通りだ。順序立てて説明せねばわからんか？」

認めたくないから言っているのだ。

ベルベットは感情的になる己を制し柳眉《りゅうび》を逆立てた。

「ではデイヴィス家のグロリア様はどうなのでしょう」

これが重要だ。

あれからグロリアとは会っていないが、無事再び学園に通い始めたと聞いている。それまでの休学を周囲は婚約破棄ショックと受け止めているらしいが、真実は知っての通り。

もしベルベットの異動にグロリアが関わっているなら、即刻この部屋を飛び出して直談判に行く心積もりがあったが、彼女の心配は杞憂《きゆう》に終わった。

ギディオンはやや間を置き答えた。

「グロリア様は関わっていない」

妹がベルベットの意思に反していないと確認できたのは嬉しいが、本題はまだだ。

「では何故、近衛隊にわたしの身柄を預けるという話になるのでしょう」

「言い方に語弊はあるが、意味合いとしては変わらない。聞きたいか？」

聞きたくない……と言えればどれほど良かったか。

ベルベットは事なかれ主義で、むやみやたらと上の者に噛みつく人間ではない。

王城、しかも不慣れな場で人と口論している状況から、逃げたい気持ちで胸が溢れかえっているが、泣き言は言っていられない。

是非、と机を叩くように身を乗り出した。

「事実確認は必要です。なにぶん勝手に処遇が決められているようですので、これにただ従うようでは阿呆《あほう》ではありませんか。貴方はそういう部下をお望みなので？」

「唯々諾々《いいだくだく》と従うだけの間抜けか……それはそれで使いようもある」

「わたしは肉盾《にくたて》になれと言われて従える人間ではありません。謎は自分で解決したい質《たち》です」

「まあ、大概はそうだろうな」

ギディオンは椅子を鳴らして上体を傾けると、机の上で肘《ひじ》を立てる。

「その前に俺からも確認しよう、ベルベット・ハーナット。お前はグロリア様の幸せを望むか」

嫌な問いかけだった。

ベルベットは露骨な顰《しか》めっ面《つら》で語気を荒くする。

「それに答えるには、わたしからも伺う必要があります。我が家とディヴィス家の関係は、どれほどの方がご存知なのでしょうか」

「王家とディヴィス家、それに一部の人間のみに留《とど》めている」

ならばあの上官は完全にとばっちりを食ったことになる。

あの人は何も知らずベルベットの身柄を寄越せと言われたのだ。

「もはや無関係ではないゆえ話すが、いまだグロリア様はスティーグ様《でんか》との婚約解消を望んでおられる」

「望んでいるとはどういうことでしょうか。婚約は、すでになくなった話ではないのですか」

「スティーグ様が宣誓されただけで、周りが誤解しているだけだ。このようなことは王家も、そしてデイヴィス家も認めないと『決めた』……そういうことであり、これがすべてだ」

ベルベットは顔を歪《ゆが》める。

つまり若人が暴走しただけで両家が認めていないから、そんなものは知らないと言いたいらしい。

なんとも面倒な事態になっているではないか。

「いい年をした男女の判断なのです。お認めになってはいかがでしょう」

「正気か？」

「正気で貴族の常識外を説いております」

貴人の婚姻には家の事情が絡むことは承知で答えている。

丁寧な言葉遣いやへり下った態度をかなぐり捨て、無礼を重ねているのは自棄《やけ》からだ。

いっそギディオンを怒らせ、追いだしてもらおうとすら目論《もくろ》んでいたが、相手はベルベットの思惑通りに反応してくれない。

ギディオンは慇懃無礼《いんぎんぶれい》でいけ好かない男ではあったが、どうやら平民《ベルベット》の不遜《ふそん》な態度は気にしていないようなのだ。

彼女の発言には呆《あき》れた顔を見せるだけだった。

「彼らの問題に我らが口を挟むことではない……それで、俺の問いの答えは？」

「幸せになってほしいとは思っています」

「なら……」

「ただし伴侶《はんりょ》は本人が望んだ相手を、と……血縁上の親類としては考えます」

遮るように付け足した言葉に、ギディオンもまた、ベルベットの相手をするのは面倒くさいと思ったようだ。

彼女は続けて訊いた。

「わたしはグロリア様が無茶をしでかさないための人質ですか」

「そうだ」

「貴方の監視下に置かれ、彼女が間違いを犯した際の行動を報告しろとおっしゃる」

「頭は回るな。思ったより馬鹿ではない」

ギディオンは椅子に背中を預け、決定の意図を伝える。

「ひとつ忠告すると今後『なぜ』などと愚かな質問は控えるべきだ。殿下とシモン殿がそう判断されたのだ。ゆえにお前の仕える主を替えさせてもらうし、俺の配下になってもらうのだから」

ベルベットは貴族など関係のない生活をしていたから、この手の企みには疎い。

学びが足りないなりに一生懸命考えようとしているが、その実、いまなお相手方の正気を疑うばかりだ。

「馬鹿じゃないの」

呟きにギディオンの肩が震えた気がしたが、何か言われる前に、最後の悪あがきと口を開いた。

「了承する前に、グロリア様に会《まみ》わせてください」

「不可だ。次にお前が彼女に見えるのは、俺の配下となってからになる」

「わたしは自分が清く正しいサンラニア国民であると自負しています。その国民に対し、この仕打ちはあんまりではないでしょうか」

「仕打ち、などと不思議なことを言う。端《はた》から見ればお前の待遇は昇進であり、近衛隊長である俺の傘下《さんか》に入る。すなわちお前自身も近衛隊の一員となるのだから、誰もが羨《うらや》む待遇だ」

ああ言えばこう言う。面倒くさい男である。

いくら不服を申し立てようとも上の命令である以上、ギディオンは折れやしないだろう。このやり取りも無駄に終わるだけと理解してきたが、ベルベットが抵抗を続けるのにも理由がある。

悔しい。

なぜ妹にちょっと会っただけで、こうも好き勝手にされねばならないのか。

たしかに昔、上官と交わした宣誓書には国のために働くなどと書かれていたし、深く考えもせずサインしたが……。

せめて何か一矢報えないものかと考えたとき、ふいに懐の膨らみが気になった。

「ギディオン・オブラン様」

「……なぜ俺のフルネームを？」

「もちろん知ってますよ。ちょっと調べれば貴方の名前なんてすぐですから……ところで、優しく呼んだだけでなぜ引き気味なのです？」

「貴様に薄気味悪い思惑を感じた」

ベルベットは内心で失礼な男と呟きながら、唇の端をつり上げる。

「給金の額をお聞かせください」

「なに？」

「給金です。昇進とおっしゃられたからには、それに見合う報酬があると存じます」

いきなり金の話に移るからがめついと思われたかもしれないが、ベルベットの知ったことではない。

ギディオンは渋々と、金額を口頭で提示する。それはいままで払われていた五倍の額はあって、想像を上回る給与に目を剝きそうになった。

黙り込んだベルベットを、ギディオンは別の意味で勘違いした。

「薄給には変わらんが、はじめならそんなものだ」

五倍の額を安いと言えるなら、この男とは一生わかり合えないだろう。

ベルベットは背中に汗を流しながら、素知らぬ顔で突っぱねる。

「足りません」

「何だと？」

「足りないと申し上げました」

逆らいようがないなら、別のもので溜飲を下げるしかない。

ベルベットならば何と思われようとも構わない。

条件を呑まないのであれば、このままグロリアの元へ行ってやる。そう脅すつもりで、額《がく》をつり上げてやろうと意気込んだら……。

「……学費でどうだ」

などと、ギディオンは不可解な提示を行った。

言葉の意味を摑《つか》みかねていると、男はまっすぐにベルベットを見上げている。

まともに視線を交差させると、憎たらしいはずの相手が真摯な気持ちで己を直視していると錯覚に陥るから不思議だった。

「学費が何ですって？」

「お前の年で学問を身に着けるのはもはや叶《かな》わぬだろうが、グロリア様よりふたつ下の、十五の弟がいたろう。彼の学園への入園を支援するのはどうだ」

「無礼を承知で申し上げますが、熱でもございますか。あそこは平民の子が入学するには狭き門です。推薦状だって必要なのに……」

「俺が用意できる」

ベルベットは沈黙した。

真顔になった彼女にギディオンは畳みかける。

「農村地帯に住んでいるが、ハーナットは農家の出ではないらしいな。男の子には魔法の才があると近隣の者が噂していたのを聞いた」

「たった数日の間に調べあげたのですか」

「俺には優秀な部下が多くいる」

弟リノには才能があると言われている。

それは魔法。

ベルベットには理解し得ない不思議な力で、何度かヘマをして小火騒《ぼや》ぎを起こしたこともあった。

教会の学び舎では簡単な勉強しか教えられないから、平民の子が魔法を理解するには魔法学校へ入る必要がある。

ベルベットは弟を専門家に任せ才能を伸ばしてやりたかった。

本人はもう十五で働くと言って聞かないが、それでも家の手伝い以外は日がな勉強させている。頭が良く学ぶことに喜びを覚えているから、教会の司祭からも、良い魔法使いになれるはずだと聞いていた。

『学園』への入園は魔法学校入学や魔法使いへの弟子入りより、社会的評価は総合的に上だとされている。

そこは魔法の才がある子ばかりではないが、子供達を才能ごとに振り分け、多岐にわたって学問を授けている。

別名貴族学校とも言う。

上だと評したのは、王侯貴族も通っているから横の繋がりを得ることが可能だからだ。

無事卒業できれば将来は安泰で、卒業後の苦労も少ないと有名だ。ちょっとお金に余裕がある人なら子供を入学させたがる。

ベルベットも学園の魔法学科にかかる費用を調べたことがあったが、出せても受験代が精一杯で、支度金すら手が届かず諦めた記憶がある。

彼女は唇の片方がつり上がるのを感じながら、ふ、と息を吐く。

ベルベットは己の切り替えが早い方だと自覚している。

そう、考え方を変えればいいのだ。

これは自己犠牲ではない。

取引だ。

好待遇過ぎるのが気になるが、チャンスを逃してはならない。

清々《すがすが》しいほどの笑顔を作り上げる。

ここ数日で最良の、そして最高の笑みだ。

「これからはなんでもおっしゃってください、ギディオン様。不詳ベルベット・ハーナット、誠心誠意仕えさせていただきます」

心のこもった挨拶への返答は、胡散臭《うさんくさ》げな眼差しだ。

「本当にグロリア様と血が繋がっているのか、疑問に感じるな」

などとギディオンは言うが、ベルベットは心外だと目を丸める。すでに彼女から反抗的な態度は失せていた。

「ギディオン様はグロリア様について、どこまで聞いているのでしょうか」

「幼少時に養子に行ったとしか聞いていない」

「七歳の頃に家《うち》から引き渡したんです。もうわたしのもとで過ごした時間より、ディヴィス家で過ごした方が長いのですから、似ていないのは当然でしょう」

この発言にギディオンは疑問を覚えたようだ。

聞こうか聞くまいか、迷いがあったようだが、ベルベットは質問を許した。

「プライベートに踏み込むことに躊躇《ちゅうちょ》されてるようですが、いまさらでは？」

「命令と、仮にも部下になる人間への分別はある」

「分別があると自称なさるなら、そもそもこんな命令断ると思うんですけど……っと失礼」

睨まれたので咄嗟に目を逸らして話題を変える。

「そもそもなんですけどね、彼女は昔から子供とは思えないくらい頭が良かった。あの資質を生かすには侯爵家がちょうどよかったのでしょう……なにより」

「なにより？」

ベルベットは含み笑いをこぼす。

「あの子、小さい頃からとてつもなく可愛かったんです。守るという意味でも、守り固めている屋敷の方が安全です」

「……詮《せん》ないことを尋ねるが、お前はそれでよかったのか？」

「子供の時は嫌でしたけどね。大人になれば、あの子にとってデイヴィス家が最善だったと思えるくらいにはなりました」

グロリアは母と一緒で、極めて美しい容姿を誇っている。

ちょっと目元がキツいのが難点だが、それも全体的に美しい容姿の前には霞《かす》み、気高さを引き立てるアクセントのひとつになっていた。彼女が成長した姿を目の当たりにするにつれ、貧乏な家の娘のまま育つより、魅力を最大限に引き立ててくれる貴族の家の娘である方がよかったのだと見せつけられた。

知らず視線を落とし微笑むベルベットを怪訝《けげん》そうに見ていたギディオンは、やがて自身の言葉を訂正した。

「俺の勘違いだ。たしかに、グロリア様とお前は血が繋がっているらしい」

「どっちなんですか」

「いや、それよりシモン様より確認してほしいと言われていたことがある」

「……あの方ですか？」

ベルベットは身構えた。

話を聞く限りギディオンは命令された側だから、まだ与《くみ》しやすさがある。だがエドヴァルドを含めシモンは命令を下した側だ。

はっきりと元凶には警戒を隠せずにいるが、ギディオンは質問を止めない。

「グロリア様が養子縁組されてから、本当に会ってはいなかったかと気にされていた」

「会って、って……まさかそんなことですか？」

「そんなこととお前は言うが、離れて十年なのだろう。シモン様は、デイヴィス家はグロリア様によくしたつもりだとおっしゃっていた。であれば、誰かにたぶらかされたと思うのは無理あるまい」

「婚約破棄なんていう、年頃の女の子が傷つく一番の原因があるのに？」

「はぐらかすな。あの懐かれようを疑問に感じられるのは当然だ」

ベルベットは揶揄うも相手は真剣である。

たしかに、と頷いた。

「あの子もシモン様を嫌いじゃないと言ってましたね。兄妹仲も良好らしかったですし、可愛い妹がいきなり家を出て行きたいと言ったら……戸惑う気持ちはわかるつもりです」

それにデイヴィス家がグロリアを苛《いじ》めた、なんて話も聞いた覚えはない。

ベルベットが知る限り、デイヴィス家はグロリアに最良の教育を施したと信じている。

なにより侯爵は彼女を引き取るほど可愛がっていたから、彼らにしてみれば外部の者の可能性を視野に入れたくなるだろう。

だが、ベルベットの答えはノーだ。

胸に手を当て首を横に振った。

「三大神に誓って、この十年は一度も会っていません。わたしは遠くからあの子を見ていたことはあっても、決して近寄らなかった。できる返事はこれだけです」

「そうか、ではそう伝えておこう」

「……信じるんですね」

「虚言を吐くには、グロリア様を語るお前はまっすぐすぎる」

ギディオンは引き出しから小さな皮袋を掴んで投げた。キャッチしたベルベットの手の平から、硬貨の擦《こす》れ合う軽い音が響く。彼女は袋を開き、金貨が混じっていることに息を呑んだ。

「これは？」

「引き抜きへの前金と、準備金だ」

「準備……なんですって？」

「今後、その身なりで王城をうろつかれては俺の品位を疑われる。制服は支給できるが、細々としたものは自費だからな」

「身支度を整えろってことですか」

彼はグロリアを追う最中で、あの貧しい家を目の当たりにしたのだ。ベルベットに金がないことを見抜いて用意したのは容易に推測できる。

ベルベットは礼を言うべきか一瞬悩んだが、相手は素知らぬ顔だった。きっとへりくだってお礼を言われることなど望まないだろう――そう思い、ギディオンへの評価を改めた。

ほぼ触る機会のなかった金貨を、ベルベットは人さし指と親指で摘まんで持ち上げる。おもむろに前歯で噛んで本物かを確かめると、ギディオンは嫌がった。

「いいか、仮にも王城勤めになるのだから、せめて人前ではそういう品のない真似はするなよ」

「はいはい……しっかし近衛って身支度だけでこんなに金が必要なんですね。これ一枚でひと月は贅沢に暮らせますよ」

「……たった一枚でか？」

「なにか言いたいことがありそうですね？」

「なんでもない」

信じられないものを見る眼差しに、ベルベットの語気が強くなる。ギディオンはさっと目を逸らすと、賢明にもそれ以上の追及を避け、立ち上がった。

「来い。簡単にだがお前の同僚を紹介していこう」

「秘密の部下ではないんですね」

「信頼できる部下がいるのに、そんなものを持つ必要がどこにある。支度金を受け取った以上、お前にはしっかり働いてもらうぞ」

「心配なさらずとも誠心誠意働かせていただきますよ。だってギディオン様は大事な上官ですからね」

「俺はそのように軽い言葉は好かん」

「では慣れてください。私は軽い言葉が好きです」

ベルベットはこの近衛隊長が貴族の子弟であることを耳に入れている。

彼女にとって貴族とは鼻持ちならない、ついでに金銭感覚も平民よりバグっている人種を指すのだが、なんとなくこの男は違うイメージだ。

ギディオンは扉に手を掛けると肩越しに振り返る。

「念のためだが、グロリア様と血縁ということは他言するな。ディヴィス家との関係も含めてだ」

「もちろんです。私は謹厳実直を絵に描いたような真人間ですからね、事を大きくして騒がせるなど望みません」

「己を誇張して伝えるような人間は信用できん」

「その裏にある本性を読みとるのもお仕事ですよ、隊長」

「ああ言えばこう言う」

「お褒《ほ》めにあずかり光栄です」

にっこりと満面の笑みを隠せないベルベットだ。

経緯はどうあれ、高い給金で雇ってもらえる。おまけに当面クビにならないから、油断すれば鼻歌でも歌いだしてしまいそうだった。

道中、近衛隊長が連れているみすぼらしい女には奇異な視線が向けられたが、ベルベットは堂々と歩いた。身なりを整えた人々が闊歩《かっぽ》する王城で彼女が目立つのは仕方ない。

ギディオンは中庭を抜け、錬兵場へ向かうと、一心不乱に稽古《けいこ》試合に励《はげ》む者へ声をかけた。

「コルラード、こちらに来てもらえるか」

反応したのは、はじめにベルベットを案内してくれた少年だ。

女の子と間違いそうな顔立ちだが身体は鍛えられており、強い眼力が意志の強さを表している。強気な印象を受けるものの、ガサツではなく、振る舞いは洗練されていた。

少年はギディオンに流れるような敬礼を行う。

「お呼びでしょうか、ギディオン隊長」

「新入りを連れてきた、面倒を見てやってもらえるか」

「新入り……もしやそちらの？」

「ああ、ハーナットだ。……ベルベット、こいつはコルラード・ランディ。俺の副官だ」

副官にしては随分若いが、それを顔に出すベルベットではない。

にこやかに自己紹介を行った。

「ベルベット・ハーナットです。よろしくお願いします、コルラード様」

目は口ほどにものを言うらしいが、この時のコルラードもわかりやすい。

彼は明らかな猜疑《さいぎ》の目をベルベットへ向けて、何か物言いたげだ。ベルベット自身も「ですよね」

と内心で同意していたが、素知らぬ顔で一歩下がる。

ギディオンもまた、コルラードの疑問には気付いた。

「言いたいことがありそうだな」

「いえ、新入りとおっしゃるからにはてっきり同い年あたりかと思ってしまいました。このおん……この者は明らかに年上でしたので」

「年齢は関係あるまい。俺が近衛入りしたのも二十五を過ぎてからだ。経験も他の隊長格より浅い」

「隊長は違います。戦場で輝かしい戦績をあげられ、近衛に推挙されたのではないですか！」

どうやら少年はギディオンを熱心に慕っているらしい。

こうも好かれるとは良い隊長なのかも……とベルベットが思った矢先、ギディオンの返しに笑顔が凍り付いた。

「輝かしいかはともかく、新入りが若くなければならない理由はない」

――わたしはまだ二十三ですが！

言外《げんがい》に若くないと言われたベルベットは額に青筋を浮かべるも、微笑みはしっかり顔に張りつかせている。

おそらくコルラードはベルベットを訳ありと疑ったのだろう。

事情を聞きたがったようだが、多くを語らない上官に言葉は無意味と悟った。

「失礼いたしました。では、通例通り自分が新入りへの説明を行います」

「俺はエドヴァルド殿下の許へ行く。あとは頼めるな？」

「お任せください」

ベルベットは練兵場に残されてしまった。

今日は突然呼び出されたり上官を替えられたりと慌ただしいが、きっと諸々《もろもろ》諦めねばならない日なのだろう。

ギディオンを見送ると少年に指示を仰《あお》ごうとしたのだが、そこで気付いた。

敵意の眼差しだ。

彼は上官の前では上手に繕《つくろ》っていたらしい。

コルラードは目の内に炎を燃やしながらベルベットを睨み付け、こう告げた。

「お前、調子に乗るなよ」

子供だてらに、一睨みで竦《すく》んでしまいそうな威圧感だ。

さすが現場職と言おうか、か弱い女の子だったら泣いていたかもしれないが、悲しいかな、ベルベットは優しい人々ばかりに囲まれた人生を送っていない。

わぉ、と心の中で驚いて、空とぼけて首を傾げた。

「調子とは何の事でしょう」

「この時期に入隊などあり得るものか」

ベルベットは「そうだね」とコルラードの疑問に同意した。

普通はしかるべき手順と訓練を受けた、選ばれし人間が近衛になるものだ。ぽっと出の人間が入隊するなど認めがたいのかもしれないので、彼の気持ちを慮《おもんぱか》って黙っていると、コルラードは胸に手を当てた。

「隊長にどう取り入ったかは知らんが、あの御方の右腕は俺だ」

「あ、そっち」

「そっち……？　貴様、何が言いたい」

「いえいえなんでも」

てっきり入隊自体を拒絶されているとベルベットは考えたが、見当外れの勘違いだったらしい。

少年のプライドを刺激しないよう言葉を選んだ。

「コルラード様は何か誤解をされているようです」

「誤解？　俺がなにを間違えていると言うんだ」

「ギディオン隊長の右腕にわたしなどが務まるはずありません。当然ではないですか」

憧れの人に見知らぬ人間が近づいたら、誰だって不審に思うだろう。だから敵意を抱くのは仕方ないかもしれないが……かといって許容できるかは別問題だ。

ちょっと遊んでやるか、という揶揄い半分でコルラードへ語りかける。

「考えてもみてください。わたしは平民ですし、ご覧の通り正規の手順を踏んだ兵ではないのです。礼儀作法然《しか》り、教育が足りていないのです。コルラード様に敵《かな》うわけないではありませんか」

「む」

「この役目に就く以上、皆さまのお役に立ちたいとは思いますが、貴方様が思うような大それた真似はできません。国のために尽くす以外には考えておりませんよ」

愛想は忘れず、しかし決して軽くなりすぎないように少年を褒める。

「ギディオン様の副官はコルラード様で間違いありません。わたしは運良くご縁があって近衛入りするだけですから、その働き方においては、是非ご教授いただければと思います」

しかし揶揄っても、少年の手の平にできている剣ダコを馬鹿にする気持ちはない。

まっすぐ目を見つめれば、少年は拍子抜けしたようだった。

「……わかっているならいい」

そうして背を向けると、ベルベットに「来い」と顎で促した。

「王城に来たことはあるか」

「数える程度しかありません」

「ならば詳しくないだろうから案内してやる。一度しか教えないから、今回で覚えろよ」

「わかりました」

「あと、様付けは不要だ。新入りとはいえ共に同じ釜の飯を食う仲になるのだからな」

これに拍子抜けしたのはベルベットだ。

「……いいんですか？」

「何を問題にする必要がある」

「いえ、貴族と平民では……」

もっとバチバチにやり合うと思ったのに、あっさりと少年の態度は軟化した。否《いな》、喧嘩《けんか》をしたいわけではないから、事を穏便に済ませられるならありがたい話なのだが。

少年は不服そうに振り返る。

「今後は平民を理由にするのはやめろ。ギディオン様ならば即座に叱っているところだ」

「……かしこまりました」

コルラードのちょろさにベルベットは反省した。

——あんまり素直だと、揶揄うのも気をつけないとね。

コルラードの言うとおり共に働く仲間になるのだから、相手の人柄は見極めなければいけない。

新参者の案内には慣れているのか、コルラードは手際よく王城を案内してくれる。しかし詰所の担当範囲だけに限らずあちこち案内してくれるから、ベルベットは不安を覚えた。

「あの、コルラード殿？　自分で言うのもなんですけど、大丈夫なんですか？」

「疑問ははっきりと声に出して言え」

「いきなり現れた新参者に、王族の方々が住まうところへ繋がる廊下を教えていいんですか」

「……ふん。その質問が出る時点で、お前はお人好しだ」

「まさかわたしをお試しに？」

「そんなわけあるか」

ではどんな根拠があって案内してくれるのだろう。

コルラードは歩みを止めずに続けた。

「普通ならば王城の奥まで通すのは勤務態度を見てからだ」

「では……」

「だが隊長は任せるとだけおっしゃった。ならば不必要にお前を疑う必要はない」

「はぁ、それは……随分と信頼されていらっしゃる」

「お前もあの方の下で働けばわかる」

「……わかるようになれたらいいですね」

小さな呟きには、コルラードを信じられないような、羨《うらや》むような響きがある。

ギディオンを疑わないコルラードの背を見つめるベルベットは、静かに新しい同僚達との付き合いを考え始めた。

この決断が吉と出るか凶と出るかは、本人にすらわからない。

帰りは不思議な気持ちで馬に揺られる。

愛馬のたてがみのほつれを直しながら帰った我が家では庭に明かりが灯《とも》っていた。

壊れたはずの竈が修復されており、訝しげな彼女を真っ先に出迎えたのは、おたまを持った妹だ。

「お帰り、姉さん！」

幸せを空気中に撒《ま》き散らすグロリアは夜なのに眩《まぶ》しい。

その輝かしさは煌々《こうこう》とあたりを明るく照らしたが、ベルベットは困惑のまま妹の隣を指差す。

「だ」

「だ？」

「誰？」

学園の制服姿の妹の隣に居るのは、見慣れぬメイド服の女の子。どこかいいところの召使いが、ベルベットに深々と頭を垂れる。

グロリアと同い年くらいの、アーモンド型のくりっとした目が可愛い女の子だ。

「グロリアお嬢様のお世話をさせていただいているリリアナと申します。何卒よろしくお願い申し上げます、ベルベット様」

「あ、どうもご丁寧に…………で、なんでこの子がホウキ持って掃除してるの？」

妹に問えば、うん、と軽やかな動作で返された。

「ハーナットに行くなら、せめてリリアナくらい連れて行きなさいって、お父様が」

招かれざる客が増えたらしい。

しかも、とベルベットの視線は妹達の後ろに流れる。

「なに、あの大量の木材は」

庭に山のように積まれた木材は、新しい家でも建てるのかと思うほど。

その色や切り口から新品を持ってきたらしく、他にも芋などが詰まった袋が置かれている。

呆然と佇むベルベットに、グロリアは鼻の穴を膨らませる。

「このあいだお部屋を見た感じ、食料が足りなそうだったから持ってきたの。干し肉や果物もたくさんあるわ」

子供のように自慢げなグロリアにリリアナが補足する。

「氷室《ひむろ》もあると伺っていましたので、入る限り保管してございます」

「あ、うちの氷室はもう意味なくて……」

「ご心配は不要です。氷室用の魔石を設置しましたので、ベルベット様に負担はありません」

氷を仕入れられなくなり、寒い時期以外は活用法がなくなった氷室《れいぞうこ》。高くて手の出せない魔石まで手配してくれたのはありがたいが、あまりの事態にベルベットは混乱しきりだ。

双子は一番上の姉が帰ってきたとみるや、はしゃいだ様子で叫んだ。

「ねぇちゃーん！　みてー！　ゲームもらったー！」

「これすごいよ、かっこいいよー！」

手に持っているのは、子供の間で流行《はや》っている盤上遊戯だ。交互に駒を動かし、陣地を奪う遊びだが、男の子に人気なのはその駒だ。弟達に呼ばれて盤を見れば、素人目《しろうと》にも精巧な逸品だとわかった。盤の四隅を飾るのは翡翠《ひすい》だ。

それも白翡翠という珍しい色で、サンラニアの市場では滅多《めった》に見かけない。駒も白や緑翡翠に金をあしらった品物で、これだけでも相当の価値があるのは間違いない。

それこそ盤だけで、名だたる駿馬《しゅんめ》を買い付けられるだろう価値だ。

ベルベットの喉《のど》に悲鳴が溢れると、すかさずグロリアが力強く頷いた。

「平気よ。これ、うちのお古を持ってきただけだから！」

「これがお古なの⁉」

「お父様のやつだけど、角が欠けちゃってもう価値がないんですって」

「欠けた程度で……？」

「貴族ってそんなものよ」

だから易々と持って来られたわけだ。

無断でなかったのは幸いだが、ベルベットは複雑そうにゲームに興じる弟達を眺めている。

「グロリア……ちょっと話をしたいから、あっちに行きましょ」

馬をリノに任せると、ベルベットは妹と共に散策に出た。

グロリアは飛び上がらんばかりに喜んでいた犬の引き縄《なわ》を持ち、すっかり足腰の弱った老犬に歩調を合わせている。この犬は数年だけグロリアと共にいたことがあって、意外にも彼女のことを覚えていた。そのためグロリアも可愛くてしょうがないらしく、笑みを堪《こら》えきれずにいる。

犬は覚えているものなんだな……ベルベットは一人と一匹の絆《きずな》を想いながら尋ねた。

「で、召使いを連れてきたのは本当に侯爵の意向なの？」

「当たり前です。リリアナの雇い主はお父様ですから、無断でついて来させたりはしません」

「その侯爵は、なんで貴女がうちに来ることを許可したの？」

ベルベットが片手に持ったカンテラが光を放っている。

もう少し経てば完全に陽が落ちるだろう。この一帯は月明かりがないときは真っ暗で、慣れている者でないと身も震えるほどの恐ろしさを演出する。

グロリアはこの風景に「変わってない」と呟きを漏らしてから答えた。

「お父様が許してくれたのは、簡単に言ってしまうと私がごねたからです」

「……ごねた？」

「はい。それはもう、大人げないを通り越して思いっきりごねてきました」

どんなごね方をしたのだろう。

聡明な妹の駄々は気になるも、聞かない方がいい気もして目を逸らす。

「わたしは貴方との関係をえらい人にばらすなって言われてるんだけど、侯爵公認ってことでいいわけだ」

「いいえ、私も黙っておくようにとは言われてます。というか、これがお父様が私に協力してくれる条件ね。養子縁組は断固解消しないけど、これなら色々融通するぞーって言われて、学園に通う間だけは折れることにしました」

学園に通う間だけは、の部分が意味深だ。

もしやベルベットが学園の話を持ち出したのが理由だろうか。

ベルベットは立ち止まり、妹の格好を観察する。

「じゃあその制服姿で堂々と来てるのはどういうこと」

「新しく別荘を買ったことにしたの。幸いうちは郊外だし、ここは林と畑に囲まれて隣とも距離がある。用もないのに、こんな不便な場所に来たがる人もいないでしょ」

「そりゃあなにもないところだけど、ディヴィスのお屋敷に比べたら危険でしょ」

「怖がるばっかりじゃ何にもできないわ」

いくら隠そうが、いつかバレてしまうだろうに……ベルベットの胸中を不安が過《よぎ》るも、侯爵が折れたとあれば口出しはできない。

それに、とグロリアは軽い調子で言った。

「家の改修費用も出してくれるみたいだし、もう完全に納得してくれてるわ」

「改修……改修って、まさかうちのことを言ってる？」

「他にどこがあるの」

「いや、だってグロリア、それは……」

「可愛い娘の新しい別荘が、みすぼらしい小屋じゃ話にならないわ。人もたくさん手配してくれるから、あっという間に建て終わるわよ」

卑しいことだが、その話を聞いたベルベットの頭に真っ先に浮かんだのは金だ。

庭に積まれていた木材類は、どれも綺麗に整えられていた。素人が適当に切り出した木材と違い、職人の手が入ったものは金がかかる。

「う、うちは一割だって負担できないけど!?」

「姉さんに断りなく行うことに、お金なんて請求するわけないでしょ。全部デイヴィスが持つわ」

「うっそぉ」

「でも嬉しいでしょ？」

「そりゃ嬉しいけど……」

タダほど怖いものはない……とはいえ、弟妹が成長するにつれ、家が手狭になり始めた。金の力に負けるのは癪《しゃく》だが、ベルベットのプライドで家の改修が妨げられるよりはいい。

改修の話を呑むと決めたベルベットだが、念は押した。

「後から払えって言われても出せないからね」

「デイヴィス家はそんなケチじゃありません。一軒家を作り替える程度で痛手を受けたりしないわ」

「なら、侯爵は他に何も言ってなかったの？」

「ハーナット家についてはなにも」

「ってことは、グロリアは言われたわけだ」

「置き手紙に心臓が止まるかと思った、デイヴィス家から離れるなんて……って泣いちゃった」

「……そりゃあ、あの人は貴方を可愛がってたし当然でしょうよ」

でなければ本妻との関係悪化を覚悟して、余所で出来た女の子供を引き取りはしない。それも子供のベルベットにグロリアを幸せにすると約束したのだから相当だ。

侯爵から愛情を注いでもらった娘は、順調に父の愛を享受できるまでの関係を構築した。

これでハーナット家に戻りたいと言うのだから、ベルベットは侯爵に同情を禁じ得ない。もしかしたら娘の真意を探ろうと、あえて放置しているのやもと考えた。

父と姉の気を知らないグロリアは、話し合いの結果を教えてくれる。

「私、ちゃんと言ったのよ？　お父様が仲良くしてくれるのなら、私はちゃんと遊びに来ますって」

「それで納得するはずないでしょうよ」

「お父様にも同じことを言われたわ。あんまりにも泣くから、お母様とお兄様が揃って慰《なぐさ》めてるの」

「……夫人はなんて？」

「こう、目をこんな風にして怒ってた」

両方の人さし指でまなじりをつり上げてみせる。

どうやらデイヴィス家ではいまだ揉めているが、グロリアの意思は変わらなそうだ。

デイヴィス家はグロリアを止められないと悟ったのだろう。せめて監視下に置くためにリリアナを付けたと考えた方が良さそうだ。

——それでいいわけ、デイヴィス家は。

ベルベットは本日何度目かもしれない眉間の皺を解《ほぐ》す。

「グロリアは、なんでそんなにうちに帰ってきたいの？」

「まだそんなこと言うなんて信じられない。姉さんたちがいるからに決まってるのに」

「それは知ってる。でもさグロリア、貴女、わたしはともかく母さんのことそんなに好きじゃなかったでしょ」

「そんなことありませーん」

「嘘つきなさい」

これればかりはベルベットでも、ピシャリと言い切れるだけの自信がある。

「貴女は畑や家畜の世話が苦手だったし、貴族暮らしに憧れてた。正直、わたしは貴女がこの狭い家での生活以外にも、母さんが嫌だから養子縁組の話を受けたと思ってたんだけど」

「違うわ」

グロリアは否定するが、どこか迷っているような響きがあり、気まずそうに視線を落とす姿には、これまでの力強さはない。

「どう言葉にしていいかわからないけど、嫌ってたんじゃない」

まるで犯した罪の重さに怯える迷い子のようだ。

これ以上踏み込んでいいか――ベルベットは迷って止める。

ベルベットは長い沈黙を置き、深いため息をつく。

……姉妹喧嘩など望んではいないのだ。

「ところで……さっきから小石を蹴り続けてるけど、まさかディヴィス家でもやってたの？」

「まさか。ちゃんと我慢しながら過ごしてたわ」

グロリアが未だ母ミシェルの墓参りに行きたがらないのも関係あるはずだが、ベルベットは追及しない。知りたくなかったからだ。

だから強引に別の話題を探した。

「ああそうだ、わたし、今日から近衛隊に配置換えになったんだけどね――」

「……なんですって？」

二人だけになったついでだ。

先の強引な配置換えについて説明すると、グロリアは罪悪感を覚えたらしい。背中を丸めて肩を落とした。

「ごめんなさい。そんなことになるなんて、ちゃんと周りに気を配るべきだったわ」

「違う違う。あの人達の提案に乗ったのはわたしの決断」

「でも」

「わたしにとっては破格《はかく》の条件だったの。リノはもっと勉強や魔法を学びたがってたし、伝手もお金もないうちから学園へ送り出せるなんて、どんなまぐれが起こったってあり得る話じゃなかった」

ベルベットが伝えたいのは別のことで、グロリアははたと顔を上げた。

「……リノが、本当に学園に来るの？」

「提示された報酬が事実だったらね。あの隊長さんが嘘をつくとは思わないけど……こっそりでいいから気にかけてもらえる？」

「当たり前じゃない。直接は手を貸してあげられないかもしれないけど、変なことが起こらないよう見守るわ」

ベルベットは平民と富裕層の間にある溝を知っているから、学園への不安は拭えない。グロリアの力強い言葉に安堵したが、妹の不満は他にもあった。

「それにしても姉さんを近衛に入れるなんて……本当に最悪。お兄様と殿下にやられたわ」

爪を噛んで悔しそうに呟く姿に、ベルベットは呑気に同意した。

「そうよねー、まさかあんな上官を持つことになるなんて……」

「姉さんは私の護衛にしてってお父様にお願いするつもりだったのに」

「はぁ？」

妹も妹でおかしなことを企んでいたようだ。

素《す》っ頓狂《とんきょう》な声を上げるベルベットに、グロリアは己の言い分を申し立てる。

「だって前のお仕事だと稼ぎがいまいちだったじゃない。家の補修だって全然できてなかったし、てっきりデイヴィス家からのお金で、家はもっとましになったはずだったのに違ったし！」

「それは母さんが病気になったし、ラウラの事故なんかでほとんど……」

「ふっ飛んだの？　全部!?」

「九割はね」

ベルベットは頭の上でぱぁ、と片手を開く仕草を作る。

グロリアはハーナットとの接触を禁止されていた。

思うように動けなかったのもあるし、関わりを避けるため情報を遮断《しゃだん》されていたのだろう。

「姉さん達を助けられなかったなんて……」

彼女は傷ついた顔になるも、ベルベットは気にしていない。

「馬鹿ねー」

「馬鹿ってひどい」

「馬鹿でしょ。だってそのお金があったから母さんは楽に逝《い》けたし、ラウラもちょっと足が不自由なくらいで助かった。うちの皆が元気でいられるのは、間違いなく貴女のおかげなんだから」

実際、感謝しているのだ。

子供の頃のベルベットはグロリアの養子縁組を嫌がったが、現実は金で助かった命があった。彼女が成長して正式な勤め先を決めるまでの間に食いつないでいられたのも、この余剰金のおかげだ。

ベルベットは心中複雑ながらも認めるしかない。

「結局、デイヴィス家に行った貴女の見立ては正しかったたってわけ」

だから妹が落ち込む必要はない。

もし養子行きを断ったまま母を亡くしていたら、生活に一切の余裕はなかった。弟妹は誰かが欠け、ベルベットはもっと身体を張った仕事を余儀なくされていたかもしれない。

「だからありがとうね。貴女のおかげでわたし達はここまで生き延びられた」

心からの感謝に、うつむくグロリアは制服が汚れるのも厭わず老犬を抱き上げる。

「ギディオン様になにかされたらすぐ教えて。あの方、すっごく堅物《かたぶつ》で意地悪って有名なんだから、苛められたらすぐに助けてあげる」

「はいはい」

「その返事適当すぎない？　本当に気難しいって有名なのよ？」

「そっかそっかー」

無論、妹に泣きついてどうにかしてもらおうという気はない。

ベルベットは首を傾げた。

「でもわたしが向こうの監視下に置かれるの、グロリアは反対じゃないの？」

「お兄様が手を回したのだもの。その上エドヴァルド殿下が一枚噛んでいるなら、お父様から言ってもらっても聞いてくれやしません」

「デイヴィス家の親子仲どうなってんの？」

「仲は悪くないけど、ちょっと考え方が違うの……そもそも姉さんの王城入りなんてシナリオにないから、私もどうしたらいいのか……」

声は小さかったが、彼女の呟きはベルベットの耳に届いた。

聞き覚えのある単語に視線を宙にさまよわせながら尋ねる。

「昔から気になってたけど、その『シナリオ』ってなんなの？」

「へっ」

グロリアは飛び上がらんばかりに肩を跳ねさせる。腕がずれて老犬を落としかけたところをベルベットが助けると、飼い主の腕に収まった老犬は、再び人間に運んでもらうべく力を抜いた。

予想以上の反応を見せるグロリアに、ベルベットは困惑した。

「昔から、そのシナリオにないってのが口癖だったじゃない？　いまも直ってないみたいだし、なんかあるの、それ」

「べ……」

「べ？」

「ベツニナニモアリマセンケド！」

ぶわりと額に汗を浮かせるグロリアの姿は珍しい。

淑女とはかけ離れた姿に、ベルベットは頭を傾けた。

「そう？」

「そうなの！」

グロリアの『シナリオ』発言はよろしくない癖だ。

子供の頃なら絵物語の妄想かと微笑ましく見ていられたが、彼女はもうすぐ成人を迎える。

ベルベットの老婆心が働いて忠告していた。

「そこまで言うならグロリアなりに何かあるんだろうけど、誰々が死ぬはずだったとか、聞いた側は縁起でもないから止めときなさいね」

「うぐっ……」

「わたしもよく言われてたしね。お姉ちゃん本当は死んでるはずだったのよ、って」

「嘘っ。私ったら、そんなこと言ってた!?」

「言ってた」

身内だから許せる発言だ。

つい心配になってしまったが、自覚があるなら大丈夫だろう。

気まずかったらしいグロリアは話題を変えようと試みた。

「あ、あっ！　姉さんはこれから近衛として働くのよね！」

「っていっても、せいぜい雑用係だろうけど……」

「やだ、雑用係なんて本気で言ってるの？」

「本気って、時期外れの新入りに何ができると」

「何って……」

ベルベットは唇を歪ませる妹に不気味さを覚える。

何事かと見守っていると、グロリアは溢れる感情を無理に押さえ込むような奇っ怪な笑顔を作った。

「近衛なら男装になるでしょ？」

「まあうん。近衛の制服はみんな統一されているからね。隊長格は外套の裏地の色が違うらしいけど……」

「ええ、ええ、姉さんならそうだと思った！」

彼女は何をはしゃいでいるのだろう。

予想的中！　と両手を叩くグロリアは楽しみを堪《こら》えきれない様子だ。

「姉さんなら、きっと見栄えのする麗人になるわ。期待してるからね！」

「冗談でしょ」と言えたのはこの時までだった。

3　できないもどかしさを知っているから

登城初日。

ベルベットがギディオンのもとへ出仕すると、彼は綺麗な二度見を行った。

「……随分気合いを入れたと思ったが、その煮え切らないような不服顔では違うな？」

「わたしは仕事の化粧や小物のために大金は出しません。……制服を受け取ったら、いきなり見知らぬ女性に訳知り顔で連れ込まれて、もみくちゃにされたんですよ」

初日から制服に細工する勇気をベルベットは持っていない。

心なしかやつれた様子で尋ねた。

「これは隊長の差し金ですか？」

「そんなわけあるか」

ベルベットがこれ、と指したのは制服だ。

軍服に性差はないが、着る人間によって印象の差が生じるのは間違いない。

その中でも彼女はかなり特異だ。具体的には元来整った顔立ちがより華やかになるよう工夫されており、いまギディオン達の前に立つのは、より中性的な雰囲気を纏った麗人だ。

説明を求めて上官のもとに参じたら、相手も困惑しながら副官に尋ねた。

「コルラード、何か知っているか？」

「いえ、隊長。自分はなにも……」

コルラードも反応に困っていたら、事情を知っていそうな者が立ち上がった。

「素晴らしい！」

副隊長のセノフォンテだ。

コルラードが実務の右腕だとしたら、彼は事務処理の左腕になる。

「なんと、初めて見かけたときから飾り映えしそうだと思っていましたが、これは想像以上だ！」

年は二十代後半頃、眼鏡をかけた痩身《そうしん》だ。このもう一人の副隊長がベルベットに惜しみない拍手を送っていると、ギディオンが額に青筋を浮かべた。

ガタ、と音を立てギディオンが立ち上がる。

「おい待てセノ、まさかお前……」

「そのまさかです隊長！　このわたくしが彼女の服装に注文を付けさせていただいた！」

テンションの高い人だ。

コルラードがまたか、と言いたげに舌打ちし、ギディオンは怒りを露わにする。

「どういうつもりだ。部下はお前の玩具ではないとあれほど……」

「いいえっ、断じてこれは遊びではありません！」

上官の言葉を、興奮冷めやらないセノフォンテは遮る。きりりとした成人男性が目をかっ開いて迫る姿は異様で、ギディオンも圧倒される。

セノフォンテは人さし指で上官の額を指差した。

「よろしいか隊長。わたくし不純な動機で彼女を飾ったのではありません。わたくしの行動には、間違いなく我が隊の平穏と貴方の威信がかかっているのです」

「なんだと？」

「それとも見映えと申せばよろしいか」

話が長くなりそうだ。

ベルベットはさりげなく姿勢を崩し、楽な体勢を取りながらセノフォンテの言い分に耳をそばだてる。

彼曰く、ギディオン隊には「映《ば》え」が足りないらしい。

「よろしいか隊長。ベルベット殿への説明がてら再度説明させていただくが、我がサンラニアには複数の近衛隊が存在します」

「そんなことは知っている」

「隊長はエドヴァルド殿下直属ですな。そして国王陛下、王妃殿下にも同じように近衛があり、予備隊も待機している。いずれスティーグ殿下にも、あの方専用の隊が与えられましょう」

「……で？」

ムッとしたようなギディオンだが、上官の機嫌を損ねてもセノフォンテは止まらない。

「隊長はナシク教徒との戦《いくさ》において、華々しい活躍を遂げられました。数々の武勇伝がエドヴァルド殿下の目に留まり、そして近衛に昇格された」

「へーすごい」

感心するベルベットに、セノフォンテは自慢げに頷く。

「そうでしょうとも。しかしベルベット殿、この御方をご覧なさい。顔の造りは良いのですが、いかんせん愛想がない。子供は泣き、ご婦人は睨まれていると錯覚してしまう」

「あー……」

「愛想は関係ない」

ギディオンは断言するが、セノフォンテの意見は違う。

「戦時中ならともかく、いまは見映えが要求されるのです」

「まだその話をするか。いい加減しつこいぞ」

「何度でも言いますとも。前線ならともかく、後方勤務に市民受けは必須です」

「……でも、ちょっとやり過ぎでは？」

セノフォンテの言い分にベルベットは首を傾げた。

たしかにギディオンは目つきが悪く雰囲気も怖い。

しかし端《はた》から見る分には悪い見目ではないし、コルラードも美少年の分類だ。近衛とはいえ彼らは職分をまっとうしているのだし、いくらなんでも求めすぎではないだろうか。

セノフォンテは瞑目《めいもく》した。

「ベルベット殿。この方々は手遅れなのです」

「手遅れ？」

「何事も武力で解決すればいいという危険極まりない思想に染まっている。はじめこそ聡明な真人間であっても、日を追う毎《ごと》に脳まで筋肉に侵されてしまうのです」

脳筋達が額に青筋を作る間も、セノフォンテは残念そうに首を振る。

「彼らの矯正はもはや不可能……となれば、わたくしが期待するのは新入りだ」

「はぁ。では貴方が頑張ってみては」

「すでにこの身をもって実践中です」

「あ、どーりで色事師みたいな格好してるわけで」

「ですがわたくし一人では足りない。御婦人方の人気を獲得するにはもう少し必要です」

「もう十分じゃないです？」

セノフォンテは腕を振り力説する。

「任務を受理する度に、愛想が悪いだ後始末が雑だと文句を言われる側はたまったものではない。隊長達が少し笑う程度で避けられる苦情がある」

「待てセノフォンテ。貴様それが本音ではあるまいな」

「裏方の苦悩と言ってもらいたいですねコルラード」

つまりセノフォンテの苦情除《よ》けとして白羽の矢を立てられたのがベルベットだったわけだ。

白い歯をきらりと輝かせたセノフォンテは、大仰《おおぎょう》な仕草でベルベットに手を伸ばす。

「ベルベット殿。貴女は飾ればさらに見映えする人です」

「はい、どうも」

「ですので是非とも隊長の隣に立ち、その見目で周囲の視線をかっ掠《さら》っていただきたい」

ベルベットは数秒沈黙し、面倒くささそうに返事をする。

「私は非常勤扱いなのですが」

「存じています。貴女は雑務や隊長の個人的要件を果たすための手足とお伺いしている」

「それなら……」

「が、そんなもの、傍目《はため》には区別できません」

「貴族の方々が期待するような礼儀作法は習ってません」

「構いません。近衛などいざという時以外は添え物なのだから、大半は隊長に任せて突っ立ってりゃいいのです。万が一、市民に話しかけられたらそっと微笑む、それだけでよろしい」

「ひどい極論を聞いてる気がします」

「顔の良い者はそれが許されます」

ベルベットは王城仕えを知らないが、セノフォンテの言葉が間違っているのだけはわかる。

ただ、彼の要望は特別困ることもなさそうだ。

「わかりました。ま、愛想良くしろという話でしょう」

「その通り！　理解力の塊とは貴女のことを表している！」

再び拍手が鳴り響く。

テンションの高い上官に、ベルベットは諦めながら視線を持ち上げた。

「私は皆さまのように剣を扱えるわけじゃありませんから、そのくらいでよければ引き受けます」

「素晴らしい！　期待していますよ、ベルベット・ハーナット殿！」

片方のみが一方的な情熱を捧げる握手を交わし、こうして彼女の役割が決まった。

満足したセノフォンテが退室すると、室内はようやく落ち着きを取り戻す。

ベルベットはすでに帰りたい気分だが、彼女はまだ着任したばかり。息つく間もなく、目の前でコルラードが任務を言い渡された。

「今日の殿下の外出、警護はお前に任せる」

「自分が、ですか？」

「俺は別件があるからな。不服か？」

敬愛するギディオンに対し、コルラードは不安そうだ。

「不服などと……ただ、エドヴァルド殿下の護衛に隊長が不在など……」

「教会への往復ならばお前主導でこなせると俺は思っている」

「……！　隊長のご下命とあらば！」

ギディオンに頼られているとわかった途端、表情を引き締め意気揚々と出ていくのだから、なかなか現金だ。

残されたベルベットの前で、ギディオンは深々とため息を吐く。

「セノはああ言ったが、無理するな。あいつの言うことは適当に躱していればいい」

「程々に対処します」

早速上官達の間で板挟みになりそうな予感だ。

それより、とベルベットの視線は、先ほどコルラードが出ていった扉に移る。

「この隊はエドヴァルド殿下の直属だと伺いました。わたしは殿下の護衛につかなくていいのでしょうか？」

「新人を殿下の御前に出すほど愚かではない。今回は別の仕事をしてもらう」

外套の紐を締め直すギディオンは、ベルベットにも出かける支度を整えるよう申しつけた。

「なにも殿下の後について回るばかりが俺達の仕事ではない……行くぞ、平民出なりの視点で意見を寄越せ」

早くもこき使われる予感を胸に、二人が繰り出したのは街中だ。

ギディオンより一歩遅れて歩くベルベットは、唯々諾々と従うだけの新人ではない。

「隊長、何を見なきゃいけないのか教えてください」

「街並みだ。それと不審者が潜めそうな場所に目星をつけておけ」

「なら馬を使いましょうよ。目的地にだってすぐ着くし、馬上なら遠くを見られますよ！」

「俺達ではなく犯人視点で考えろ」

「そんな無茶な！」

馬も使わず、街へ繰り出すギディオンの足は速い。

足早になりながら向かったのは、上流階級の人々が多く住まうパーヴァ区だ。

それぞれの家は大きく、門構えは立派で緑や公園が点在している。道もすべて石畳で舗装されているが、人の姿がまばらなのは、ここの利用者のほとんどが馬車を使うためだ。

ギディオンはベルベットにコツを伝授する。

「こういった上流区画は、たとえ家の前に馬車が置かれていても疑え。家紋が入っていないものには特に注意しろ」

「不審者が潜んでいるとか？」

「もっと悪い。殿下の命を狙う暗殺者の可能性がある」

「ナシクの狂信者？」

「刺客がナシク教徒だけであれば、俺の悩みも軽かったろうな」

「王城ってヤな世界ですね」

「なに、俺たちは剣で解決できるだけ楽だ。殿下ほどの苦しみはない」

それは感覚が鈍っているだけではないだろうか。

第一王子の苦しみがいまいち理解できないベルベットは話題を変えた。

「で、どこに向かってるんです？」

「学園街だ」

パーヴァ区を抜けると、街を囲む門に差し掛かる。

門の通過は、ギディオンが顔を晒《さら》すだけで許された。

学園街へ至る道はゆるやかな坂になっており、赤煉瓦の街路を囲むように緑が広がっていた。

周囲は観賞するためだけの、農作物も育てていない遊ばせている土地だ。この風景を経た坂の先に学園と、学園に併設されている……と銘《めい》打った街がある。

一帯は建物のない吹きさらしの大地だから、風当たりが強い。

ベルベットは風ではためく外套を押さえながら、前を行く背中に問いかけた。

「学園に何があるんですか」

「今度、エドヴァルド殿下が学園へ視察に向かわれる予定だ。俺達は経路を考え、道中に危険がないかを検証する必要がある」

「それこそコルラード殿に任せるべき案件なのでは。地図だってあるんでしょう」

「俺が直に確認してこそ意味がある」

グロリアがギディオンを「気難しい」と評した意味がようやくわかった気がした。

たしかに、このギディオンという男は面倒くさそうだ。

「く、くそ真面目……」

「何か言ったか！」

学園は馬車での通学を前提としているから、歩くだけでもいたずらに時間を消費する。

本当に学園まで歩くつもりか――思いとどまらせようとしたところで、ギディオンと揃って、木陰に隠れていたあるものに気付いた。

「隊長。あの女の子、なんか苦しそうじゃありません？」

「ああ、行くぞ」

二人の視線の先にいるのは学園の制服に身を包む学生だ。

やや急ぎ足で少女に近寄ると、その娘は胸のあたりを押さえながら座っている。スカートが汚れるのも厭わない様子で、ベルベットの接近にも気付いていない。

ギディオンには身振りで自分が行くと伝えれば、彼は強面の自覚はあるらしく譲ってくれた。

ベルベットは少女の横から柔らかく話しかける。

「失礼。お嬢さん、もしかして気分が悪いのですか？」

「え？　あ……」

少女の肩口くらいまでの髪がさらりと揺れ、汗がにじむ額に張りついている。

グロリアとは方向性の違う、愛らしさが際立った少女だった。

少女は青い唇を震わせる。

「ま、魔力酔いを起こして……」

「そっかそっか。苦しかったね。吐き気はない？」

「そっちは、大丈夫です。でも、身体が痛くて……」

ベルベットに魔力酔いの経験はないが、リノがいるので症状は理解している。酔いといえば聞こえはマシだが、実際は内臓をかき回されるような痛みが伴うらしい。

「ちょっと熱があるか確認させてね」

ベルベットが触れた少女の額は氷のように冷え切っている。

ギディオンには聞こえないよう、少女の耳元で囁《ささや》いた。

「よかったら貴女をわたし達に学園街まで運ばせてほしいのだけど、後ろのお兄さんに運ばせても平気？　知らない男性だし、怖かったらわたしが運ぼうか？」

「そ、そこまでお手を煩《わずら》わせるわけには……」

「まあまあ、貴女もわたし達を助けると思って」

気負わせないように笑うベルベットに、少女は少しだけ心を許してくれたようだ。そして大人達の腕を見比べると、申し訳なさそうにギディオンを見る。

「あの、ごめんなさい……」

「いい判断だよ、お嬢さん……隊長、出番ですよー」

少女はギディオンに横抱きに抱えられた。

さすが鍛えているだけあって、少女を抱えて坂道を歩いても脚力は衰えず、スムーズに少女を治療医のもとへ送りとどける。

治療医からお礼をもらって引き上げるが、ベルベットには疑問が生まれる。

「あの子は学園に運ばなくてよかったんですか」

「学園街の医者なら誰でも構わん。この町の医者達は密に連絡を取り合っている」

「だって学校医ならタダだけど、外は治療費が発生します。まさか学園街の医者だったら、学生さんはお金をとられない？」

「最初に出てくる言葉が金か？」

「まず医者にかかるなら、真っ先に浮かぶのはお金ですから」

「金がなければ医者に行かんとでも言う気か」

「ひとまず死なない感じなら行きませんね」

これはどちらの意見が間違っているわけではない。

彼のような人物は人命優先なのかもしれないが、生活環境が違えば考え方も違う。

価値観の違いはギディオンも承知しているのか、憮然としながらも答えた。

「この小さな街は学生のために設《しつら》えられたものだ。医療をはじめ、寮住まいなら食事、生活用品といった類も融通される」

「寮……」

「弟を寮に入れたいか？　だが、まともな寮生活を送らせるなら寄付金がいるぞ」

「あーあー世知辛《せちがら》い。弟は自宅から通わせます……学園に詳しいですね」

「セノフォンテの弟が寮住まいだ。そちらも俺が紹介状を書いた」

ギディオンは慣れた様子で学生街を歩き、周囲の観察を行う。

「お前こそ学生の特権を知らなかったのか」

「知るわけないでしょう。わたしには縁のない場所ですよ」

「だがここは初めてではない。時折足を運んでいたのだろう？」

ベルベットのしかめっ面に溜飲が下がったのか、ギディオンの目は嫌味たっぷりに笑う。

「およそお前にあたらせた任務は確認してある。ほとんどが使い走りと情報屋紛《まが》いの仕事だが、学園街には率先して行っていた」

彼の目は如実に「グロリアを気にかけていたのだろう」と語っている。

ベルベットは舌打ちを零しかけるも、道ばたから寄せられる複数の視線に思いとどまった。

上官は意にも介していないが、興味津々にヒソヒソ話をする娘達がいたのだ。ベルベットが手を振ると、少女達は歓声を上げて友達と盛り上がる。

セノフォンテの言葉を思い出し、ベルベットは表面上だけの笑顔を作った。

「わたしの前歴が何の役に立つってんですか」

「何が得意かは知っておく必要がある。それより、よく笑えるな」

「女の子は可愛いですからね」

「お前までセノフォンテと同じようなことを言うな。頭が痛くなる」

変に注目されてしまっているが、恥ずかしいという気持ちはない。それより装い一つでこうも反応が変わる現実に、皮肉のひとつやふたつ口にしたい気分だ。

ギディオンはベルベットへ奇異な生き物を見るような眼差しを送るが、何も言わないことにしたようだ。

これがベルベットとギディオンとの初仕事となり、無事初出勤を終え、自宅でくつろいでいたベルベットにグロリアが詰め寄る。

「姉さん、軍服に着替えて」

「やだめんどい」

「街でギディオン様と見たことのない女騎士が歩いてたって聞いたの。それ、絶対姉さんでしょう！」

「人違い人違い」

「いいえ、姉さんよ。噂になるほどの人なんて、絶対姉さんです。それ以外にいるものですか！」

「それよりわたしに今日の日程を確認した方が早くない？」

「じゃあ今日はどちらにいらしたんですか」

「学園街」

「ほらぁ！」

「それより大人しくご飯食べない？」

ハーナット家の食卓には買ったばかりのパンや新鮮なチーズにハムが並んでいる。

弟妹達は固く乾いたパンとの別れに喜び、ベルベットは焼きハムとトマトを味わっていた。リリアナが同席しているのは、使用人という概念がない子供らに招かれたためである。

ベルベットは肘をつきながら、フォークでハムの切れ端を刺す。

「で、なんで着替えなきゃならないの？」

「私が見たいからに決まってるわ」

「そのうち見られるって。わたしけっこう疲れてるし、見せる機会はいつでもあるんだから」

「嫌。他の子達はすでに見ちゃったんでしょ」

「お腹いっぱいでお腹たぷたぷだから嫌」

「だってリノたちだって見たのに！　ねえ、リノ！」

「うん、それは、まぁ」

リノが気まずげに視線を逸らした先にはラウラがいる。

末妹はグロリアと食卓を囲めることが嬉しいのか、瞳に満天の星を湛《たた》えて姉に教えた。

「あのねグロリアちゃん、お姉ちゃんすっごくきれいだったよ！」

「ラウラもこう言ってるじゃない、姉さん！」

「やだってば」

こうしている分には年相応の姿を見せるグロリアだが、社交界で〝玲瓏なる一輪の華〟と揶揄《やゆ》された令嬢はどこに行ってしまったのだろう。

グロリア・デイヴィスは誰にも心を許さず、拒絶の微笑を絶やさないと噂の……かつてベルベットが遠目から見ていた彼女は幻だったらしい。

ベルベットに着替えるつもりがないと知ったグロリアは不機嫌になり、手摑みでチーズに齧りつく双子をチラリと見た。

「姉さん、姉さん」

「はいはい次はなに？」

「肘をつかず、お行儀良く食べてください」

「え、細か……」

「姉さんの姿がこの子達の将来に影響するの。ちゃんと見本になってあげて」

「肘くらい……はいはい、そうね。学んでおくに越したことはない、はあなたの言葉だったっけ」

肘を下げたベルベットは、末っ子達に正しいナイフの使い方を教える妹の姿に思いを馳せる。

彼女の帰還は彼女のためにならないと思っていたのに、結局、この世話好きに助けられている。

ベルベットは背筋を伸ばす。

——忙しくなる前は礼儀作法もしっかり教えようと思ってたのにな。

下の三人が大きくなるにつれ、家族に手が回らなくなったから忘れていた。

多忙だったのには理由がある。

母の死後は看病と薬代がなくなっただけいくらか楽になったが、育ち盛り達を歪めず、まっとうに育てるためには金が必要だった。

その金のために奔走した。

学校に通うなど、はなから考える余地すらなかった彼女では、高給取りを目指すのは難しい。前の上官に出会えた時点で運を使い果たしたと感じていたのに、いまはどうだ。

綺麗に畳まれた洗濯物と、清掃された部屋に彼女は居て、財布の硬貨を気にしなくていい食事が目の前にある。

弟妹達が起きている間に帰宅できる時間のゆとりがあった。

夜もとっぷり更けた時刻に疲労困憊《こんぱい》でふらつきながら、金だの家事だのに気を取られながら眠りにつかなくていいだけで、どれほど恵まれているかを痛感している。

リノはよくやってくれているが、勉強をしながら三人の面倒を見るには限界があったし、いずれどこかで綻《ほころ》びが生じると、ベルベットも本心では限界を悟っていた。

自分の無力さを突き付けられるような心地だが、いまは目の前にある笑顔を享受し——。

「……姉さん？」

「ん？」

グロリアを筆頭に弟妹達が姉を見ている。

その姿は一様に姉を案じており、心配をかけたというのにベルベットは笑いがこみ上げてしまう。

「……なんでもない。それよりご飯食べなさい、せっかくみんな揃ったんだしね」

「もちろん食べますけど……」

それまで身を縮こまらせ、小動物のようにサラダを食べていたリリアナが手を挙げた。

「お嬢さま。やはり、わたくしはいない方が……」

「あら、どうして？」

「……ええと……せっかく皆さまお揃いですから」

「おばかさんね。あなたがいたからこそ家が綺麗に片付いたし、料理だって手際よく準備できたのよ。一番の功労者を労《ねぎら》うのは当然でしょ。そうよね、姉さん？」

「そうそう。うちとしては一人増えたところで変わらないし、こちらを思ってくれるなら、同席してくれると嬉しいな」

「ですが、ご迷惑では……」

「わたし達は貴女と食事を一緒にできて嬉しいけどな。貴女は迷惑だった？」

ベルベットが微笑めば、リリアナは頬を染めて俯く。

「わたくしも……お嬢さまのご実家によくしていただけて、光栄にございます」

そもそもハーナット家に召使いなんて習慣はない。

働いてくれた人を差し置いて平然と食事を摂るなど、ベルベットの流儀にもとる。

リリアナは召使いゆえ主張は激しくないが、グロリアが見込んだだけあって気が利く娘だ。ベルベットは背後の棚から瓶《びん》を摑み取った。

「じゃあ出すタイミングが遅れちゃったけど、乾杯しましょうか。わたしからの感謝の気持ちを込めて、この葡萄《ぶどう》ジュースも一緒にね」

「葡萄……それは！」

リリアナの好物は弟妹達を通して確認済みだ。

自己主張を始める弟妹達にも甘い飲料を注ぎ始める。

ベルベットでは長らく与えてやれなかった、賑わいと安らぎの食卓だった。

4　姉妹を隔《へだ》てるもの

ベルベットがサンラニア国、王族近衛であるギディオン隊に身を寄せ半月ほど経った頃だ。

副隊長セノフォンテがベルベットに寄せた期待と企みは、想像を大きく上回った。

「ベルベット様、少々よろしいでしょうか」

廊下を歩いていると女性から話しかけられ、振り向いた相手はどこかの侍女だ。

女性はきゅっと口元を引き締めると着衣の乱れを指摘した。

「首元のボタンが外れてございますよ」

「あ、本当だ」

「ここは王城にございます。着衣の乱れは心の乱れと申しますし、貴女様は特に、誰が見ているかわかりません。整えられませ」

指摘されて気付いた。

ちょうど昼休憩のときに急ぎの伝令を頼まれたから走ったのだ。

喉元が苦しいのが嫌で襟を緩《ゆる》めていた。

ベルベットは襟元を正すと、そそくさと立ち去ろうとする女性を引き留める。

「待ってください」

「……いいえ、あたくしはもう行かなくては」

「そんなこと言わずに……ついうっかりしてしまいました。まだまだこういったことには疎いばかりで、教えてもらえて助かったんです。ありがとうございました」

「気をつけていただければよいのです。た、ただでさえ平民出の方は甘く見られがちなのですから」

「お優しいのですね」

「別に……えっ」

ベルベットは侍女の動揺に気付かないふりをして、わざと緩慢《かんまん》な動きで指を伸ばす。

戸惑う相手の袖が少し曲がっていたのを直し、微笑むと少しだけ顔を近づけた。

「こんな姿を晒してしまったなんて恥ずかしい。どうか、これはわたし達だけの秘密ということで」

「なっ、なな……っ!?」

悪戯っぽく笑えば、侍女は耳まで真っ赤になってしまう。

ベルベットは侍女から離れた。

「なんて冗談です。だらしがないのはいつものことなので……って」

言う間に、逃げてしまった侍女を呆然と見送る羽目になる。

「やりすぎたかな？　加減が難しいなこれ……」

残されたベルベットは苦笑をこぼしながら見送ると、軽い足取りで職場に戻る。

こんなことがあったあと、コルラードに複雑な表情で聞かれた。

「いつもあんな対応を取っているのか？」

「あんなって、なにがでしょう」

「昼間だ。王妃様の侍女に何か囁いていたろう」

「見てたんですか？　……ってあの人、王妃様の侍女だったんですね。どうりで他の人より身なりが整ってると思いました」

「その言い方だと気付いてなかったと？」

「コルラード殿は、わたしが王妃様の侍女のお顔なんて知ってると思います？」

真顔で見つめ合うと、コルラードはベルベットを非難するような目つきになった。

「お前、女性相手にふざけた態度を取るな」

「ふざけてなんかいません。こっちだって真剣ですよぉ」

なにが、と言いたげなコルラードに真面目に熱弁する。

「コルラード殿にはわたしが遊んでいるように見えるかもしれませんが、相手に触れる行為は、普通だと気持ち悪がられるんです。やるのは相手を見極めた上でのことですよ」

「どこで見極めるというんだ」

あれは女性がベルベットに好意を持っているから成立する技だ。顔を近づけるのも距離を計り、すべて相手の細かな反応を窺って行動を起こしている。

「貴族出の雰囲気は感じ取れましたから敬われるような対応も慣れてるでしょうし、平民のわたしにわざわざ忠告してくれる時点で、って感じですね」

「……よくわからんな。セノがお前に五月蠅《うるさ》く言っているが、それは俺も覚えた方がいいのか？」

「いいえ。そういうのはわたし達に任せて、副官の貴方はどっしりと構えていてください」

「む、そうか」

「はい。いざってときに責任を取ってくれたらそれでいいです」

王城には貴族の子息など様々な人達が働いているため、こういった場で発生するのは身分による差別だ。

場所柄、平民であっても教養のある品行方正な振る舞いを求められる。ベルベットは使い勝手のいい雑用係だが、ギディオンの周りをうろつくようになり、人々が彼女に目を向けるようになった。セノフォンテの進言により、ギディオン隊の顔役の一人として動くようになったのである。

問題は現場に立つコルラードよりも注目を浴びてしまった点だが、目の前の先輩は先のベルベットの発言といい、些末事《さまつじ》は気にしない。

「セノフォンテの企みが成功したということだな。そういえばたしかに、最近は現場に対する嫌味が減った気がする」

「ありがたいことに、机仕事の皆さんには親切に色々教えてもらってます」

「まったく、隊長に敵意を向けたところで何にもならないのだがな。外向けの人間を増やしただけで現金なものだ」

内部の摩擦《まさつ》を避けるには実力だけでは立ち行かない。

コルラードには理解し難い感覚らしいが、ベルベットは少年の若々しさを得がたいもののように感じる。ゆえに彼の説教も笑顔で聞いていられた。

「だが、俺たちの役目は王族の方々の安全確保だ。本来であれば連中に合わせてやる必要などないということは覚えておけ」

「わかってますわかってます」

「わかっておらんではないか！　ヘラヘラして舐《な》められないように気をつけろ！」

コルラードからは、忠告をもらえる程度には良い関係を築いている。

それどころか面倒見が良いくらいで、ベルベットもよくコルラードを頼り、少年のプライドを傷つけないよう配慮した。

おかげでベルベットは順調に周囲に馴染《なじ》んだし、同隊の者達の人柄を知るようになった。

彼が周囲を気にかけるのは、ギディオンの影響もあるだろう。あの上官は顔に似合わず部下の面倒見が良いから、コルラード達に任せきりにせず、ベルベットの様子を細かく気にかけている。

使い走りが多いからハードだが、これは彼女が考えていたよりも恵まれた環境だ。

「……でも、なんですよねえ」

ため息を吐いたのはギディオンと直接顔を合わせてからだ。

渡した書類を読むギディオンは雰囲気を察して顔を上げる。

鋭い眼光はまるで睨んでくるようだが、目つきが悪いからそう見えるだけだ。

「ため息を吐かれるほどなにかしたつもりはないぞ」

「なんでもありませんよぉ。隊長ほどの方でも権力に逆らえないのは世知辛い世の中だなあ……と世をはかなんでいただけです」

「嫌味は伝わっている。文句があるなら直接言え」

「隊長に文句はありませんよ。エドヴァルド殿下やシモン殿への愚痴です」

茶化すベルベットに普段なら渋面になるギディオンだが、このときは違った。

「顔色が悪い。寝ているか？」

「あらわたしです？　毎食食べてきっちり寝ていますが、それがなにか」

「セノフォンテやコルラードから、お前を働かせ過ぎではないかと言われた」

「働かせ……変なことを気にかけますね？」

「変なものか。お前は前の仕事柄、俺達よりも街中の道に詳しく土地勘がある。少し遠くても行ってくれるから託《たく》しすぎていたのは自覚している」

ギディオンはしくじったと言いたげで、その様子にベルベットは固まり、口数の減った反応に勘違いをされた。

「不調を感じているのなら四の五の言わず医者にかかれ。セノフォンテから聞いているだろうが、近衛なら王城付きの医師が診《み》てくれるから金はかからん。薬代もだ」

「あーいえ、そうじゃなくて……」

これまでは昼から深夜まで働くのが当然だった。

数日かけて馬を飛ばすのは当たり前で、寝ずの番に張り込み等々……多少の不調は抱えても無理を通すのが当たり前の環境だった。

そのため立場を忘れ、大真面目に聞いてしまった。

「クビになったりしません？」

ギディオンの眉間から皺が消えた。

それこそ、これまで見たこともない表情を見せていたが、ベルベットは揶揄うどころではない。

彼女はやはりおかしなことを口にしたらしいと顔を赤くして、気まずさを誤魔化そうと目を逸らす。

「あー、その……わたしの感覚だと、いまのお言葉は、役立たずは二度と顔を出すな……という意味で……ハイ」

「……そうか」

ギディオンは「そんな馬鹿な」と言おうとしたに違いない。だがベルベットがこれまで受け取ってきた言葉の数々を推察し、単純な返答に留めた。

腹に重いものを抱えた、微妙なニュアンスを含む返事にベルベットは胸をなで下ろす。

「違うのならよかった。ご忠告通り、不調を感じたら医者を使わせてもらいます」

「……ああ」

「あー……いまは問題ありませんよ。ちょっと食事を抜いてしまっただけなので、食べればすぐに回復します。休息を怠ったのは誤りだと思うので次からは改善します」

「そうしてくれ。体調管理も……」

「仕事の内、ですね。ええ理解してます。ではこれで……」

クビ宣告ではないと頭ではわかっていたはずなのに、素《す》を晒してしまったようで恥ずかしい。

早口になって退室しようとするベルベットの背中に声がかかった。

「セノが言っていたが、お前に対する印象は悪くない」

「はい？　セノフォンテ殿？」

突然何を言い出すのか。

素《す》っ頓狂《とんきょう》な声を出した彼女にギディオンが続ける。

「特に他の者への態度だ。俺の隊は若者を多く採用しているから、年齢の関係で周りと衝突することが多い。お前は相手が年下だからと偉ぶらず、侮らないのが良かった」

「あ、はい、どうも……？」

「俺もお前の人を見る姿を評価する。セノの悪巧みに乗り軽口が多いのは難点だが、お前と話すことでコルラードも色々考えるようになり、軽々な言動が減った」

「……彼に何かした覚えはありません」

「コルラードは気高い心を持つ若者だ。そして正しく法が執行される限り、民は幸せだと信じている」

「存じています」

「だが理想に殉《じゅん》ずるあまり、平民からは煙《けむ》たがれる」

貴族への偏見だ。

ベルベットも半月前まで抱いていた感情だけに否定はできない。

「本当の意味で平民の暮らしを知らん……そういうことだ」

「……難儀な子ですね」

「だからこそ、成長すれば良い騎士になる……話が逸れた」

新人に詮ない話をした自覚があるらしい。

ギディオンはわざとらしい咳払いを零した。

「たしかにお前の入隊には殿下達の思惑が絡んだ。お前が問題行動を起こす人物であれば、ここを去ってもらうつもりだったのも告白しよう。だが今のように協調性を重んじてくれるのなら、クビにする気はない」

「……つまり？」

「帰って休め。そろそろ雑用以外の仕事も任せる」

退室したベルベットは、周りに誰もいないのをいいことに心臓を押さえながら目を白黒させる。

王城に勤めるようになってから、慣れぬ環境であっても飄々《ひょうひょう》とした態度を崩さぬよう努めているのに、このときは少し、それが難しい。

彼女は自分自身でも昂《たか》ぶる感情を抑えきれない。

「うわー……どうしよう、この職場、好きになっちゃうかも」

いつクビを言い渡されても傷つかず、笑顔で立ち去るように心がけていたのに、なんとも困る話だった。


愛馬が発作を起こした。

そろそろ十歳になる栗毛《くりげ》の牝馬《ひんば》は、十年前に母馬と一緒に拾った仔で、ベルベットは「セロ」と名付けて以来、ずっと世話を焼いている。

母馬は荷馬として生涯を勤め上げ、仔馬は成長したいまでもベルベットの足となり働いている。

この頃は年老いてきていたから気をつけていたつもりだが、事前に気付くことはできなかった。

太陽も昇らないうちから犬が騒ぐから、厩舎へ様子を見に行ったら、セロは立ち上がらない。いつもと違う様子に近づいたら静かに苦しんでいた。

こんなことを経験したのは二度目だ。

昔を思い出し呆然と立ち尽くすも、すぐに我に返った。

馬は立てなくなっては命に関わる。

ベルベットは震える声をおさえ、務めて冷静にセロの首筋を撫でる。

「大丈夫、大丈夫だから、すぐ落ち着くからね」

宥《なだ》め、声をかけ、祈りながら発作が落ち着くのを待った。

幸い発作は長くなかった。

回復後は立ち上がるまでを見届けるが、ベルベットは馬房から離れられない。元気のない愛馬の傍らに居続け、動けるようになった頃には出仕時間を過ぎていた。

職場には遅刻したが、急ぎの仕事はない。これ幸いと適当なところで帰る算段をつけているとギディオンから呼び出しを受ける。

ベルベットが執務室の扉を潜ると、上官は虚《きょ》を衝《つ》かれたように目を見張った。

「なにがあった？」

「なにがって、何です？」

「昨日まで軽口を叩いていたやつがやつれ顔になれば、みな察する」

「……そんな酷い顔してます？」

「自覚がないなら相当だ」

職場の誰かがギディオンをせっついたらしい。

説明している時間も惜しいベルベットは首を振る。

「そういう気分の時もあります。ただ、今日は私用があるので早めにあがらせてください」

「構わんが……まあいい、急ぐのであれば、新しい任務について話だけしておく」

言い渡された辞令は、ベルベットにとって予想外のものだった。

聞いた瞬間から黙っていられなかった。

「なんでわたしが？」

珍しく嫌悪感を隠そうともしない彼女の物言いを、ギディオンは予想していた。

「雑用以外も任せると言っていたはずだ」

「それは聞いていましたが、正気ですか。次のエドヴァルド殿下の学園視察にわたしも付けるなんて」

「別にお前だけを連れて行くわけではない。俺やコルラードもいるし、その他の大勢の一人としてだ」

まさかの任務は、第一王子の警護にベルベットを加えるという辞令だった。

普通であれば仲間に認めてもらえたのだと、諸手《もろて》を挙げて喜べる話だ。しかしベルベットは反対の反応を示した。

「嫌です」

不平不満はあっても軽口で済ませるか呑み込む質《たち》だから、こうした拒絶は珍しい。

ベルベットが本気で嫌がっているとあって、ギディオンは頭ごなしに命令しない。子供に言いきかせるように辛抱強く言葉を重ねた。

「嫌、で済ませられる仕事ではない。それが次のお前の仕事であり、任務だ」

「わたしに殿下を守ろうなんて忠誠心はありません。そんな者を警護に回すなんておかしいですよ」

「承知している。俺とて強制するべきではないとわかっているが、もう決まった話だ」

上官と部下はしばしにらみ合う。

折れたのはベルベットの方だった。

「では離れた位置に置いていただけますか」

「残念ながらそれも無理だ。学園内では俺とお前が傍につく」

「嘘でしょ」

何故そんな巫山戯《ふざけ》た差配をしたのだ。

ギディオンに軽蔑の眼差しを送ると、即座に「違う」と否定された。

「エドヴァルド殿下の思し召しだ。俺も一応あらゆる言葉を尽くし説得したが、どういうわけかお前を是非にと望まれた」

「どういうわけかって、理由もわからないのに認めてどうなさるんです」

「言うな。あの御方の考えることは、俺ごときに計れるものではない」

どうやらあの日、グロリアを追ってきた人達は一枚岩ではなかったらしい。

「俺としても殿下のそばに置くべきはコルラードであり、少なくともお前ではないと進言した」

「そのコルラード殿は？」

「殿下のご希望なら仕方ないと」

「無理やり自分を納得させてるだけですよ」

「それもわかっている」

ギディオンもこの人事には納得していない。

ベルベットとて本当に困るのだ。

彼女にコルラードを出し抜いてやろうなどという上昇志向はない。自分より遥かに優秀で、皆からの信頼を獲得している者を差し置き選抜されたいなど思わないのだ。もはや王子の差配など単なる上下関係クラッシャーだ。

ベルベットは盛大に文句を言ってやりたい気分になりながら、奥歯を噛み堪《こら》える。

ギディオンまで頭ごなしに命令するような嫌味を飛ばしたが、彼の考えは見ての通りだ。

「殿下は学園にどのくらい滞在されるのでしょうか」

「およそ昼前から夕方まで。昼食は学園長や弟君であるスティーグ様が同席する予定だ」

「まさかと思いますが、グロリアは同席しませんよね？」

「それは断られたと聞いている」

同席する人員把握も近衛の務めだから、嘘は言っていないはずだ。

返事に長い時間をかけたが、ベルベットが出せる返事に選択肢などない。

「………受諾いたします」

現時点、ベルベットのエドヴァルドに対する感想は自国の王子殿下というものでしかない。

グロリアの意思を無下《むげ》にしている時点で嫌悪感の対象だし、ついでに初対面時に始終存在を無視されたのがあって、個人としても印象は最悪だ。

ベルベットの苦渋に満ち満ちた返答に、ギディオンは呆れた。

「そこまで嫌か。殿下とて……いや、いい。これに伴い他の者との連携も取れるよう図っておけ。あとは……」

「他にもなにか？」

「こちらの方が重要だ。馬の調教はどこまでできている？」

「……馬を使う？」

「当たり前だ。だがいくら見目麗しい栗毛でも、人前で他馬に喧嘩を売られては元も子もない。馬具と合わせて貸すこともできるから、詳細はセノにでも……」

馬の話題になった途端、ベルベットの内で渦巻《うずま》いていた不快感が一気に弾けた。

愛馬が静かに苦しむ姿がフラッシュとなって脳裏《のうり》に蘇ったのだ。

「……ベルベット？」

ギディオンが立ち上がったのは、ベルベットの心に張り詰めていた緊張の糸が切れたためだ。彼女の頬を洪水の如《ごと》く涙が流れる。

「おい、どうし……」

「私のセロが」

十年前に双子の弟達と一緒に拾った仔馬。

ベルベットの心の機微に敏感で、何も言わずとも苦しい時はいつも寄り添い、家に帰れない寂しい夜はくっつき合っていた相棒。文字通り苦楽を共にした生涯の友の危機に、どれほどベルベットの心が引き裂かれていたかなど、弟妹達でさえ知らない。

　自分が狼狽えてはならないと我慢していたのに、余計な話で気が逸れて感情が決壊した。無言で涙を零すベルベットにギディオンが声を出せずにいると、執務室の扉が叩かれる。

「隊長、話は終わったでしょうか」

「開けるなコルラード！」

　ギディオン必死の叫びは間に合わない。

　扉を開けた少年と、そしてセノフォンテが見たのは、焦《あせ》るギディオンとぼろぼろと涙を零すベルベットで、この光景に少年は時間が止まったように立ちすくみ、セノフォンテは真顔で浮かれた声を上げた。

「なんと、これは修羅場《しゅらば》の予感。隊長、一体なにをなさいましたか！」

「お前はいつもそうだ、この阿呆が！」

　副官達が状況を理解した頃には、ベルベットはぐずぐずと鼻を鳴らし、白粉《おしろい》が落ちるのも厭わず、鼻と目を真っ赤にしながらハンカチで目元を拭っていた。ギディオンやコルラードのものをセノフォンテが勝手に差し出したのだ。

　ベルベットから話を聞いたギディオンが要約する。

「——で、馬が発作を起こしたのがショックで泣き出したということか」

「馬に詳しい人に薬をもらおうと思ってたら、変な話を持ってこられて」

「誤解を与えるような言い方をするな。殿下の護衛は決して変な話ではない」

「あんなもん誰が喜んで護衛するかと。わたしのセロの方がよほど守りたい存在です」

「あんなもの……とはともかく、事情は理解した」

　人によっては動物ごときで、と言われそうだが、彼らにとっては他人事ではない。なぜなら良い騎士には良い馬が必要だ。彼らも愛馬を所持しているからベルベットの涙にも理解を示し、セノフォンテも神妙な顔で頷いている。

「貴女の馬は栗毛に透き通るような金の鬣《たてがみ》が映える馬でした。馬体の仕上がりも民間の馬とは思えぬほど見事でしたが……発作を起こしたとなれば、安静にさせた方が良さそうです」

セロの良さを理解できる男らしい。

コルラードは腕を組んだ。

「薬といったが、獣医に診せずにわかるものか？」

「……人の医者と違って獣医なんてそこらに居るものじゃないし、あてがありません」

怪我なら人と同じく魔法で治せるが、病には効かない。

そして動物は言葉を喋《しゃべ》らないから診断が難しい。

人が医者に掛かるのと一緒だ。

金を払ってペットを専門医に診せるのは愛情深い証《あかし》だが、獣医は失敗時のリスクが勝《まさ》りすぎて数が少ない。

「コルラード殿は知りませんか。愛犬の治療が間に合わなかったからって、干された平民の獣医の話」

「いや、聞いたことはない」

「その獣医は良い人で慕われてたそうです。でもある貴族の犬の治療を引き受けたばっかりに……」

「その獣医はどうなった？」

ベルベットは神妙に首を振り、その様子でコルラードも獣医の行方を悟ったようだ。

きっと少年の育った環境では医師の類に不自由はなかったのだろう。ショックを受ける姿に、ベルベットは淡々と語る。

「だから獣医師は金持……育ちの良い人ばっかりなんです。知識があるだけ腕はいいそうですが、薬の調合が難しいうえにお金が高くて貧しい人には手が届きません」

「ならどうやってお前達は馬や犬猫を診ている」

「経験豊富な畜産家や農家にお金を払って、薬草を分けてもらうのが普通です」

コルラードは民間の獣医事情を知らなかったのだろうが、少年を気遣う余裕を、いまのベルベットは持たない。

「でもセロの症状は、数年前に亡くなった母馬と同じでした。その時は薬代が高くて間に合いませんでしたが、いまなら手が届くので……」

知り合いの農家も夕方あたりなら会えるはずだ。

「……わかった。なら、早く帰れ」

「コルラード殿は、わたしに何か用事があったのでは」

「もうなくなった」

「しかし」

「いまの言葉で大体理解した。お前の企みでなかったのだとしたら、何か思惑でも働いてるんだろう」

「思惑……？」

馬鹿馬鹿しい、と不貞腐《ふてくさ》れたように呟く少年をセノフォンテが慰める。

「エドヴァルド殿下をあんなもの呼ばわりするくらいなのだから、二心《にしん》はないでしょう。ね、わたくしの言ったとおりでしょう？」

「黙れセノフォンテ、お前はいつも一言余計だ」

疑問は残れど、帰っていいならその通りにするだけだ。

ところがこれに同行すると申し出た者がいた。

ギディオンだ。

「行くぞ、獣医師ならコネがある」

「え、いえ、そこまでしてもらうわけには」

「新しい馬も必要だろうが。まさか徒歩で家まで帰るつもりか？」

愛馬のために悩む暇はなかった。

ベルベットは走っていると勘違いされそうな速度で進むギディオンを追いかけるのだが、途中である人物とすれ違った。

濡《ぬ》れ鴉《がらす》のような艶やかな髪色をした青年、宮廷魔道士のエルギスだ。

魔道士は二人の姿を認めた途端、「おい」と声を発する。

「ギディオン。そんなに慌ててどうしたんだ」

「所用だ。エルギス、お前こそなにしに来た」

「あんたの薬を届けに来たんだよ。この間の怪我の痕《あと》が痛むって……」

「ならば俺の机に置くか、セノに渡しておいてくれ」

「構わないけど……その近衛の格好をした女は、この間の……」

「用事がそれだけなら行くぞ」

ギディオンは早足で抜けてしまう。

啞然としたエルギスに見送られながら、ベルベットは上官に問うた。

「よかったんですか」

「薬の受領だけだ。それにあいつがこちらに足を運ぶなど、大方サボリ目的だろう。手伝ってやる理由はない」

サボリの多い人物らしい。

ギディオンはもう一度振り返り、さらに足を速くした。

「いらぬ詮索を避けたいなら急げ、エルギスは優秀だが関わると面倒だ」

ギディオンの馬は近衛隊長所有というだけあって、立派だった。

足首はどっしりと太く、頑丈な馬体。青鹿毛《あおかげ》の黒っぽい体が太陽光を反射する様は惚れ惚れとするほど美しく、いかつい顔立ちをしているのに、間近に寄れば額の白い稲妻模様と、くるっとした瞳がアクセントになって誇り高さを感じさせる美しい馬だ。

そのうえ乗り手とも信頼関係を築けている。

ギディオンが顔を見せただけでも大喜びで、見た目に反し人懐っこく、ベルベットが鼻先に拳を近づけ挨拶するのも許してくれる大らかさがある。

滅多に触れることのできない上等の馬に、少し興奮したベルベットは質問していた。

「これだけの威圧感だから軍馬としての目的は果たせそうですけど、戦にも同行させるんですよね。動きが鈍かったりしませんか」

「体格がいいからよく心配されるがオーランド・キース二世は機敏で頭が良い馬でな。特に苦労した覚えはない」

「……ちなみに一世は？」

「祖父の偉大な相棒だった」

この男、彼女が考える以上に馬への思い入れが強い。

ベルベットはギディオンの計らいで別の馬を借りることができた。若々しい雄の芦毛《あしげ》はまだ調教中だが、他の強い馬……オーランド・キース二世がいれば言うことを聞く。

芦毛に跨がりながら追いかけたのは、住宅街から離れた場所にある森林地帯だ。

前庭に大型犬が何匹もたむろしている以外は、診療所とは思えない屋敷だ。

よく訓練された犬達は客人を静かに出迎える。

群れのトップと思われる犬が開け放しの扉の中に入って行くと、時を置いて二十代中頃の男性が現れる。髪を結わえた眼鏡の男性は、両手を広げながら破顔した。

「こちらにお出でになるのは珍しいですねギディオン隊長さん！　本日はどういった御用でしょう」

「お前の急患がいる。空いてるか？」

「空いてるとは言い難いですが、私の急患ならば行かないわけにはいきませんね」

その言葉で、ベルベットは目的の獣医がこの男性だと知った。

彼はベルベットとも自己紹介を交わす。

「貴女とは初めましてですね、ベルベットさん。私は獣医のヴィルヘルム、騎士団とは専属契約を結んでいまして、大型獣を専門として診ています」

「よろしくお願いします、先生。でもどうしてわたしの名をご存知なのでしょう？」

「それはもちろん、ギディオン隊長さんのところにお綺麗な人が入ったって有名ですから。一緒に居れば一目瞭然《いちもくりょうぜん》です」

「光栄です。それですみません、先生に診てもらいたい動物なんですが……」

「ええ、症状をお聞かせください。できればわかる範囲で細かく」

ヴィルヘルムは仕事の早い人物のようだ。

セロの病状を確認すると、鞄に必要な薬を詰めてオーランド・キース二世の後座に跨がる。どうやら一人で馬には乗れないらしいが、馬は男二人分の体重をものともしない。

迫力ある軍馬や近衛隊長の姿に農夫が次々と振り返る中、ハーナット家に到着すると、そこで出くわしたのはグロリアだ。

ギディオンの顔を見た妹は持っていた水桶《みずおけ》を落としスカートの裾を濡らした。

まさにこの世の終わりとでも言いたげな叫びが木霊《こだま》する。

「いやぁぁぁぁ！　あなた、姉さんに何をするつもり!?」

隣家まで距離があることをベルベットが感謝したのは久しぶりだ。

グロリアはわなわなと肩をふるわせてギディオンに怒っていたが、次にヴィルヘルムの姿を認めた。

「あなた……まさか獣医のヴィルヘルム・ルディーン!?」

「たしかに私はルディーンの者ですが……面識があったでしょうか。貴女様は……ディヴィス家のグロリア様……」

そして彼は余計なことに気付いた。

「姉……？」

「先生！　馬はこちらです、さぁ！」

ベルベットがヴィルヘルムの背中を押し、彼の思考を邪魔するように大声を上げる。

ヴィルヘルムは混乱し通しだったが、元気のない牝馬を前に役目を思い出した。すぐに触診に入りながら、慎重に判断をくだしていく。

「ベルベットさんならご存知でしょうが、傷は治癒魔法で治せます。たとえば腸がねじれていたり、食べ物が詰まったのであれば切開術対応後に治癒で対処可能でしょう。ですがそもそも、この子自身が抱えている問題だとすると――」

「ち、治療方法がない、とか？」

「注射は安定の手助けにはなりますが、これで治るというものではありません。大事なのは安静にさせることですね。悪化した状態が続くと突然死の恐れがありますから」

突然死と言われ心臓が凍りそうになっていると、淡々と説明していたヴィルヘルムは安心させるように目元を和らげた。

「このままなら落ち着きます。それはベルベットさんが無理に動かさなかったおかげなんですよ」

突然死の可能性を示唆したのは、人々にとって馬が移動手段だからだ。

必要だからこそ、代わりの馬を用意できない人ほど無理をさせてしまうのだ、とヴィルヘルムは説明する。ひとまず愛馬が死ぬことはないとわかったベルベットは、ようやく汗の落ち着いた肌に寒さを感じながら口を開く。

「この子はずっとわたしの足代わりでした。ですが、今後は走らせない方がいいですか？」

「軽い騎乗なら大丈夫でしょうが、もう早駆けは勧められませんね。……ベルベットさんの仕事の手伝いはできなくなるでしょうが、それでも飼い続けられますか？」

働かせられなくなったら処分する飼い主も少なくない。

安楽死を選ぶ人が多いゆえの質問だと察し、頷いた。

「早駆けだけが役目ではありませんから、面倒は見続けられると思います」

「そうですか……よかった」

緊張をほどくヴィルヘルムは、役目上現実的な判断を下すパターンを見る機会が多いのだろう。

処方された薬は人間用よりも遥かに量が多く、かつ効き目が強いために決して口にしないよう注意を受ける。明日以降も診察に来ると告げ、セロにあたたかな眼を向けた。

肝心の馬は耳を絞《しぼ》って怒り始めているのに、それでも嬉しそうだ。

「可愛がられている子を見るのは嬉しいものです、今日は頑張ったと褒めてあげてください」

「ありがとうございました……！」

「病は心臓の問題でしょう。自然と治る子もいれば、一生病と付き合わなければならない子もいます。油断せず気をつけてあげてください」

ハーナット家の問題はこれで解決をみせたが、問題はまだ残っている。

最後まで診察を見届けていたギディオンは、ヴィルヘルムにある約束を求めた。

「すまんが、ここでグロリア様を見たことは黙っておいてもらえるか」

この時にはヴィルヘルムも大体を察しており、苦笑しながら約束した。

「無論、口外いたしません。騎士院に足を踏みいれていれば、そういった秘密を知ることも少なくありませんから……ベルベットさんもご安心ください」

「先生を信じます。ですが先生はグロリアをご存知だったのですか？」

「年齢に見合わず聡明な方だと有名ですからね。それに私の家名までご存知とは……お若くして商売に出資を行い、薬の流通にも一役買っておられるだけはあると感嘆するばかりです」

それはベルベットの知らない、グロリアの貴族としての貌《かお》だ。ヴィルヘルムは簡単に言っているが、投資には金以外に経験を必要とする。グロリアはその中でも選《え》りすぐりの才を持っているのかもしれなかった。

口約束に留まったが、ギディオンはヴィルヘルムを信頼しているようだし、バラされることはないはずだ。

ヴィルヘルムを診療所に送るというギディオンは、ベルベットに芦毛馬を託した。

「厩舎はもう一頭置くだけの余裕はあるようだし、しばらく使っておけ」

「そんなこと言って後悔しませんか、私用で使いますよ」

「承知の上だ。ついでにまっすぐ走れるよう調教しておけ。あの栗毛を育て上げたお前ならできるだろう？」

余計な仕事を増やされた気もするが、手間を掛けセロを育ててきた成果を褒められたようで悪い気はしない。

ギディオンは厩舎の方向を一度見やり、気の良い表情で笑う。

「あの馬が人に懐いているのは、お前の努力あってのものだろう。長生きさせてやれ」

馬は臆病な生き物だ。

元気がなかった点を加味しても、突然知らない人間が押しかけて暴れなかっただけ、セロのベルベットに対する信頼感は厚い。

客人達が帰ると、愛馬のもとには教会学童を休んでいた弟妹達が向かった。

皆、セロとは長い付き合いだから、ずっと心配していたのだ。ベルベットも愛馬の首を撫で抱きしめたかったが、その前にグロリアと話さねばならない。

室内には姉妹二人きり、ベルベットは居心地の悪そうな妹に問うた。

「どうして学生が日中からうちにいるのかな。今日、休みじゃないでしょ」

「……ちょっと頑張る気がなかったのでサボりました」

学園や成績に関してはデイヴィス家の範疇《はんちゅう》だ。ベルベットにとやかく言う権利はないが、ため息は出る。彼女の思いをよそに、グロリアは半眼で姉を見上げた。

「姉さん、私の知らない間に随分ギディオン様と仲良くなったのですね」

「なんだかんだで良くしてもらってるからね。四六時中言い争いしたっていいことない」

「そうね、ギディオン様は悪人じゃないもの。懐に入った人には優しいっていうか、そんな感じ」

「グロリアも詳しいじゃない」

「べ、べつに詳しいってほどじゃないわ」

ではやはり第二王子の婚約者だったからだろうか。

グロリアは葛藤を抱えているのか、眉をキュッと寄せて悩ましげだが、そんな彼女にベルベットも質問があった。

「ねえグロリア、貴女、ヴィルヘルム先生のこと詳しかったみたいだけど、知ってたの?」

「え?」

「家名まで言い当てたの、先生だけじゃなくわたしたちも驚いた」

「そ、そう? だってあの先生、動物に優しくて良い人で有名だし……攻略対象だし……」

ぼそりと囁くような後半の呟きを、ベルベットは理解できない。

「あの先生、大型動物がほとんど専門なんじゃないの。デイヴィス家に縁なんてあった?」

「う、ううちも一応馬を飼ってるし、評判くらいは聞きます!」

「……ねえ、そんなに嘘が下手で大丈夫?」

「んなっ……! なにをおっしゃるのですか、私、これでも最近は茨《いばら》の女と新しい異名があるくらいなんですから!」

「それ、触ってもふにゃふにゃの柔らかいやつだったりしない？」

こんなにわかりやすくては、悪意の巣窟《そうくつ》と名高い社交界で上手くやっていけるのか心配になる。ベルベットの心配をよそに、グロリアは姉に詰め寄った。

「姉さん、お願いがあるの」

「……どんなお願い？」

「エドヴァルド殿下には関わらないで」

ギディオンとの関係に拗ねているのかと思ったら、次はエドヴァルドだ。

しかもグロリアの、ベルベットの服を掴む手は細かく震えている。ベルベットは困惑しながらも、妹と手を重ねた。

「なんでいきなり殿下の名前が……でも関わるなってさ、それこそ無理でしょ。わたしがあそこで働く限り、顔を合わせるときだってあるだろうし……」

「親しくしたり、話したり、そういうのは全部ダメなの。お願い」

「グロリア、それはちょっと話が飛躍しすぎっていうか、そんなことあるわけ……」

「お願いよ」

グロリアはいまにも泣き出しそうだ。

できない約束はしたくないが考え直した。なにせあの殿下は一般に流布《るふ》されている評判と正反対で、平民に優しくない。

きっとベルベットとまともに話そうとはしないだろう。親しくなるというのもグロリアの行き過ぎた妄想だ。

そう信じ……瞳を潤ませる妹の頼み込みに、ベルベットは頷く。

「わかった。極力殿下には近づかないって約束する……これでいい？」

約束しても妹の「お願い」はまだ絶えない。

「もうひとつ気にしてほしいことがあって……」

「まだなにかあるの？」

「……姉さん、学園に行ったときに私の同級生を助けたでしょう？」

「ああ、あの可愛い女の子」

言うや否やグロリアの眉がつり上がる。

「できればその子にも近づかないで」

「近づかない……って、別に知り合いでもないし、そんな機会もなさそうだけど」

「近々、殿下の学園訪問があるってことは知ってるの。だから彼女と会うかもしれないでしょ」

「ねえ、貴女、その子となにかあったの？」

グロリアは多少変なところを気にする娘でも、ベルベットの人間関係を制限するような人間ではないはずだ。彼女なりの理由があるはずだが返答は要領を得ない。

「なにもないわ。本当よ」

「ほんと？　喧嘩したとか、仲が悪いとか、嫌いとかじゃなくて？」

「ち、違うってば。でも、関わったら絶対何か巻き込まれるから」

「それこそ変でしょ。なんで巻き込まれるって断言できるの？」

おかしな話ではないか。

グロリアは逃げようとしたが、ベルベットの鋭い眼に逃げ場を失い項垂《うなだ》れた。

「……あの子は主人公だから」

「主人公？　主人公って、物語の主人公って意味？」

なおさら意味不明で、さらに妹への謎が深まるベルベットだが、彼女なりに一生懸命思考する。

主役とは、所謂《いわゆる》大冒険を経て国を救う勇猛果敢な救世主のことだ……と、これまで教えてもらってきた物語で学んでいる。

……つまりグロリアは自分に英雄の資格はないと考えているのだろうか。

だがエドヴァルドに近寄ってはならない理由とは何だ。

あの少女は可愛かったが「主人公」に該当するような娘には見えない。

ベルベットは素直な心中を口にした。

「わたしからしてみたら貴女の方がよほど主人公な感じがするのだけど」

「へ？」

「なんで驚くのよ」

「だ、だって……」

「だってもなにも、考えてみてよ。貴女は貧乏な家から貴族へ養子にもらわれて、容姿端麗《たんれい》で、勉強もできて、そのうえ王子殿下の婚約者にまで上り詰めた」

ベルベットは読まないが、ラウラの好きな恋物語の主人公ならグロリアはバッチリ該当しているのではないだろうか。

妹の方がよほどらしいのに、肝心の本人は悲しそうに目を伏せる。

「姉さんが褒めてくれるのは嬉しいけど、私は引き立て役でしかない」

「そんなこと……」

「あるの。自分が一番よく知ってる」

まるで自分には資格がないと言わんばかりだ。

普段は自信に溢れている彼女らしくない反応に、ベルベットは両手で妹の頬を包む。乱暴な行動でもされるがままの妹に、硬い声で告げた。

「貴女がどう感じるかは貴女次第なんだけど、わたしにとってグロリアは大切な妹で、世界に一人だけしかいない、最高に可愛らしい主人公なわけ」

「でも……」

「グロリアはそんなわたしの気持ちを否定する？」

妹を支配するのは迷いだ。

しかも先ほど一瞬だけ瞳の奥に宿した懊悩《おうのう》は、これまで妹を見てきた中でもとびきり質が悪く、まるで別人の面影を映している。

いまになってディヴィス家を離れたがった理由が他にもあったのではと考え、ベルベットは己の浅はかさを恥じた。

彼女は妹のことを案じておきながら、何もわかってやれていなかったのだ。

「わたしは、グロリアは昔から一人で抱え込みすぎじゃないかと思う」

「私が？　そんなことないわ」

「養子入りのときにわたしに言ってくれなかったのもそうだけど、貴女はいつもひとりで決めていっちゃうでしょ。あれはうちには良い結果をもたらしたけど……」

ベルベットは勝手に妹を美化し、なんでも平然とこなす完璧な娘と信じたかったのではないかと……不安になった。

「グロリア、本当はディヴィス家に行きたくなかったんじゃない？」

迷いに加え、妹の心を支配する闇《やみ》は何だ。

問いかけるベルベットに、グロリアは唇を噛んで手の平を握りしめる。

やがて意を決した様子で顔を上げた。

「あのね。笑わないで聞いてほしいのだけど、実は私……ひゃっ」

グロリアが飛び上がる。

どうやら寝ていた老犬がグロリアに構ってもらうべく手を舐めたらしい。

我に返ったグロリアは次の瞬間、強がりの仮面を被ってしまった。

老犬を撫でながら苦笑気味でおどけてみせる。

「たいした話じゃないの」

「たいした話かどうかはわたしが決める」

「違うの。私はただ知ってただけで、最悪の未来を回避したかっただけ。自分の選択だし、後悔はしてないのよ……デイヴィス家が楽しかったのも本当だもの」

「じゃあなんで……」

「この子が遊んでもらいたがってるし、一緒にセロのお見舞いに行ってくる」

「グロリア」

ベルベットの伸ばした手も虚《むな》しく、グロリアは出て行ってしまう。

一人残されたベルベットは力なく椅子に座り込む。片手でぐしゃぐしゃに髪を掻き乱すと、頭を抱えるように呻《うめ》きを漏らした。

「なんで、辛そうに笑うのよ」

ベルベットはまた失敗した。

彼女の人生は、肝心要《かなめ》の時においていつもこんな感じだ。

グロリアの養子入りを止められず、家族を支えるのもギリギリの状態で、状況に適応していると言えば聞こえはいいが現実は流されっぱなし。妹の本音を聞き出すことすらできないほどに信頼がない。

自分で頑張った方だと励ましても、実力不足にはもうとっくに気付いている。

密かに抱え持つコンプレックスや引け目を、どんよりとした瞳の奥に宿し――。

「……情けな」

力なく机に倒れ込んだ。

5　赤い鬱金香《チューリップ》の再来

学園視察の日、ベルベットは第一王子エドヴァルドを迎える馬車の傍に立っていた。

出発時から空気がひりついているのは、数十人もの護衛が気を張っているためだ。国外に出るわけでもなく、ただの学園視察に大仰ではあるのだが、これがサンラニアの王族警護だ。

なぜなら隣に聖ナシク信教国がある。

彼の国の信徒は自らの神を信ずるあまり敬虔《けいけん》な国民ほど凶悪で、異教徒とあれば子供でさえも平気で傷つける。

サンラニアはナシク人の入国を禁じているのに、見境のない殺傷沙汰が度々起こって国内を騒がせるからやっかいなのだ。

そして彼らの襲撃対象は、当然サンラニアの象徴である王族にも及ぶ。

おそらくナシクの教義を知らしめることが目的なのだろうが、ナシク人はターゲットを人々が多く集うところで襲う傾向にあった。近衛が警護を厳重にするのは当然で、このときばかりはベルベットも長剣を下げている。

改めて見る警護対象《エドヴァルド》は幻想的な夢の中から抜け出してきたようだ。彫像のような均整のとれた肉体と、切れ長の目元。王室の中でも屈指の美しさを誇る存在で、ひとたび微笑むだけで周囲の人々を引きつけ虜《とりこ》にしていく。

彼だけでも注目を集めるのに、後ろに付き従うのは黒尽くめの魔道士エルギスだ。グロリアが家出してきた際、最初に会ったのが彼だったが、物憂げな瞳は相変わらずだ。彼はベルベットとそう年も変わらないのに、歩んでいるのはエリート街道だ。噂ではサンラニア随一の魔力を有しているらしく、日々怪しげな道具を開発しているらしい。

最後に彼らに付き従うのがエドヴァルドの近衛隊長ギディオン。エドヴァルドの傍にあって引けを取らない風格があり、冷ややかな視線は周囲の者たちの背筋を自ずと正させる。

側近と会話を楽しみながらやってくる王子の足どりは遅い。

さっさと乗ってくれないか……そんなベルベットの思いと共に、やっと馬車の近くにやってきたエドヴァルド。彼と一瞬目が合うも、笑い合って手を取り合う仲ではない。ベルベットは王子を無視し、王子は流れるように『その他大勢』の近衛を視界から外した。

王子が馬車に乗り込むと、ギディオンの合図で馬車は動き出す。騎乗した近衛が馬車を囲むように守り、ベルベットは後方からゆっくり後を追う。

王子の馬車は市民の注目を集めるのに十分だ。

窓から顔を覗かせるエドヴァルドが手を振ると歓声や、若い女性の嬌声《きょうせい》が上がる。

ちょっと前ならベルベットも、こんな列を見かけたら興味を持っていたかもしれない。だが今は近寄ろうとも思わないし、自分のことで精一杯だ。

——やっっっと終わった。

凛々《りり》しさを装いながら、ベルベットは今日この日までに課せられた訓練が終わったことに安堵の息を吐くばかりだ。

きっかけはコルラードだ。

「殿下の護衛に加わるのであれば、周りと足並みを揃えられるようにならねばならん！」

敬愛する上官の顔に泥を塗りたくない少年から、彼女は地獄の特訓を課せられた。

無論、これは隊のためだけではなく、コルラードなりの部下への配慮だ。

彼は個人的な時間を割いて新人が使いものになるまで付き合ったのだから、その想いを知るベルベットは逃げることなど到底できなかった。

この特訓の甲斐あってベルベットは隊列を乱さず、一分の隙もない敬礼を行えるようになったが……短い日数で様々なことをたたき込まれたせいで、精神は疲労困憊だ。

この日を終えたら家族からの褒美が待っている――その一心だけで彼女は今日の護衛に挑んでいる。

学園で王子を出迎えたのは白鬚《しろひげ》を蓄えた学園長と理事……もとい、学園に多額の投資を行っているデイヴィス家のシモンだ。

公人として立つデイヴィス家の嫡男《ちゃくなん》、彼の立ち居振る舞いは一線を画している。教師然とした雰囲気はあるものの、オーダーメイドの服を上品に着こなしながらの仕草は、まさに貴族の風格を体現するかのようだ。

他にも宮廷魔道士や近衛隊長と揃っているから、十代半ばの多感な少年少女は空気に当てられやすい。感嘆の息があちこちから上がっていた。

学園長がエドヴァルドの手を両手でいただき、敬意を払って軽く持ち上げる。

「殿下にお越しいただき、まこと恐悦至極《きょうえつしごく》に存じます。どうぞ心ゆくまでご覧になってくださいませ」

「学園長、そう固くならないでくれ。視察とはいうが、私もこの学園で学んだ者だ。どちらかといえば懐かしさを覚えているくらいなのだからね」

「ほっほっほ。殿下は覚えが良すぎて、少々つまらないと教師の間で評判でございました」

「それはすまないことをした。陛下の顔に泥を塗りたくないと必死だったものでね」

校内にぞろぞろ押しかけるわけにもいかない。学内での護衛は少人数であり、そこに今回はベルベットが混ざる。

しかし――ベルベットは学園長達を見る。

どうしてぞろぞろと生徒達を引き連れて回る必要があるのだろう。

疑問を感じてすぐ、学園長はにこやかに生徒を紹介しようと一歩横にずれる。

「殿下はすでに校内をご存知でしょうが、案内はこちらの生徒達にお任せしたいと存じますが、よろしいでしょうか」

「もちろんだとも。学園長の推薦とあらば是非頼みたいが……」

エドヴァルドは鷹揚に頷くも、そこである一人の生徒を指名した。

「シモン。よければお前の妹も加えてもらえないか」

「しかし、殿下……」

「いや、これを機に話をしておきたくてね」

一同の注目を集めるのは、この場への出席を余儀なくされたグロリアだ。彼女はエドヴァルドの頼みを断ろうとしたが、王子のある動作に一瞬だけ目元を険《けわ》しくし、次に了承した。

驚くほどの変わり身の早さの理由は、エドヴァルドがベルベットを見たことが原因だろう。

一連のやりとりに、ベルベットは内心で舌打ちを零す。

何故この日において自分が指名されたのか、遅まきながらようやく理解したのだ。

ベルベットが声にならない罵倒を繰り返す間にも、グロリアとエドヴァルドはにこやかに笑みを交わし合う。

「今日は改めてよろしく頼むよ、グロリア」

「どうぞお手柔らかにお願いしますわね、エドヴァルド殿下」

近衛はエドヴァルド達から数歩遅れて続く。

ベルベットは学園の地図を頭にたたき込んだが、実物を見学するのは初めてだ。普段であればお上りさんのように見学するところを、そっと目で周囲を窺うように観察する。

サンラニアの誇る知識と友情に溢れる教育機関は翠緑《すいりょく》の木々に囲まれ、太陽の光が恵みとなって照らしている。高い塔や美しいアーチが建物を彩り、そこはまるで子供の夢見る絵物語からそのまま抜け出してきたかのようだ。

広い図書館も備えており、光の入らないよう設計された室内には、天井まで届く本棚が設けられている。梯子《はしご》は魔法がかかっており、足を掛けるだけで伸びゆく様は不思議そのものだった。

ただ座学に勤《いそ》しむのではなく、技能実習まで先生が付ききっきりで指導してくれる環境は、勉学に集中するのにうってつけだ。リノが入学すれば良い刺激を得られるはず、とベルベットは微笑ましい気持ちになれる。

エドヴァルドは学園の卒業生ではあるが、改めて説明を受ける度に学園や教育者達、生徒達を褒めて喜んだ。

だが和《なご》やかな雰囲気で会話が弾む中でも、時折話を振られるグロリアは言葉控えめだ。彼女と王子の間に流れる言葉にし難い空気を察して、学園長が新しい話題を振った。

「最近はギディオン殿にも推薦状をいただきました。優秀な若者のようで入学が楽しみです」

「ほう？　それは初耳だが、ギディオン、君は誰を推薦したのかな」

「そこにいるベルベットの弟です、殿下」

「私の新しい近衛か」

王子にあからさまに微笑まれては、いくらベルベットでも反応をせざるをえない。

目礼で応えると、エドヴァルドが笑い声を上げる。

「ギディオンが推薦するほどなのだから、きっと良い若者なのだろうな。子供達がより良い環境で育ってくれるのが楽しみだよ」

「殿下、きっと、ではなく優秀な子だと確認しております。期待してよろしいかと」

「ははは、ならばもっと楽しみになってくるよ」

加えて、エドヴァルドはベルベットの容姿を褒めた。

「お前にしては見目麗しい人を入れてくれたものだ。ご覧よギディオン、私やエルギスが笑いかけるよりも、ベルベットが少し動いただけで女の子達の視線を掠《さら》っている」

「殿下、エルギス殿はもとより笑う方ではありません」

「そうだった、彼が笑ったら大したものだ」

ギディオンにまで言われているが、遠回しに無愛想《ぶあいそう》と言われた魔道士は素知らぬ顔。ベルベットは少しだけ彼に親近感を覚えた。

エドヴァルド達の話題は移ろいやすい、彼らの注意が逸れている間に、ベルベットは途中から一行に紛《まぎ》れ込んだ女の子に注目した。

緊張に身を固くした少女は、以前ギディオンと共に学園街まで送りとどけた娘だ。相手もベルベットに気付くと、頬を染め俯いた。

学園長は少女に気付くと破顔してエドヴァルドに紹介する。

「殿下。こちらの女子生徒ですが、セリーニ家のアリスと申します」

「ああ、覚えがある。たしか昔、優秀な魔道士を輩出していたかな」

ベルベットには聞いた覚えのない家名だ。

学園長は、彼女が珍しい転入生だと紹介した。

「長い間セリーニ家は魔道士を輩出しておりませなんだが、アリスは魔法医学において優秀な成績と、教会への極めて献身的な奉仕にて活躍をみせております」

「宮廷はいつでも新しい医学魔道士を求めている。彼女の卒業が楽しみだね」

「きっと、よりよい未来をサンラニアにもたらしてくれるでしょう」

他にも代わる代わる学園長は生徒を紹介していく。違和感を覚えていたベルベットは、途中からだんだんと理解し始めた。

なるほどこれは生徒達にとって出世の登竜門《とうりゅうもん》なのだ。ここで王子と面通しをしておくことで生徒は名声への第一歩を、王家は優秀な人材の確保を約束される構図だ。学園も恩を売れるのだから、やらない手はない。

昼食の席には、同じ学園の生徒である第二王子のスティーグも加わった。それまで一度も顔を出していなかったことも含め、この参加には明らかに不満だと表情に書いてある。

スティーグはグロリアの参席に対し不平を隠せなかった。

「兄上、デイヴィス家のグロリアは本日参加の予定はなかったはず。どうして彼女と席を同じくせねばならないのでしょう」

「不思議なことを言う。グロリアはお前の婚約者だよ」

「兄上こそ不思議なことをおっしゃる。私は……」

「そもそもグロリアは、そこにいるデイヴィス家のシモンの妹であり、すべての学科において、優秀な成績を修めている生徒だ。私と向かい合う資格を有しているよ」

この場においてはスティーグの子供っぽさが目立つ。兄弟の間でピリリとした空気が漂う中で、グロリアがあからさまなため息を吐いた。

「エドヴァルド殿下。兄にも申し上げましたけれど、わたくしは幸いなことに、いつでも殿下方とお話しさせていただくだけの環境に恵まれております。本日は他の、サンラニアを支えてくれる生徒と交流なさいませ」

「そう言って逃げるのは君らしくないな」

「事実を申し上げております」

「残念ながら、君も我が国を支えてくれる若者のひとりだ。それにほら、私たちが兄弟が席を同じくするのだから、せっかく身内の揃った君も……と思うのさ」

大方の者はシモンとグロリアの兄妹を指摘したと思ったかもしれないが、事情を知っている数名だけは、姉妹のことを指したのだと理解している。

　グロリアの目が厳しく細められた。

「エドヴァルド殿下は大人だと思っておりましたけれど、スティーグ様と同じく、随分わがままでいらっしゃいますのね」

「こら、グロリア」

「ご安心なさいませ、シモンお兄様。れっきとした悪口にございます」

　公衆の面前で王子にこれだけ軽口を叩けるのだから、グロリアの胆力は相当だ。なのにエドヴァルドが愉快げに笑うから誰も止められない。

　しかしどれだけ彼女が難色を示しても、エドヴァルドの決定は覆《くつがえ》らない。グロリアがベルベットを気にしているのは明らかであり、いざ昼食の席となったタイミングで、とうとうベルベットは姿を隠した。

　ギディオンから許可はもらっていない。これはれっきとしたサボリであり、減給どころか降格処分も止むなしだが、彼女は気にしなかった。

　人はこれをやけくそ、と言う。

　大人として、近衛として褒められる態度でないのは重々承知している。だがベルベットは妹の重荷になるなど真っ平ごめんだ。

　会話の度にエドヴァルドがベルベットの存在を匂わせ、グロリアに枷《かせ》を嵌《は》めるくらいなら、お叱りくらい受けよう。ギディオンなら王子の背中側に空いた人間の穴埋めくらいはやってのけるはずだ。

　会場近くの人気《ひとけ》のない廊下、隠れるように壁に背を預けてため息を吐く。

「くっだらない」

　これまで縁のなかった貴族の世界は、こうも汚いやり口ばかりなのかとベルベットは憤《いきどお》りを隠せない。酒でもあれば呷《あお》りたい気分だが、半分死んだ魚の目でぼうっとしていると、不意に声がかかった。

「あ、あの、ベルベット……さま」

胸の前で両手を組み合わせたアリスがいた。

遠慮がちな少女の姿に、ベルベットはすぐに表情を切り替える。エドヴァルドは酷く不快であったが、関係のない子を怖がらせたり、不快感を露わにするべきではない。

「い、いまよろしいですか？」

「もちろん。たしかアリスさん、だったよね。どうしたの？」

グロリアとの約束を思い出したが、アリスを無下に追い返す真似はできない。名前を呼ばれた少女は、ぱっと表情を明るくした。

「名前を覚えていてくださったんですか」

「忘れるわけないよ。わたしの名前をご存知で？」

「もちろん存じています。貴女こそ、ギディオン様と一緒にいらした、最近入隊された期待の星とか……でも私は以前から存じ上げてました。あの時、助けていただいたご恩は忘れていません」

期待の星とは、随分評判に尾ひれが付いているようだ。

しかし覚えのないところで名前が知られている感覚は慣れない。こそばゆい心地を覚えながら話題を逸らした。

「あれから魔力酔いの方は大丈夫？」

「はい、あれから先生に色々相談に乗っていただいて、魔力酔いを起こすこともなくなりました！」

「それはよかった。魔力酔いは大変だっていうし、何もないのが一番だから」

「お二人にご迷惑をかけてしまって、ベルベットさんには改めてお礼を言いたかったんです」

無邪気に笑うアリスには害意がなく、グロリアが警戒するようなものはなさそうに感じる。

少女にあるのは純粋な気持ちだけだから、冷たく突き放すこともできずにいると、あっという間に昼食の終わりの時刻が近づいてきたらしい。

アリスの視線につられ顔を向けると、気怠《けだる》げなエルギスがゆっくりとした足取りで歩いている。サボりに来たわけではないらしい。

ベルベット、と彼は彼女を呼ぶ。

「そろそろ戻ってこいとギディオンが言っている」

「かしこまりました。……それじゃアリスさん、お元気で」

「はい！　お話、ありがとうございました。私、ベルベットさんのこと応援しています！」

「ありがとう。その声援だけでも元気が出ます」

アリスとはにこやかに別れたが、エルギスとの間に流れる空気は微妙だ。しかし小言を言われる気配はない。

エルギスにも王子同様に良い印象はないが、最近の経験を踏まえれば偏見は良くない……と二つの感情がせめぎ合った結果、ベルベットはようやく心を決めた。

「エルギス殿に伝令めいた真似をさせて申し訳ございません」

「別に。僕も適当に離れたかったから、息抜きになる」

「この間もでしたけど、宮廷魔道士って、いつも殿下に同行されてるんです？」

「いつもじゃない。だけど最近はまたナシクがきな臭いから、ギディオンが慎重になってる」

エルギスの職分に興味があったわけではない。

だが会話の切っ掛けにはなったのか、エルギスの態度も少し砕けたものになった。

「この間あんたを見たときは驚いた。まさか近衛入りするとは思わなかったよ」

「その辺は殿下とシモン殿の策略です」

「あいつらもよくやるもんだ……ああ、面倒だから敬語はいらない。殿付けもだ。どうせ家に押しかけた相手にそんな気起きないだろ？」

「ええ？」

そんなことを言われても真《ま》に受けるだけ馬鹿をみる。

疑うベルベットにエルギスは戯《おど》けたように肩をすくめてみせたから、ベルベットはエドヴァルドの言葉を思い出し、呆れた。

エルギスも普通に笑うではないか。

「そう疑うなよ。僕も堅苦しいのが嫌いなだけだ」

「……じゃ遠慮なくエルギスで。あとで不敬罪とか言わないでよ」

「言ったところでギディオンがいるだろ。魔道士が近衛に口を出すなんて過干渉だ、なんて言ってあんたを庇うに決まってる。手出しなんか出来ないさ」

「宮廷魔道士の方が権力あるんじゃないの？」

「あいつは理不尽だと感じたら、そんなの関係なく逆らう」

彼は親しみを込めてベルベットに笑いかける。

「でもまさか近衛入りさせるなんて、あんたも災難だったよな」

「……それは言っても仕方がない。というか、わたしが取引に乗ったことくらい知ってるんじゃ？」

「まあな。……だから僕はあんたがよくやった……と思ってるんだ。普通、王族やギディオン相手にはみんな萎縮《いしゅく》するからさ」

どうやら嘘偽りなく褒めてくれているらしい相手は、ベルベットに質問があったらしい。

「ところであんたから見て、グロリア嬢のあの冷たい態度はどうなんだ？」

「冷たい態度？」

「エドヴァルド相手に喧嘩を売ってるだろ」

「……喧嘩？」

ベルベットから見たグロリアは普段通りだった。心底不思議そうなベルベットに、エルギスは眉を顰《ひそ》める。

「本気で言ってるのか？　エドヴァルドが何か聞いたって、短く『そうですか』とか『おっしゃるとおりです』ばっかりでまともに答えない。おかげで周囲がずっと冷や汗をかいていた」

　学内視察中の話だ。

　具体例を出されて初めて、ベルベットは目を丸めた。

「あれのどこが喧嘩を売ってるわけ。極めて冷静に対応してるのに」

「どこがだよ」

「あの子……」

　ベルベットは言いかけて口を噤み、言い換える。

「あれは配慮っていうの。彼女が殿下にまともな返事をするぶんだけ、他の人の出番を奪う。だから出過ぎて他の生徒の出番を奪わないように注意してるのに」

　たしかに見た目は鼻っ柱の強い娘だが、ベルベットは惑わされない。彼女の気遣いは学園随一だ、と内心鼻を高くしていただけに、彼の問いは心外だ。

　やや憤りをみせるベルベットに、エルギスは不思議そうだった。

「そんな風には見えなかったけどな」

「目が悪いんじゃない？」

「彼女も相当だったが、あんたかなりの姉馬鹿だな？」

　一応「姉」の部分は小声になっているから、エルギスも少しは配慮しているようである。

　ただ、とエルギスは同情にも似た眼差しをベルベットに向ける。

「ちょっと今回はまずったかもな」

「……どういうこと？」

「エドヴァルドは面倒なヤツなんだ」

わけのわからないことを言って、エルギスは続ける。

「目をつけられたくなかったら従順でいるべきだったんだけど、な」

「だった、って……それってもしかして手遅れ？」

一拍おいて、宮廷魔道士はニヤリと口角を持ち上げた。

「ま、うまくやれよ。あいつに関わったばっかりに、王城入りを余儀なくされた先輩からの忠告だ」

その時のエルギスは、大変底意地の悪い顔をしていた。

嫌な予感を誘う笑みだ。そう思いながらも、しれっと職務に戻るベルベットを睨んだのはギディオンだが、主や学園長の前でいつまでも怖い顔はしていられない。

エルギスのせいでベルベットが気になるのはエドヴァルドだった。

なぜか彼女のサボリを面白がっていた様子だったのが、悪い予感を助長させる。決して視線は合わせなかったが、反省はしなかったので堂々と胸を張っていた。

午後も案内は続いたが、視察はずっと平穏だ。

風向きが変わったのは生徒が離れ、第一王子と第二王子の兄弟だけとなったタイミングである。

スティーグは怒りを堪《こら》えた声で兄を追及した。

「こんな茶番に付き合ったんだ、兄上にはなにがなんでも答えてもらうぞ」

「そんな怖い顔をしないでくれ」

「とぼけるのはやめてくれ。ルーナをいったいどこにやったんだ」

「どこに、とはまた不思議なことを言うね」

「あの日以降、彼女と連絡が取れない。父上や母上に聞いても何も知らないと言う。兄上なら何か知ってるだろ」

いくら兄弟水入らずといっても、近衛には話し声が届く。

ベルベットはルーナって誰だっけ、と内心で首を傾げてから思い出した。

グロリアが婚約破棄を言い渡された誕生祝いのパーティで、スティーグの隣にいた女の子だ。たしか伯爵家の娘だが、あんな出来事が起こるまでは悪い噂もない娘だったらしい。それよりベルベットが驚かされたのは、ルーナが彼らと同学年だったことだ。まさかグロリアと同じ学び舎に通っておきながら、あの婚約破棄の場にも居合わせたのだ。自ら泥沼に足を踏み入れるとは、まさに怖いもの知らずである。

恋は盲目……ベルベットが遠い目をする間にも、スティーグの怒りは収まることを知らない。

「いくら兄上といえど、ルーナに手を出したら許さない」

「私が彼女に何かしたと言いたいのなら、誤解というものだ」

「何が誤解だ。俺は事実しか言ってない」

「よく考えなさい。私を責める以前に、公の場で婚約者を傷つけたお前の方が、ルーナ嬢の尊厳までをも貶《おとし》めている」

スティーグの顔色が変わる。

「……兄上はまだ俺を責めるのか？」

「間違ったことをしたのは事実だ。私の方こそ、あのような馬鹿な真似、まだ反省できないのかと問いたい」

エドヴァルドの言葉はスティーグの逆鱗《げきりん》に触れた。

それまではなんとか怒りを堪《こら》える面持ちだったスティーグだが、聞き分けのない子供を諭《さと》すような兄の態度には肩が震えた。誰もがまずい、と思った瞬間、スティーグの理性が決壊する。

「ああでもしなければ兄上達は話すら聞いてくれなかったじゃないか！」

あたりに響く怒号だ。

立場や場所を忘れて感情を露わにするスティーグは、よほど腹に据えかねていたに違いない。

「俺が何度婚約をなかったことにしてほしいと父上達に頼んだか、知らないとは言わせない。穏便に話をつけようとするたびに邪魔をしたのはどっちだ！」

「……スティーグ、落ち着け、落ち着きなさい」

「落ち着け？　落ち着いていられるか！」

なおも激昂《げきこう》するスティーグに、エドヴァルドは目を細める。たったそれだけなのにエルギスが行動を起こした。

「誰にも聞かれてない。声は遮断した」

「お前……そうやっていつも兄上の味方をして！」

「実際その通りだからな」

スティーグにしてみれば、エルギスは余計な真似をしたに違いない。憎悪を籠《こ》めた眼差しで怒鳴りかけるが、兄の言葉で怒りを抑えねばならなくなった。

「お前にはわからないだろうが、私たちは国の安寧を第一に考えねばならない身だ。そんなこともわからず喚《わめ》き散らすのであれば、こうして学園に通う許可も取り消さねばならないが、自ら囚《とら》われの身になりたいかな」

「ふざ……」

「私は真剣だよ」

エドヴァルドの声は静かでも見えない圧がある。

兄弟がしばらく睨み合った結果、負けたのはスティーグだ。青年は悔しそうに遠ざかり、その背中を見送るエドヴァルドをシモンが案じた。

「殿下、あのままスティーグ様を行かせてよろしいのですか」

「止めても喧嘩になるだけさ。……あの年頃は難しいね」

「違います、そうではありません」

シモンは非難するように声調を強くする。

「ご親族を説得し、スティーグ様の別荘行きを阻止したのは他ならぬエドヴァルド様ではありませんか。本来であれば部屋から一歩とて出ることも許されなかったのに、自由にしていられるのは貴方様の言葉があったからです。スティーグ様には、もう少し知ってもらうべきなのでは……」

なおも続けようとするシモンを、エドヴァルドは苦笑いで制する。

「あの子は己の感情に素直だからいいのだよ」

「しかし、スティーグ殿下はあまりにも幼稚です」

「それでも本心では、少なくとも二人の女性を傷つけたと気付いているはずだ」

弟を見送るエドヴァルドの目は驚くほど優しく、柔らかい。

ベルベットに初めて見せる貌で、エドヴァルドは願うように目を閉じる。

「いまは彼のまっすぐな気性が裏目に出ているだけだよ。シモン、どうか見守ってやっておくれ」

願いと信頼がないまぜになったような、祈りにも似た響きだ。

一連の流れを目にしたベルベットは、胸に苦々しい感情を覚え、努めてエドヴァルドの声を遮断するように第二王子の言葉を思い返す。

あの言葉が本当なら、元々スティーグはグロリアとの婚約を破棄したがっていたことになる。嘘を言っているようには見えなかったが、この話をデイヴィス家はどこまで知っていたのだろう。

シモンには驚いた様子がなかったから、彼はきっと知っている。

ではグロリアはどうだろう。

本気になればベルベットくらい簡単にだませるはずだが……そんな嘘をつく娘ではないはず。ベルベットは一瞬でもグロリアを疑った己を恥じた。

埒《らち》もない考えに気を取られていたから、ギディオンに呼び止められたのに気付けなかった。肩を摑まれるとようやく我に返ったのである。

じっと上官を睨んだベルベットは、一拍置いて告げた。

「説教なら聞きませんよ」

「言いたいことは色々あるが、いまは黙って聞け。昼食中に学園長が気になる話をした」

「何をです、真面目な顔されちゃって」

「真面目にもなる。数日前に、学園の女子寮に不審者が出現したそうだ」

「……泥棒ですか、よくない話ですね」

学園街となれば治安の良さは保証されているから、泥棒など滅多に出ない。いったいどんな目的を持った不埒《ふらち》ものなのか、耳を傾けた。

「犯人はわかっていないが、金目のものがなくなっていたそうだから物盗りらしい」

「可哀想な話ですが、殿下の護衛に関係あります？」

「何が関係してくるかはわからん。だから耳に入れておけ、という話だ」

「気にしすぎじゃないですか。……いえ、そうでもしなきゃ近衛隊長なんて務まらないんでしょうけども」

泥棒一人で気に病まねばならないのも神経を使いそうだ。

余計な気苦労を背負うから厳《いか》つい顔になるのではないか。

喧嘩になりそうな口は叩かないが、ここで気になることができたベルベットは問うた。

「ところで下着は大丈夫だったんですか？」

「おい、言葉を慎《つつし》め」

下世話な話だと思われたらしい。

ギディオンにはしかめっ面を作られたが、ベルベットこそ心外だ。

「ただの下着泥棒でも、エスカレートすると刃傷沙汰《にんじょうさた》になるかもしれませんよ」

「知ったような物言いだな」

「そりゃ知ってますもん」

自分が盗まれた経験はないが、傍では見ていた。

被害に遭ったのはベルベットの母だ。

仕事柄男絡みのあれこれでトラブルを抱えてしまうから、気味悪がる姿を見てきた。子供の頃はただ憤りだけが全身を支配していたが、大人になれば得体の知れない薄気味悪さも理解できるようになる。

「可哀想に。エルギスもそう思わない？」

魔道士に同意を求めたのは、単に近くに居たからに過ぎない。

皆は慌てる様子を見せたのだが……。

「理解できない人種だな」

素っ気なくはあるが、しっかりとした返事にギディオンが目を見張る。

ベルベットは興味本位で尋ねた。

「ちなみに、貴方下着ドロに遭ったことがない？」

「……なんで僕に聞くんだ」

「いまの返事、実感込もってたから」

エルギスは吐き捨てるように舌打ちを零し「まあな」と答えた。

「たしかに被害は女だけとも限らない、男でも盗まれる」

ベルベットが同情的な眼差しになる。

「心中お察しします。……で、やり返した？」

「当たり前だ。泣き寝入りなんてしてたまるか」

「わー怖い……って、あっち、殿下が呼んでる」

「……またか。面倒くさい」

「いってらっしゃい」

軽い調子で話す二人にギディオンが奇妙なものを見る目になっているのに気付き、エルギスを見送ったベルベットが心外そうに顔を上げる。

「お小遣いならあげませんよ」

「何が小遣いだ。そんなことより、お前いつエルギスと仲を深めた？」

「深めるもなにも、話しやすい人だったから話しただけです」

「……エルギスが、話しやすいか？」

エルギスの人となりは先ほど経験したとおりだ。

ベルベットが本気で言っていると知ったギディオンは懐疑的だ。

「隊長。言いたいことがあるなら言ってください」

「いや……あのエルギスが珍しいと思っただけだ。あいつと会話できるに越したことはない」

「なんですかそれ」

「……仕事に戻るぞ」

不満を抱くベルベットはさて置き、視察は順調に経過し、エドヴァルドの学園訪問は何事もなく終わりを迎えようとしていた。

王子は馬車を背に、生徒達に囲まれながら談笑を交わす。皆が見守る中で、色とりどりの花束を抱えながら進み出た少女に、学園長が少々不思議そうな顔をしたのをベルベットは見た。

老人は「あんな生徒いたかな？」とでも思ってそうな表情だ。

ベルベットは動いた。

なぜならこの視察中で初めて見かける女生徒であり、言葉にし難い違和感があったからだ。

王子へ最後に花を渡す流れはおかしくない。自然な演出だが、その娘の目が無性に気になる。

この時、ギディオンは部下に耳打ちをされ——持ち場を離れたタイミングだった。だが彼も女生徒が気に掛かったらしく踵を返そうとしていたが、いまはベルベットの方が王子に近い。

「君、そこで止まりなさい――」

ベルベットは少女とエドヴァルドの間に割って入る。

女の子相手に強めの力を込めたが、これが仕事だ。

少女の持つ花束を検めようとしたところで、俯きがちなその子の口元を見た。

――笑った。

少女が歪んだ口元を作ったのは、ともすれば見逃してしまいそうな一瞬だ。その瞬間、ベルベットが思い出したのは女子寮に出現した泥棒の話であり――彼女は本能に従った。

「お嬢さん、その花をこちらに渡しなさい」

エドヴァルドを下がらせるため、肩を押す右手に力を込める。

「コルラード、子供達を下がらせろ！」

ギディオンが叫んだが、咄嗟に動けない生徒が邪魔をして彼らの対応は間に合わない。

このとき、ベルベット達以外に反応できたのはエルギスだけだ。生徒を下がらせながら飛び出した魔道士は、何かに気付いていた。

冷静さをかなぐり捨て、ひどく焦った様子で声を上げた。

「いますぐ伏せろ！」

すべてを言い終わる前に、ベルベットは少女に背を向けている。エドヴァルドに体当たりしながら押し倒したのと、背中が衝撃を受けたのは同時だ。

まるで頭蓋骨《ずがいこつ》を分厚い鉄板で打ち砕かれてしまったような衝撃で頭が揺れる。

耳が甲高《かんだか》い音を脳に伝えながら、ぐらつく頭を起こせたのは自身に対する叱咤《しった》などではなく、反射的なものだ。

ベルベットは呻きを上げながら、下敷きにした人を見た。

「う……」

エドヴァルドは背中を打ちつけたが頭は無事だった。耳を押さえているのは衝撃音を防ぐためだったようだが、虚ろだった瞳には意思の光が戻りつつある。

ベルベットはエドヴァルドの頬に触れ、乱れた髪を掻き上げた。

「――ぁ」

ヒュウ、と喉が鳴るばかりで、思うように声が出ない。背中が熱いような気がしたが、それよりも気になるのは、たったいま庇ったばかりの王子だ。

ゆっくりと掠《かす》れはじめる視界の向こう、エドヴァルドは幸いにも粉塵《ふんじん》で汚れた程度だ。

ならば、たぶん彼女は役目を果たせた。

状況を理解したらしいエドヴァルドは酷く驚いている。

「君は……」

もはやベルベットは顔を上げておくことすら億劫《おっくう》だが、問われたのなら答える義務がある。

弱々しく間延びした音を喉から漏らしながら、肺に力を込める。深く息を吸うと舞い散る埃が鼻に入ってむせかけたが、たったそれだけで全身が痙攣《けいれん》しそうになった。

「けが……ない、で、ね」

思ったよりも声がでない。

体も重ったるい。

時間をおいて、熱さはどうやら痛みらしいと気が付いた。

じくじくと痛みが走り、時間が経つごとに脳を刺すような刺激が増していく。

安否を確認できたのなら気絶しても許されるはずだ……そう思ったけれど、遠くの声が、彼女の意識に縄をつけて引き上げる。

耳鳴りの治まった耳が、混乱の中でもしっかりと妹の声を捉えたからだ。

「みんな落ち着いて、無事な人はお互いの安否を確認して。それから先生を――!」

グロリアは無事だった。

普段ベルベットの前では感情的になってしまうから、てっきり錯乱《さくらん》でもするかと思ったが、心配は杞憂に終わったらしい。

成長が垣間見られたようで嬉しいような、寂しいような……ベルベットは苦笑を漏らして、大人げない、ちっぽけな自分が可笑《おか》しくなった。妹の成長を素直に喜べない姉でどうするのか。

しかしグロリアがベルベットを心配してやまないのは間違いない。

ここはひとつ無事な姿で、いつもの調子を見せてやろう。

彼女には、もう痛みはなかった。すっかり解《ほど》けた髪も邪魔だから除けながら四肢に力を込めると——立てない。

それどころか、腕すら持ち上げ方を忘れてしまったようだ。身体を動かせないベルベットをエドヴァルドが支える。

彼には戸惑いがあった。

「君、どうして、私を助けた」

「どうして……って、そんなの……」

意外だったと言いたげだが、ベルベットもそうだろうな、と思う。

なぜなら彼の問いは嫌というほど理解できる。ベルベット自身、自分の行動が予想外だった。直前までこの王子はろくでなしだと信じていたし、守る気など皆無で、命を賭ける価値はないと考えていたのが本音だ。だからスティーグとのやりとりを聞くまでは、本当にどうでもいい対象だった。

ベルベットは全身汗をかいているのに、とても寒くてたまらない。

身体の感覚があべこべで、もはや自分の声すら遠くなりながら、呻くように答えた。

「きょうだい、と、喧嘩別れは、寂しい、し」

エドヴァルドが目を見開いた……かもしれない。

ベルベットは先のエドヴァルドとシモンの会話を思い出す。あれを聞きたくなかったのは、知ってしまった自分を誤魔化したかったからだ。

第二王子のスティーグは阿呆だと思う。

奴は可愛いグロリアを公の場で振った最低の大馬鹿野郎だ。

加えてエドヴァルドのことも好きではない。だが彼のスティーグを見守る視線は柔らかく眩しげで、わずかな苦痛を忍ばせていた。

……だから直視したくなかった。

種類は違うかもしれないが、家族を想う気持ちはベルベットにも覚えがある。

どれだけ馬鹿をやっても、わがままを言われても、時に他人様に叱られるような悪戯をしたとしても見捨てられない、絶えることのない親愛の情だ。

ベルベットにとって、グロリアに不自由をさせるエドヴァルドは嫌な人間であってほしかった。相容れない存在であってほしかった。ゆえに自分たちと変わらない一面など見たくなかったのに、あの一瞬で思った。

諍《いさか》いが解決しないまま別れるのは……きっと寂しい。

だから庇った。

ここでエドヴァルドを助けなかったら後悔する、とベルベットは自分で知っていた。

結果がこれなのでなんとも無様《ぶざま》だが、王子は無事なので良しとしよう。

とうとう全身に力が入らなくなったベルベットの頽《くずお》れた体を、エドヴァルドが受け止め、抱き抱えながら支えていた。いつの間にか同僚達も駆けつけていて、頭上では二人の安否を確認する声が飛び交っている。

「殿下、彼女の容体は――！」

「わかっている。……ベルベット、しっかりしろ。まだ眠るな！」

「や、そんな、おおげさな……」

ちょっと脳震盪《のうしんとう》が酷いだけだ。そこまで深い傷でもなかろうに、エドヴァルドが意識を繋ぎ止めようとする。

こころなしか、酷く焦った声で。

「眠るな！　まだ休んではならない。君には支えねばならない人がいるだろう！」

瞼《まぶた》が落ちかけたところを邪魔される。

――眠たいだけですって。

乾いた笑いをこぼしかけたところで、エルギスの声が混じる。

「絶対に寝かせるな、呼びかけ続けろ」

「エルギス、早く彼女の怪我を治せ！」

「もうやっている」

「助かるか？」

「…………黙ってろ。誰が治していると思ってるんだ」

よってたかって重傷者扱いが癪なのだが、思い直した。もしかしなくとも、ベルベットが考えていた以上に怪我が酷いのかもしれない。次々に悲鳴を呑み込む声の中で、ギディオンすら焦っている声が耳に届く。

寒く、冷え切った身体に熱が蘇る。

遠ざかっていた痛みが再びベルベットに息を吹きかけた。背中に熱湯を浴びせかけられたかのように激痛が広がっていくが、あまりの痛みに声は出ず、代わりに身体が大きく痙攣した。

なぜか無事なはずの後頭部も痛みだす。

目がチカチカと赤い光に満ちた次の瞬間、誰かがベルベットの手を握っているのが見えた。

――誰だっけ。

ベルベットはそう思いながら頭を動かし、乱れた髪の隙間から波打つ赤交じりの黒髪を……ぼやけた視界がグロリアを認めた。

「お姉ちゃん。お姉ちゃん、お姉ちゃん……」

縋り付くような祈りを込めた、何度も繰り返される、囁くような震え声。

ぽつぽつとベルベットの手にしたたり落ちる雫が、グロリアの心を物語っているようだ。

グロリアがこんな風に泣くことは滅多にない。

ベルベットは妹を慰めてやりたかったが、いつの間にか周りは真っ暗で深夜のようだ。

真っ暗闇で連想するのは、星明かりと手元のランプを頼りに、愛馬に揺られた帰り路《みち》。

——そうだ、あの日。

昔を思い出す。

深夜、微《かす》かに見える家の灯りを目指しながら帰路についた日があった。

まだ十代だった頃だ。

前の上官との契約が決まる前は貯蓄もわずかで、満腹には程遠い食事が続く日があった。この頃のベルベットの仕事と言えば店番、掃除、皿洗いと掛け持ち。もっと教会で勉強を続けたかったが、朝から子守、畑仕事と家畜の世話に追われ暇がないので諦めた。

手綱を握る指は、鉛を仕込んだかのように重い。

『親代わり』がいちばん辛かった時期だ。

弟妹達は可愛かったが、まだ幼かったため聞き分けも悪く、家に帰っても自分の時間がなかった。

金を持ってこのまま逃げてしまおうか、なんて埒もない考えにふけっては、自己嫌悪を繰り返す。

若いベルベットは「でも帰らなきゃ」と自分に言いきかせ、灯りに向かって足を動かした。

「約束、したし」

ベルベットを突き動かしていたのは妹と、亡き母ミシェルとの約束だ。

グロリアには『お姉ちゃんはみんなをお願いします』と頼まれた。

母は、病床に臥せっていたときの痩せた姿が脳に焼き付いている。

彼女はあまり過去を話したがらなかったが、海の向こうの国からやってきた人で、複雑な事情を抱えて身体を売る生活になったらしい。

病でまっすぐ歩くこともままならなくなったある日、ミシェルは娘を呼んだ。

肉よりも骨が目立つようになった手で、自作の絵画を外す姿に焦るベルベットは声をかける。

「お母さん、言ってくれたらわたしが取るから立たないで。危ないよ」

「だいじょうぶよ、これくらいは……」

「ねえ、足がふらふらだってば！」

「それより、絵を持ってて。お母さんにはちょっと重いの」

絵画の裏に穴があったことをベルベットは知らなかった。

粗末なへこみにおさまっていたのは小箱だ。ヤスリがけも下手くそなそれは、昔ベルベットが見よう見まねで作った木箱で、中には玩具の指輪や雑貨が入っている。

ミシェルが取り出したのは、刺繍《ししゅう》入りの小袋だった。彼女はそれを胸の前で大事そうにぎゅっと握りしめた。

「ベル、手を出して」

生地は分厚く、つるつるした手触りの袋をベルベットの手の平に置く。

「……お母さん。なに、これ？」

「開けてみて」

中身はずっしりと重い鍵だった。

少し汚れ歪んだ金の縁には宝石が鏤《ちりば》められており、紫尖晶石《スピネル》を細かな金剛石《ダイヤモンド》が囲っている。ベルベットは宝石に詳しくないが、キラキラと輝く美しさに惹きつけられた。

「きれい。これ、なんなの？」

「お母さんの宝物。ベルにあげるね」

「いいの？」

「ええ。できたら大事にしてほしいけど、でも……」

苦悩に顔を歪ませるが、やがて意を決したように力強く微笑む。

「もし本当に困ったときは、それを売って生活の足しにして。質商さんは覚えてるでしょ？」

「うん」

「あの人なら正しい価格で買い取ってくれるから……ね」

「……うん」

「ベル、おいで」

ミシェルが広げた腕の中にベルベットは飛び込む。

どこに余力を残していたかと思うほど、ミシェルは強く強く娘を抱きしめた。

「ごめんね。お母さん、もうあんまり生きられないみたい」

「うん、大丈夫。あとは心配ないよ」

「ベルに全部押しつけていっちゃうわ。ごめんね。お母さんを許してね」

「大丈夫だってば。わたしはちゃんとやれるし、みんなの面倒も見られるし……だから泣かなくていいよ」

「ごめん。ごめんね……」

母は最期まで子供達を心配していた。抱きしめた体温は懐かしく、二人分の約束が子供の頃のベルベットを支えてくれたからこそいまがある。

ベルベットは家路に就く途中で我に返った。

なぜこんな過去を思い出しているのだろう。

早く、家に帰らなくては。

いつの間にかセロがいなくなっている。

ベルベットは駆け出したが、思うように前に進めない。泥の上を走っているかのように足が重く、段々と身体は沈み、あがきも虚しく闇の底に引きずり込まれた。


眩しかった。

深く眠りすぎたせいで頭が痛い。

寝汗をかいたせいで頭は痒《かゆ》く、全身がべとべとしているような心地だ。ベルベットは枕元の水桶に気付くと、置かれていたタオルを濡らし、首元を拭《ふ》きながら立ち上がる。

室内を見回しながら、ゆっくりと息を漏らす。

「ここ……どこ？」

絨毯《じゅうたん》が敷き詰められた室内に、柔らかな布団で覆われたベッドと、刺繍が施された掛け布団。簡素でも作りの丁寧な家具が配置された室内は調和が取れている。

着心地の良い綿の寝衣に包まれながら、ベルベットは行儀悪くテーブルに腰掛けてみる。水差しから勝手にグラスに水を注いで口を付けた。

口いっぱいに広がるほのかな酸味に目を見張った。

「ああ、これ、檸檬《レモン》水だ」

水差しには薄切りにした檸檬やオレンジが沈んでいる。

いつ目が覚めるともしれない人間のために、こんな手間をかける意味はどこにあるのだろう。ベルベットはちびちびと水を口に含みながら、眠りにつく前の記憶を辿《たど》る。

――殿下を庇ったんだっけ？

寝起きの頭でも、煙《けむり》と埃にまみれたエドヴァルドや己の服の汚れを覚えていた。

おそらく治療してもらってベルベットは助かった。目覚めるまでこの部屋に安置されたのだと判断して、肩掛けを羽織りドアノブを握る。

廊下を見て、思ったよりも広い建物だと気付いた。

あたりには今出てきたような部屋の扉が幾つも存在しており、また天井も高い。人気のない廊下に出て、やっとここがどこかに思い至った。

宮廷だ。

ただし、ここのように白を基調とした区画は知らない。

適当に進み始めると、目の前に一匹の猫が現れた。それは他の猫たちとは明らかに違っていて、高い知性を思わせる姿は古代の賢者のようだ。

いまにも人語を話しそうな猫は「にゃあ」と高い声で鳴いた。尻尾をくねらせると歩き始め、首を曲げてベルベットを振り返る。

ついてこい……そう言われているようで猫の後を追えば、やがてある部屋にたどり着く。

室内は雑然としていた。

壁は書物や魔法具が陳列し、床の端には魔法陣が描かれた絨毯が無造作に追いやられている。

棚には薬瓶が並び、中は輝く液体で満たされていた。謎めいた符号が刻まれた宝石に、金属で作られた魔具の類。部屋は一種の聖域のような空気に満ちていて重苦しいが、その雰囲気を和らげているのは窓から差し込む太陽光だ。

怪しげな室内で、いっそう怪しい黒尽くめの男が振り返った。

「起きたか」

「起きた起きた」

エルギスだ。

魔道士はベルベットに椅子へ座るよう指示すると、袖をまくった右腕を差し出すよう要求する。言われるままに片腕を差し出すと、男は腕を掴み、ベルベットの指の折り曲げを繰り返した。患者の表情までつぶさに観察しながら、指の一本一本まで念入りに確認を行う。

「で、あんたは何が起こったかは覚えているか」

「怪我したんだなってことまでなら」

「途中で目を覚まして、家に帰してくれって言ってたことは？」

「全然」

一切記憶にないベルベットに、エルギスはその後のあらましを教えてくれる。

「傷を治した後、あんたは目を覚まさなかった。まあ、大怪我からの治療直後はよくある話だ。珍しいことじゃないんだが、色々あって僕の元へ身柄を送られた」

「……じゃあ、ここは」

「王城にある僕の仕事場だ。あんたみたいな怪我人を時々預かるときがある」

エルギスは一体何を調べたいのだろう。ベルベットが待っていると、エルギスはようやく診断を下した。

「よし、異常なし。なんともないな」

「……右腕になにかあった？」

「その言葉自体が異常を感じていない証拠だな」

「もうちょっとわかるように話してほしいかも」

エルギスはこの反応に、満足げに頷いた。

「気付いていないというなら、それこそが僕の仕事が完璧だという証左《しょうさ》だ」

おもむろにパチン、と指を鳴らすと、ベルベットは腕に違和感を覚え、先ほどまで触られていた腕を押さえる。

「……右腕が」

あるはずの腕が消えていた。ベルベットの左指は中身のなくなった服だけを掴み、頭が追いつかないままに腕を見下ろす。

上腕部の半分から下が、ない。

エルギスがもう一度指を鳴らすと質量が蘇り、また腕が出現した。

今度こそベルベットは目を回した。

「ちょ、え、ちょっと待って、なに、どういうこと」

「落ち着け。これでも飲んだらどうだ」

混乱に陥る彼女に、エルギスは冷めた茶を差し出す。何度もお湯で煎《せん》じたのが丸わかりの、味の薄そうな茶だ。

「お茶よりも、さぁ！　なんでわたしの腕がなくなってるの」

「具体的な説明が必要か？」

「と、当然では!?」

聞きたくない人などいるものか。

マイペースを崩さないエルギスは茶を飲む余裕まである。それが勿体《もったい》ぶっているようで、少しだけベルベットは反感を覚えた。

「いいから説明して！」

「なら教えてやるが……エドヴァルドを庇ったあんたは死にかけだった」

「死にかけ？　そんなにひどい怪我ではなかったはずだけど」

「本気で言ってるのか？」

エルギスの方こそ疑わしげな眼差しで頬杖《ほおづえ》をつく。

「あれは犯人が、自らの命すらなげうった自爆特攻だ。あんたはエドヴァルドの代わりに、花束に仕込まれた破片を背中からまともに浴びた」

「背中？」

「肉はえぐれて、背骨の一部が剝き出しになってる状態だ。後頭部は運良く、かろうじて致命傷を免れていたが……即死じゃなかったのが奇跡なくらいだな」

聞くだけでベルベットは背筋がゾッと粟立ったが、同時に戸惑いも覚えた。

「いや、でも、そんなに酷い怪我なら、もっと痛かったはずだけど……」

「人間はな、本当にヤバい時はもう痛みを感じられないんだよ」

つまりあの時のベルベットは虫の息だった。

エドヴァルドが彼女の意識を繫ぎ止め、グロリアが泣いていた理由にようやく合点したベルベットである。

普通は、とエルギスが続ける。

「その辺の魔道士なら望み薄な治療をやめて、遺言の聞き取りを開始するような状態だった」

「……それはどうも、ありがとう？」

「どういたしましてだ。ただ、僕の腕だけじゃ難儀な点があってな。肉体の再生は間に合っても、あんたの意識が持つかどうかが怪しかった」

「それで？」

「腕を背中の肉や内臓に置き換えて足しにした」

ベルベットは聞き間違いを疑った。

彼は彼女を助けるために腕を切除し、その血肉をもって背中の治療を優先したと説明している。

己の理解力が悪いのか、念のためもう一度尋ねてみても同じ答えしか返ってこず、ベルベットは魔法の常識を疑う。

「そんなんありなの？」

「簡単にできる芸当じゃないが、僕にならば置換も可能だ。おかげで再生が間に合って命を繋いだ」

「じゃあ、この見えてる腕はなんなわけ」

「義手だ。肩を触ってみろ、皮膚《ひふ》の下に魔力で腕を形成する魔具を埋め込んだ」

言われたとおり肩に触れると、一部皮膚の下に固い感触が存在する。

「ま、待った。タンマ。少しだけ時間をちょうだい」

ベルベットは名状しがたい感情を整理するために頭《こうべ》を垂れる。

エルギスはこのような事態は初めてではないのかもしれない。

苦悩に歪むベルベットの瞳に何を思ったのだろう。悠然と構えていたが――。

「いくら？」

突然の一言に固まってしまう。

しかしベルベットは真剣に頭の中でそろばんをはじいていた。

「これって魔具の中でもとびきり高いやつでしょ。この手のものがあるのは知ってるけど、市場に出回ってないことくらいは知ってる。どのくらい働いたら返せるものなの？」

「…………聞きたいのは、そこか？」

「……普通そこが気になるものじゃない？」

義手義足の類は存在するが、いまベルベットの腕に付いている義手のように、本物と変わらぬ感覚と見た目を有するものなど聞いたことがない。

ベルベットはエルギスに無理やり握手を求め、強めに腕を振った。

「命を助けてもらったこと、感謝してる。本当にありがとう。働ける状態を維持してくれたことも心からありがたく思ってるし、なんなら貴方を称《たた》えて賛美歌を歌ってもいいけど」

「やめろ気色悪い」

「わたしの美声をお求めでないならやめとくけど、とにかくこの腕はいくら？　末端の近衛でも払える額？　そうじゃなかったら、一生国の奴隷《どれい》にならなきゃいけない？」

せっかくゆとりのある生活が始まったのに、定額返済が始まっては計画が狂う。

詰め寄るベルベットはエルギスの期待した反応ではなかったのだろう。魔道士は拍子抜けした様子で彼女を見つめた。

「……あんた、変なヤツだな」

「価格を気にしたこと？　ちょっと外に出れば同じ考えの人はわんさかいるけど、興味あるならわたしの友人を紹介しようか」

「そういう意味じゃないからやめてくれ」

エルギスは貴族階級出身だから、やや貧乏寄りな市民に馴染みがないのだろう。

大真面目に答えていると、疑問への答えは第三者によってもたらされた。

「今回は無料だよ」

「エドヴァルド殿下」

彼もまた猫に導かれたらしい。ベルベットの上官であるギディオンやコルラードも一緒だ。

エルギスと握手を交わすベルベットを、エドヴァルドはやや気まずげに見る。それは以前と違って彼女をいない存在として扱うわけでもなく、学園の時のように揶揄う様子もなかった。

「ベルベット、身体に支障はないようだね」

「あ、はい。おかげさまで。そちらもご無事でなによりです」

「………………そうくるか」

ベルベットは空気が重くならないよう配慮してお礼を言ったのだが、エドヴァルドの瞳は気鬱《きうつ》に揺れている。

無言で手を差し出されるも意図がわからず突っ立っていたら、端的《たんてき》に述べられた。

「義手」

「どうぞ」

お手、わん、くらいの調子だった。

エドヴァルドが医者の真似事で脈を確認するのだが、あの時、ベルベットが彼の無事を確認した仕草をそっくりそのまま返されている形だ。王子の親指は義手のみならず、ベルベットの髪をかき上げて額をなぞる。くるりと身体を回転させると背中を確認して、どこか安心したような声を漏らした。

「……ちゃんとあるね」

「肉が？」

空気が凍り付いたのはベルベットの責任ではないはずだ。

ギディオンまで頭痛を堪《こら》える面持ちだが、助かったのだからそれほど深刻にならずともいいではないか。解放されたベルベットにエドヴァルドが困り果てている。

「君という人はだな……」

「あ」

「なんだね」

「いえ、殿下が揶揄い抜きで、わたしの存在を認識されているとは思いませんでしたから」

いまはどことなく優しさを含んでいるとでも言おうか、学園での人で遊ぶ姿とは正反対だ。彼女の指摘にエドヴァルドは渋面を作った。

「私は命の恩人で遊ぶほど馬鹿ではない」

「失礼しました」

「それと、借金を作らせるような愚かな真似もしない」

王子の命を救った行為で医療費はタダだという話だ。

「まぁ、君の態度については私にも非があるから、それは仕方ないけれど……」

彼は頭のてっぺんからつま先まで再度ベルベットの状態を確かめる。

「ともあれ無事で良かった。このまま目覚めないとあらば、私は君の家族に顔向けができなかった」

「あ、はい、どうもありがとうございます」

「私は戻らなければならないが……次は互いの誤解を解くためにも話をしたいものだ」

「そ、そうですね……？」

打って変わって親切かつ丁寧な王子にベルベットは戸惑いを隠せない。

彼は後事《こうじ》をギディオンに託した。

「では公務に戻る。くれぐれも無理をさせないように」

「心得ております」

「ベルベット。最後に私へ言いたいことはあるかな」

突然話題を振ってくるエドヴァルドに、ベルベットは頭を下げた。

「公務中にお見舞いをありがとうございました」

もしや王子は嫌味が飛んでくるとでも思っていたのだろうか。

含むものなどなにもないのに、複雑そうな面持ちで行ってしまう。

ベルベットが呆気にとられていると、エルギスが笑いを零した。

「恨《うら》み言《ごと》の方が気分は楽だからな」

「殿下ってそういうの多いんだ」

「あいつが命を狙われるのは今回が初めてじゃない。だからまあ、遺族から恨み節《ぶし》をぶつけられることもある」

「……大変だなぁ」

「他人事みたいに言うけど、あんたも死ぬ手前だったからな」

「わかってる。自分の運の良さにびっくりしてるところだから」

ギディオンに促されたコルラードが籠入りの制服を渡してくれる。

「中身は同隊の女性に用意させた。俺は触っていないから案ずるな」

「別に気にしませんよ？」

肌着程度のことでベルベットは気にしないが、多感な少年には重大事らしい。

コルラードは顔を真っ赤にして怒鳴った。

「そういう問題ではない！　では隊長、俺は警邏に戻ります」

「ああ、任せた」

「ベルベット！」

「はい」

今度は怒らせるような真似はせず、しおらしく返事をしたら、少年は真摯な眼差しで言った。

「今回はよくやった。共に轡《くつわ》を並べる仲として、俺はお前を誇りに思う。……ではな」

恥ずかしげもなく言ってのけるから、返事をする暇もない。軍靴《ぐんか》を鳴らして去った少年を見送ったベルベットは上官を見上げる。

「もしかしてコルラード殿はあれを言うために来たんですかね」

「そうだろうな。実際、お前がいなくては殿下は即死だった」

薄々感じていたが、なんと律儀な性格なのか。

着替えを手にしたベルベットは尋ねる。

「エルギス、わたし、帰ってもいいかな」

「あんたの治療は終わってるから好きにしろ……と言いたいが」

「が？」

「数日に一度は僕のところに来い」

「やっぱり賛美歌をご所望？」

「脳みそでもやられたか？　その義手はまだ試作段階なんだよ。エドヴァルドとそこの野郎がうるさいから組み込んだだけで、本実験の手前だったんだ」

驚きの事実に、思わず肩を押さえるベルベットをエルギスは指差す。

「だから経過を観察したい。ついでにどこかで必ず不具合が起きるはずだから、違和感があれば随時直していきたい。そしてこれはあんたのためでもあるんだよ」

「なるほどなるほど、実験ネズミってことか」

「悪い言い替えが好きなヤツだな。文句あるか？」

「まさか。言ったでしょ、働ける状態を維持してくれて感謝してるって」

着替えを終えると無事退院だ。

すぐに家に帰宅……と言いたいところだが、まだいくつか気になっている部分もある。疑問を解消するため、ギディオンの執務室に押しかけた。

「わたしの家族にはなんと伝えてあるのでしょう」

「命に別状はないことをセノフォンテに伝えている。酷く心配していたと聞いた」

「ご丁寧に助かります。早く帰って家族を安心させたいところなんですけど、わたしはどのくらい寝てました？」

「およそ二日だ。明日から三日は休め」

「クビに……」

「ならん」

力強い断言だ。

近衛は命の危機と隣り合わせだが、代わりに優しい職場らしい。

物心ついた頃から常に働いていたせいか『休み』という概念に慣れないベルベットに、ギディオンは重々しく告げる。

「あまり自覚がないようだから言っておくが、お前の殿下をお守りした功績は称えられるべきものだ。あの時、学園だから安全だろうと、殿下のお傍を離れてしまった俺の過《あやま》ちを正してくれたのだからな」

「そう重く考えないでも……って言っても無理ですか。だけどあれって、途中で隊長は呼び出されてましたし、犯人の企みだったんじゃないですか」

「そこまで見ていたのか。なぜそう思った？」

「なんとなく……というのは嘘で、あんまりにも貴方が離れるタイミングと自爆の瞬間とが重なり合いすぎたからです」

　ギディオンは少々悩んでいる様子だったが、ベルベットの見解を聞いて考えを変えたようだ。

「……病み上がりに話すつもりはなかったが、聞くか？」

「この腕をなくす結果になった原因ですよ。聞いておかないと、夜しか寝られません」

「まっすぐな目で嘘を吐くな、お前は……」

　ギディオンの執務室には報告書が上がっており、途中経過のものも含めて開示してくれる。人柄が表れている固い文体に目を通しながら、ベルベットは来客用の長椅子に腰を下ろした。勝手に水を飲んでも咎められなかったのは、その顔色が優れないせいだろう。

　ベルベットは素早く文書に目を通し終えると、犯人について見解を述べた。

「エルギスは自爆って言ってたし、やっぱりと思ってましたけど、犯人の子は即死なんですね」

「花束に特殊な火薬と金属片が仕込まれていた。はなから殿下と共に心中するつもりだったのだろう」

「それをわたしは背中から浴びてしまったと……ぞっとしないなぁ。で、あの時は隊長を殿下から引き離そうと企んだ人がいたんですよね」

「そちらは現在拘束中だ」

ギディオンを釣りだした人間は三人。

うち二人は自害したが、一人は無事確保したと記述されている。

ベルベットは記述をなぞった。

「犯人はみんな十代なんですね。口、割りそうですか？」

「割らせる」

さらりと怖いことを言ってのける相手に、深追いはしない。

この手の問題は下町でもよく起きているから知っている。聞けば精神衛生上、良くないことはわかっていたから話題を変えた。

「どうやって学園に入り込んだんでしょうか」

「寮に入った泥棒の話は覚えているか」

「ああ、下着の……そんな嫌そうな顔しなくても。大丈夫ですよ、ちゃんと覚えてます」

泥棒と自爆犯は無関係ではなかった。

犯人が纏っていた制服は盗まれたもので、学園という長閑な空間と、平和に慣れ切った生徒を利用して侵入したようだ。さらには王子の訪問で、学園全体が浮ついていたのも侵入された要因の一つだとギディオンは語る。

ベルベットは無意識に義手の指を動かしながら、爪で書類を叩いた。

「黒幕がいますよね。爆薬もそうですけど、大人が焚きつけなきゃあんな行動できないし」

「そうだな、だが犯人にはおおよそ目星がついている」

「ナシク？」

聖ナシク神教国の名に、ギディオンは重々しく頷く。

年若い少年少女に自爆特攻を仕掛けさせるような国などナシクしかいない。

ベルベットは迷惑そうな表情で吐き捨てた。

「三大神を認めないなんて主張だけじゃ飽きたらず、異教徒は粛清するのが正義なんて、相変わらず頭のおかしい連中は理解できませんね」

「気持ちはわかるが、あれらに正道を解いたところで無駄だ。正しさを知っている連中が、自爆を強要するはずがないのだからな」

ギディオンはため息を吐く。

「向こうは大司教が替わったせいか、ここ五年ほどは大人しかったのだが、またサンラニアを目の敵《かたき》にしてきたらしい」

「一番激しかったのは十年前なんでしたっけ。十二年前にあった血の鬱金香《チューリップ》も酷かった」

「やはり知っているか」

ベルベットは先ほどまでの軽口を引っ込め、苦笑気味に笑う。

「そりゃあ知ってます。被害が大きかったし……」

やや言い淀んで、もういない人々を悼みながら伝えた。

「わたしは行きませんでしたけど、友達が犠牲になりました」

いまでもサンラニアの人々の記憶に残る十二年前の惨劇。

『血の鬱金香《チューリップ》』の概要はこうだ。

春の豊穣を祝うお祭りの最中で、三大神教会の司教を狙った自爆事件があった。

豊穣祭は国民一同で春の実りを祝うお祭りだ。

この祝祭では子供達が司教に祝福を授かるイベントがあるのだが、この時、赤い鬱金香《チューリップ》を手にした親子が司教に近づいた。

エドヴァルドの時と同じように、花を渡そうとする演出をした犯人だ。

今回と結果が違うとしたら、その時は黒幕の企みが見事成功し、司教は犯人諸共《もろとも》亡くなってしまった点だ。また爆発の規模も甚大《じんだい》で、会場だった噴水広場はたくさんの人で賑わっていたこともあり、爆破後は惨憺たる有様だったらしい。

　後に犯人が鬱金香《チューリップ》を手にしていたという目撃証言と、大量の血液が水を赤く染めた惨状から、血の鬱金香《チューリップ》と人々に語り継がれ、現在のサンラニアが要人警護を厳重にするきっかけの一つにもなった。

　ベルベットはその豊穣祭で、友達と一緒に司教の祝福を授けてもらう予定だったと話す。

「あの時はグロリアが具合を悪くして行けなくなってしまったんですよね。だから一歩間違えば、わたしはこうして息をしてなかったわけです」

　ギディオンは眉間に寄った皺をさらに深くした。

「今回、殿下が必要以上に責任を感じられているのもあの事件が関係している」

「殿下って、さっき会ったあの？」

「他に誰がいる……あの方も十二年前の被害者の一人だ」

「爆破されたのは下町のお祭り会場ですよ。なんで王子殿下がおられたんです」

　耳を疑うベルベットに、さらに彼は「自分もいた」と驚きの真実を語る。

「お忍びで市井《しせい》に遊びに出ていたんだ。あの爆破が起こった瞬間は、俺たちも祝祭を見物していた」

「……じゃあ、本当にあの場に？」

「ああ、助かったのは偶然だがな」

　遠巻きに見学していたエドヴァルド達をシャイな二人組だと勘違いした街の子供達が、二人を祭りの輪に加えるべく声をかけたようだ。

「せっかくの誘いだから殿下も乗り気になったが、俺が慌てたせいで財布を落としてしまってな」

「……それで？」

「こぼれた硬貨を拾おうとしゃがみ……殿下も俺を手伝おうとしたところで、だ」

　彼らは体勢を低くしたことと、偶然にも他の子供達が意図せぬ盾となったことで無事だった。家族にひどく叱られてしまったものの、かすり傷程度で済んだのだ。

「まさに偶然が偶然を呼んだ……そんな出来事だったように感じている。あの事件があったから、殿下はナシク打倒の意思を掲《かか》げられているのだ。お前の件も気に病まれ……ベルベット？」

奇妙に表情を歪める姿に違和感を抱いたらしい。

ベルベットは言うか言うまいか迷ったものの、やがて項垂れながら彼にある事実を教えた。

「貴方がたの盾になったのは、もしかしたら、わたしの友達だったかもしれません」

「なに？」

顔色を変えたギディオンに、ベルベットは翳《かげ》りを隠せない。

「親たちの話を聞いたことがあるんです。友達は犯人の近くにいたから誰も助からなかった。近くにいた少年達の盾になる形で亡くなったけど、その子達がどこの子供だったのか、わからなかったと」

沈黙の帳《とばり》が降りたとき、ベルベットはギディオンが手の平に爪が食い込むほど、拳を作ったのを目撃した。

おかしな話だが、悔いるような上官の姿にベルベットはどこか安堵を覚える。最近は彼も人間味のある人だと知りつつはあっても、やはり皆の命を惜しんでほしかったから……なのかもしれない。

「ベルベット、一つ教えてもらいたい」

「なんでしょう」

「彼らは俺達を恨んでいただろうか」

ベルベットは懐かしさと微かな胸の痛みを感じながら、首を横に振る。

「いいえ。彼らが知りたかったのは貴方達の無事です。無傷だったとは知っていたそうですが、医者に連れて行かれた形跡がなかったみたいだから、心配してたんです」

「……俺達を探していた？」

「子供が大勢亡くなった。ひとりでも無事でいてほしいと思うのは当たり前です」

ギディオンは息を呑み、しばらく言葉を忘れた。

ベルベットに背を向け……やがて苦しそうに声を絞り出す。

「時間が空いてしまったが、サンラニアの良き人々と、教えてくれたお前に感謝する」

事件後だが、皆の死を知った母ミシェルは恐怖におののき、娘達を強く抱きしめた。ベルベットも、もしグロリアが彼女を引き留めなかったら、ここには立っていられなかったはずだ。

執務室はしんみりした雰囲気を漂わせるも、いつまでも引き摺ってはいられない。鬱々《うつうつ》とした空気を払うべく、ベルベットは報告書の内容を頭に叩き込んで立ち上がる。

「生きていてくださったとわかっただけでもよかった。これならわたしも、少しは良い気分で休めそうです」

「帰るか？」

「はい。押しかけてしまいましたし、あまり長居しては業務の邪魔でしょう？」

「いや、それは……」

「……隊長？」

要領を得ない返答はギディオンらしくない反応だ。

訝しげになるベルベットからギディオンは視線を逸らした。

「伝え忘れていた。復帰後だが、今回の功績を称え陛下より勲章《くんしょう》が授与される予定だ。身だしなみは普段以上に整えてこい」

「ええー」

「陛下より下賜《かし》される勲章に文句があるとでも？」

「文句はありませんが、勲章より報酬の方が嬉しいのです。特別手当とかないんですか」

「お前……まぁいい、何か考えておく」

「お、太っ腹《ぱら》。言ってみるものですね」

国王に見《まみ》えるのは光栄だが、勲章で食べていけたら苦労はしない。

「じゃあいい話も聞けたので、わたしはここで……」

「いや、待て」

呼び止めてくるのは如何《いか》なる理由だろう。

心なしか焦る様子のギディオンは咳払いを零す。

「コルラードに先を越されてしまったが、俺としても言っておかねば立つ瀬がない」

「……何をです？」

「俺も身を挺《てい》し殿下を守った、お前の勇気に感謝しているということだ」

「あー……いえ、勇気と言われるほどのものでは……」

「あの方がいなくては今後のサンラニアは立ち行かなかったろう……よくやってくれた」

「……できることをしただけですが、どういたしまして」

まっすぐに礼を言われると茶化すこともできない。

なんともむず痒い心地のベルベットは居住まいが悪い。

「えーと……ま、まあその、わたしも仕事をしただけ、ということで……」

今度こそ執務室を出ようとしたところで、再びギディオンが動揺を見せる。

「待て」

「まだ何か用事が？」

「用事は……俺は、ないが……」

「……さっきから少し変じゃありませんか？」

ギディオンにしては始終歯切れが悪い。

問い詰めようとしたところでノック音が鳴り、これに彼が明らかに安堵の表情になった。

「行っていいぞ、ご苦労だった」

「なんかおかしいなあ。――まあいいや、お疲れさまでした。また休み明けに……」

そして扉を開けたところで驚かされた。

出入り口の周りを十数名の人々が囲んでおり、ベルベットと対面するようにセノフォンテが立っている。

彼女を囲む人々は全員がギディオン隊の者達、すなわちベルベットの同僚だ。誰もが柔らかく微笑んでいた。

セノフォンテが一同を代表するように一歩踏み出る。

「ベルベット、この度はお疲れさまでした」

度肝《どぎも》を抜かれていると、持っていたリボンがけの箱を彼女に渡す。

「……へ？」

「あなたに、わたくし共からです」

咄嗟に受け取ってしまったが、もらったからにはその場で開封するのがサンラニアの礼儀だ。

ずっしりと重い箱の中身は馬具だ。黒革製の顔につける大勒頭絡《たいろくとうらく》や手綱なのだが、これが逸品だった。艶やかでしつらえの丁寧な革はもちろん、額革《ひたいがわ》に嵌まっている石は宝石で、たしかな工房製であるのは間違いない。おまけにベルベット用の乗馬用手袋まで入っている。

「これは……」

「隊長に融通いただきまして、貴女に用意しました」

「え、ちょっとまって、これ……待って!?」

「本来なら花束がいいのでしょうが、今回は花束に偽装した爆発物が凶器です。勝手な判断ですが、貴女の愛馬に合わせたものに変更させてもらいました」

「あ、ありがとう？　でもなんで……」

「でも何も、これがわたくし達の気持ちですから」

状況は理解している。同僚達が贈りものを用意して、ベルベットに贈ってくれた。しかしなぜそれが大勢で押しかけることに繋がるのだろう。

ベルベットの困惑を読みとったギディオンは、やっと重荷から解放されたと言わんばかりに肩をすくめる。

「仲間の無事を祝うのは当たり前だろう」

つまりこれは全員からの快気祝《かいきいわ》いと言いたいのだ。

セノフォンテの不満そうな態度に促され、彼は続ける。

「犯人を殿下に近づけてしまった我らの失態、お前の活躍により面目が保たれた。……つまり、この場にいる全員の恩人でもある」

「わたくし共の代弁をしてくださるのは嬉しいのですが、失態の部分は不要です、隊長」

「うるさいぞ、セノ。……ベルベット、それは皆の感謝の気持ちだから受け取っておけ。お前とお前の馬に映えるものだ」

ベルベットの驚愕《きょうがく》はいまだ覚めやらないが、立派な馬具は嬉しかった。手袋も自分のことは二の次で、なかなか買えなかったものだ。

好意を無下にするような礼儀知らずにはなれない。

ベルベットは迷いながらも、胸に迫る温かさを感じて胸に手を当てる。

「ただ夢中で役目をこなしただけなのだけど、誰かを守れたのならよかったと思う。この立派な頭絡をセロに装備させる日が待ち遠しい。本当にありがとう」

実際は役目だとかは考えずエドヴァルドを庇ったのだが、そこは空気を読んだ結果だ。同僚達から労いの言葉をもらったあと、隊長と副隊長を残して解散となった。

ギディオンがセノフォンテを睨《ね》めつける。

「物は準備していたというのに、もっと早く来られなかったのか。途中で合図していただろうが」

「急な目覚めでしたから手間取ったのです。そちらこそ足止め程度こなせなくて、なにが近衛隊長ですか」

「人には得手不得手があるのだと知らんのか」

しつこく足止めしてきた理由はこれだったらしい。

ベルベットは馬車に乗るまでの間、様々な人達に親しみのこもった挨拶をもらった。帰りの馬車に揺られる道中は、つい口元を押さえ、心の声を呟いてしまう。

「参ったな」

実感は後になって訪れ、零れた声は無意識だ。

最初は権力者に抗《あらが》えないせいでしょうがなく入った近衛隊は、金払いがいいからと決めた転職先だ。

それでも自身の意に反する日がこようものなら辞める覚悟もあった——というのに。

ベルベットは耳まで真っ赤にすると、壁に側頭部を打ちつけ、俯く。

——これでは彼らを好きになってしまう。

勿論《もちろん》悪いことではない。

だが思わぬ誤算だったせいかいつまで経っても落ち着かず、これはよくないと両手で頬を叩き、御《ぎょ》者《しゃ》に話しかける。

「おじさん、歩いて帰りたいから、ここあたりで降ろしてもらえる？」

家までの残りの距離は歩きだ。

畑の間を通り過ぎるのは澄みわたる長閑な風で、火照《ほて》った顔や心は風に当たれば落ち着きを取り戻す。

のんびり歩いている間に、作業中だった農夫がちらほら顔を上げる。このあたりは顔なじみで、近隣同士で助け合ってきた人々だ。ベルベットは挨拶を交わしながら帰路につく。

家には誰もいなかった。

室内は惨状を想像していただけに、思ったより片付いているが、汚れた鍋や皿はそのままだ。散らばる着替えや芯だけになった林檎からリノの苦労が偲《しの》ばれる。

裏庭を確認しに出ると、囲いの中で鶏が土を啄《ついば》んでいる。

ハーナット家の家畜は馬を除くと鶏のみで、牛と豚は世話に限界を感じた数年前に隣家へ譲った。

馬房は空で、ベルベットは林を隔《へだ》てた馬場を覗きに向かった。

裕福ではないが、土地だけは余っているのだ。

畑にするにも耕しにくく、二束三文にしかならない場所に作った二つの馬場は、前の住人が作ったものを改修しながら利用している。

家の規模に見合わない広場では、馬たちが草を食《は》んでいた。

ベルベットが声を上げるより早く、栗毛が首を持ち上げて嘶《いなな》く。

「セロ！」

愛馬を呼べば、尻尾を持ち上げながらベルベットのもとへ一直線だ。

興奮状態のため木柵越しの再会だが、頭をゴツゴツとぶつけられるだけでも人間は倒れそうになってしまう。

愛馬の愛情表現が愛おしく、十分に舐められ服を伸ばされ終わると、静かに近寄ってきていた芦毛のジンクスに手を伸ばす。

新入りは控えめな性格だ。

気を許した相手にしか懐かないセロと違い、誰にでも懐きやすい甘えん坊。頭も良く序列をよく理解しているから、セロのお許しとベルベットの手が空くのを待っていた。

「だけどお前、そんな甘えん坊の穏やかさんで軍馬なんか務まるのかなぁ？」

帰ってきたベルベットが堪能したのは休息でもなんでもなく、馬たちとの触れ合いだ。

弟妹達のいないところでだけ、ベルベットは幼い頃のように体裁を気にせずしがみつける。

「………なごむ」

全体重をかけても潰れないのが大型動物の良いところだ。

弟妹達を甘やかす立場にあるベルベットにとっては、セロが甘える対象といっても過言ではない。辛いときにこっそり馬房へ侵入し、一緒に休んだ回数も数知れなかった。

愛馬たちと触れ合い、このまま一日中過ごしていたいが、休んでばかりはいられない。名残惜《なごりお》しく離れると取り掛かるのは残りの家事で、部屋の片付け、掃除、洗濯、夜の餌の準備。時間が過ぎるのは早く、あっという間に弟妹達の帰宅の時間だ。

ハーナット家が世話になっている教会は、年少の子供達を近隣まで送迎してくれる。集会所へ迎えにいったベルベットは、他の親たちに混ざり弟妹達を待った。近所の人とは顔なじみだから、彼らと雑談を交わしながらだ。

話す間に道の向こう側から現れた牛車には、近辺の子供達が乗り合わせている。

姉弟達の再会は、まずラウラがベルベットに気付いたことで双子に伝染した。

姉の姿にギルバードは目を見開き、メイナードは口を押さえて息を呑んだ。そして揃ってぐしゃりと顔を歪ませ、ぐずぐずと鼻を鳴らしながら車を降りてくる。

ベルベットはラウラを下ろすと膝をつき、両手を広げて三人を包み込んだ。

「ごめんごめん、心配かけた」

双子は生意気盛りでも、まだ十歳の子供だ。

またベルベットは怪我をしてもリノ以外には秘密にしていたし、面会謝絶など初めてだったから、さぞ不安だったに違いない。

弟妹達をジンクスの背に乗せて帰路につく途中、思い出すのは、くたくたになりながら暗い夜道を歩いたあの日だ。

いまの幸せを思うと、誘惑に負けて弟妹達を見捨てなくて本当によかったとしみじみ感じる。

家に帰っても弟妹達は姉にべったりで、普段はさぼりがちな手伝いを買って出る。数日だけとわかっていても、ベルベットにはそれが嬉しい。

夕方前にはリノも帰宅したが、彼もベルベットの姿を見るなり抱きついた。

家族との再会も無事……と言いたいところだが、最後の一人がまだ揃わない。その人物については、リノから情報がもたらされた。

「グロリアが来なくなった？」

ベルベットは芋を剝きながら、そしてリノは刻んだ野菜を和えながら会話を続ける。

「リリアナは二日おきくらいに来るんだ。まめにうちのこと手伝ってくれるけど、グロリアはこっちに全然顔を見せてくれない」

「どのくらい前から？」

「セノフォンテさんって人が、姉さんが怪我をしたって教えに来てくれた日以降は全然」

ため息を吐くリノの手つきは器用だ。

数日家を空けた詫びにベルベットが夕餉《ゆうげ》を作ろうとしたら、大慌てで断られたので、下ごしらえの手伝いだけしている。

「あの子、忙しいとか言ってた？」

「そういうのは、何も。でもすごく思い詰めてる感じだったから話したかったんだけど……」

話そうとしても逃げるように行ってしまったらしい。

リリアナに話を聞こうにも、彼女も返答に窮《きゅう》してはぐらかされるようだ。

グロリアの話題になると、ラウラはいまにも泣き出しそうな顔になる。

「お姉ちゃん、グロリアちゃんもう来なくなる？」

「そんなことないと思う。たぶん、色々あったし忙しいんじゃないかなあ」

「……あのね、一緒に遠乗りに行こうねって約束してたの。グロリアちゃんは忘れちゃったと思う？」

「グロリアは忘れてないよ。それだけはお姉ちゃんが誓ってもいい」

「ほんと？」

「本当。グロリアは家族との約束は絶対守ってくれるから大丈夫」

片足が不自由なせいで外出に遠慮がちになる末妹が、外に楽しみを見出すのは良いことだ。ベルベットはラウラを励ましたが、翌日になってもグロリアが現れる気配はない。

それどころか、リノの言った通り、リリアナだけがハーナット家に手伝いに現れる有様だ。彼女はベルベットの快気を喜び、グロリアからだと言って食料を届けに来た。

「リリアナ、グロリアっていまどうしてるの？」

「いまは大事な時だとかで、お勉強に集中しておられます」

「それ、ほんとに？　学校で何かあったとかはない？」

「いまはすっかり立ち直っておられます。皆さまに会えなくて残念だとおっしゃっていました」

「……なら勉強頑張ってねって伝えておいてもらえる？」

「グロリア様はお喜びになるでしょう。必ずお伝えします」

少女はそつなく応えるも、一瞬だが視線を外した所作と、ベルベットが納得したふりをした瞬間の安堵は見逃さない。

リリアナはそれとなくラウラや双子の方に逃げ、一生懸命刺繍に取り組むラウラを褒めた。

「ラウラちゃん、そのお花のモチーフ綺麗ですね。ハンカチに刺してるんですか」

「……うん」

ここでベルベットは眉を顰《ひそ》めた。

なぜラウラの頬が赤いのか、解せないのだ。

リリアナが無邪気に問うた。

「真っ白なハンカチに赤い刺繍……ベルベットお姉さんのですか？」

「ううん。人に贈りものをしたいなって思って……」

「いったいどなたに差し上げるんです？」

妹の照れた姿は愛らしいが、猛烈に嫌な予感がするのは何故だろう。

目を見開いて妹を凝視するベルベットに、何か知っているらしいリノが慌てふためいた。

ラウラはやや身じろぎして、恥ずかしそうに俯く。その表情は見たことのない類のもので、みるみるうちにベルベットの顔が固まっていく。

少女は指と指を絡ませながら、勇気をもって告白した。

「この間、会った人なの。とっても格好良くて、わたしを素敵なお嬢さんって言って、お花をくれて……だから……その、お返し……」

「素敵ですね。もしかして教会のお友達でしょうか」

「ううん。ずっと大人の人」

「ラウラちゃんが気になる素敵な人でしたら、わたくしも知りたいです。よかったら名前を聞いてもいいですか？」

ひくり、とベルベットの片頬が持ち上がり、彼女は祈った。

――ああ神よ。どうかわたしの予想を外してはくださいませんか。

聞きたくない。聞いてはならない。だが女の子は男の子よりも成熟が早いと近所のおばさんたちは言っていた。ラウラはかなりの内気でのんびり屋、足の引け目から外に行こうとしない姿にベルベットは心配していたが、だからといってこんな形で、妹の成長など知りたくなどな――。

「…………セノフォンテさん」

はにかむラウラの天使の如き笑みに、ベルベットの目が血走った。

6　役割は〝復讐の悪役令嬢〟

「行ってらっしゃい」

弟妹達を見送ったベルベットは、家に戻るなり髪や服装を整えた。

普段着とは違う、見映え重視の服装と、最近板についてきた化粧を整えると、鏡の前に立つのは健やかなる麗人だ。馬に跨がり颯爽と街を駆ける姿には、そこかしこから熱い視線が注がれる。

ゆるやかな丘を駆け上がった先はサンラニア学園。

事件の直後で街には衛兵が多く警戒態勢が敷かれていたものの、学園側はベルベットを記憶していた。予定にはない訪問であるにもかかわらず、快く迎え入れてくれたのだ。

個室に案内されたベルベットは窓際に立ち、人工物と自然との調和のとれた学び舎を眺めている。

さほど待たされず、談話室の扉が叩かれる。

「失礼します」

他人行儀の顔で入室したのは、サンラニア学園一の才女であり、ベルベットの目的の人物だ。

だがせっかく訪ねたにもかかわらず、グロリアは浮かない顔だ。

彼女はベルベットと目を合わさず膝を折る。

「こんにちは、ハートナット様。あの時の視察以来でしょうか。あの時は殿下の……」

「人払いしてるから誰もいないでしょ。普通にしたら？」

気軽なベルベットに対して、妹はどこか不満そうだった。念入りに廊下に誰もいないことを確認すると鍵を掛け、声を潜めながら席に座る。

「どうして学園に来たの。変に怪しまれる行動をするなんて姉さんらしくない」

「別に怪しくはない。学園には事故の対応へのお礼で、爆発後にも毅然《きぜん》と対応してくれたディヴィス家のご令嬢に会いたいって言ったら、簡単に納得してくれたし」

「なにか悪そうな顔をしているのはそういうわけですか」

「悪そうなんて人聞きの悪い。わたしはただ……」

「ただ？」

「……なんでもない」

続きは肩をすくめるだけで止めた。

近衛入りする前では、仮に学園を訪問しても門前払いされたはずで、身分の隔てる壁がおかしかったのだと……己のコンプレックスをさらけ出すようなことは言うべきではない。グロリアには誤解させたまま、いまにも帰りたそうな彼女に切り出した。

「学園に押しかけたのはごめん。授業中なのは知ってたんだけど、そうでもしないと会えなそうだったからさ」

「本当よ。リリアナに言ってくれたら家に行ったのに」

「嘘はよくない。こうでもしないと貴女はわたしに会ってくれないでしょ？」

「嘘って、姉さんなに言ってるの？」

グロリアの瞳に動揺が走ったのをベルベットは見逃さないが、咎めるつもりはないので声音《こわね》を変えずに続ける。

「これでも悩んだんだ。だってわたしじゃディヴィス家は門前払いだろうし、貴女の学園への送迎は基本馬車。外で会うにもわたし達だけじゃ不自然だし、無理やり二人きりの状況を作らないと話せない」

「だから、私が家に行けばいいだけじゃない」

「わたしが家にいないときに来たんじゃ、会えないのは変わらないでしょ？」

会話がうまく嚙み合わない。

グロリアは宥めるように言った。

「姉さんったら変な勘違いしてない？　ちょっとハーナットに行ってなかっただけなのに、そんな大袈裟に考えないでよ」

「大袈裟だと思うの？　本当に？」

演技は上手いがベルベットを誤魔化すのは無理だ。

そもそも彼女が感づいていなかったら、ここまで押しかけたりしない。

「何があったか知らないけど、貴女、わたしを避けてるでしょ」

「根拠もなしにおかしなこと言わないで」

「ほんと、昔からそういうとこ変わらないんだからさ」

ベルベットはため息をついた。もしかしたらグロリアがベルベットを嫌いになった可能性を考慮したのだが、生憎と何かやらかした覚えもない。

「まあ、わたしも押しかけるのはどうかと思ったけど、あんな無茶して戻ってきたいって言ったくせに、そうやって人を避けようとするのはあんまりだと思うわけ」

「だから避けてなんかない、誤解しないでよ」

「あ、そう？　じゃあまーた勝手に何も言わずに、ひとりで心にしまい込んで決める？」

皮肉なことに気を遣いがちなこれまでより、少し意地悪な今の方が姉妹らしい。

昔と違い決して引かないのは、今度こそベルベットは自分の心に従うと決めたからだ。

あの時は妹を引き留めるのを止めてしまった。

理由はすべてグロリアの望みだと、それが彼女のためだと思ったから諦めた。なのに十年経って蓋《ふた》を開けてみれば、グロリアの本当の望みはハーナットの家に帰ることで、ベルベットや弟のことをいまだに忘れていないと言う。

ベルベットは怪我をした時、グロリアが泣きながら彼女の手を握っていたのを覚えている。そんな妹が、せっかくのベルベットの復帰に「勉強が忙しいから」なんて理由で会いに来ないのは変だ。これで二度も騙されてやるほど、都合良く黙ってはいられない。

もしベルベットの言葉が的外れであれば、グロリアは柳眉を逆立て感情を露わに怒ったはずだ。だが彼女はその他大勢の人達に対するように、令嬢《グロリア》の仮面を被って冷静であろうと振る舞う。

それがすでに嘘をついている証拠なのだと、なぜこの子は気付けないのだろうか。

ベルベットは強気を崩さない。

「とりあえず理由だけでも話してよ。もしかして王子を庇ったのが嫌だった？」

「……姉さんは義務を果たしただけよ」

「なら、会うなって言われたアリスちゃんと会ったこと？」

「えっ」

グロリアの瞳は揺れたが、初耳、といった顔だから知らなかったらしい。

ベルベットは追及される前に、間を置かず続けた。

「じゃあまさかとは思うけど、あの日死にかけたことが原因？」

気まずそうに目を逸らされた。

どうやら当たらずといえども遠からずらしいが、今度は黙《だんま》りを決め込んで語ろうとしない。

膝の上で固く拳を作るグロリアに、ベルベットは困り果て、内心で独りごちだ。

――あー、これ、話す気がないな。

じっくり問い詰めてもいいが、あまりグロリアを長時間拘束しては学園側に怪しまれる。逃げ切ればグロリアの勝ちの状態で、ベルベットは面白くなさそうに腕を組んだ。

「どうしても話したくない？」

「関係ない人に話す理由はないでしょ」

「……でもわたしはグロリアの姉だし、少なくとも今回は聞く権利はあると思う」

「親しき仲にも礼儀ありと言うわ。私の問題だから、首を突っ込まないで」

つっけんどんなグロリアの言い様に、ベルベットの熱が急速に上がっていく。

もっと端的に述べるとカチンときた。

「………へー。よりによって、わたしを関係ない扱いかー」

体温とは反対に、冷たく放たれる声をベルベットは止められない。

実をいえば、押しかけるのは行き過ぎた行いだったかもと思っていた。

それに言葉もきつかった……と内心反省していたら、これだ。柔らかな言葉を選んでいたら、お前は関係ないと言われ、冷静さは溶けてなくなった。

立ち上がったベルベットは、おもむろに窓に向かう。

「……姉さん？」

疑わしげなグロリアの傍で窓を開き、外に向かって大きく息を吸った。

「みなさまご静聴くださーーーーーい!!」

叫んだ。

グロリアもびっくりするほどの大声だ。

誤って聞き間違いを起こさないよう、ベルベットはゆっくりと腹の底から声を出す。

「わたしーーー！　ベルベット・ハーナットはーーーー!!」

「え……えっ、え……あっ!?」

「グロリア・デイヴィスのーーー!!　実のあ」

「だめえええええええ！」

何をバラそうとしているのか気付いたグロリアが突進した。

勢い余った彼女が抱きつくのは姉の背中だ。思ったよりも強い力に、ベルベットはバランスを取り損ねて前のめりになる。窓は眺望《ちょうぼう》を重視した造りのせいで縁《へり》は腰の高さほどもなく、二人諸共窓から大きく身を乗り出した。

「あっまず……」

場所は三階。落ちて打ち所が悪ければ死ぬだろう。

ベルベットは指に力を込めるも、二人分の体重を支えるには足りなかった。

頭が真っ白になる背後で悲鳴が響く。

「きゃあああああ!?」

「この……！」

自分だけならともかく、大事な人を道連れにはできない。反射的に足を動かしてグロリアを部屋に戻せたが、反動でベルベットは外へ身を乗り出した。せめて即死だけは免れるような体勢を……となる前に、彼女のベルトをグロリアが摑んで叫ぶ。

「いや────！　落ちないで──！」

「落ちない、落ちないから、いいからそのまま支えて！」

二人は滅茶苦茶になりながら室内に体を戻すと、今度は一気に力尽きて床にへたり込む。

汗だくのベルベットが肩で息をする。

「し、死ぬとこだった……！」

理由がないなら作ってやる、などと思い立ったせいで、危うく投身自殺をするところだった。

ベルベットが冷や汗を流していると、グロリアが静かなことに気づいて眉を顰《ひそ》める。

「グロリア、どしたの？」

尻餅をついて呆けていたグロリアが、ぼろぼろと涙を流しはじめる。嗚咽《おえつ》をもらして喉を震わせるグロリアを目にすると、ベルベットは気を動転させ、四つん這いで駆け寄った。

「え、どうしたどうした。なに、ごめん、怖かった⁉」

肩に触れた瞬間、グロリアが胸に飛び込んくる。

言葉がみつからないベルベットに抱かれながら、グロリアはうわごとのように繰り返す。

「死なないで。お願いだから、どこにもいかないで」

当惑がベルベットを支配したが、この言葉に我に返った。

「い、生きてるってば」

「違う、そうじゃないの、違うのぉ」

「……何がどう違うの？」

「私のせいなの！　私が、シナリオが終わったって安心してたせいで——ごめんなさい」

「なんで謝るの。グロリアは何にも悪くないじゃない」

グロリアは謝罪を繰り返し、ぐずぐず泣くばかりで話にならない。縋り付いて泣く妹に、気の抜けてしまったベルベットは天を仰ぐ。

「あのさぁ、わたし、貴女に信用してもらえてないのかなって……落ち込んでたから会いにきたんだけど」

そんな弱音など、まるで聞いていやしない。

もはやこの場でできることは、涙拭き専用のタオルになることだ。ベルベットはすべてを諦めると一定のリズムを刻みながら、小さい頃に弟妹達をあやしたように、優しく背を叩き続ける。

胸を貸していた時間は長くない。

グロリアが落ち着いた頃合いを見計らい、親指で涙を拭いながら優しく問いかけた。

「もう平気？」

「うん……ごめんなさい」

「昔を思い出したみたいで楽しかったけどね」

「嘘。こんなに泣いたことなんてないわ」

「それこそ嘘。小さい頃は虫が出ただけで、怖い怖いってびいびい泣いてた」

「あれは……だって大きな蛾《が》や、気持ち悪い柄の昆虫がたくさん出るせいよ」

「リノだって早く慣れてたのに、貴女はいつまでも苦手だったよね」

「そんな昔の話を蒸し返さないでよ」

グロリアが幼い頃はまだ牛や豚を飼っていた。物心ついたときから虫だらけの生活だったのに、グロリアはずっと虫を怖がっていたのだ。

リノの話が出たことで、ベルベットは底意地の悪い笑みを浮かべる。

「あと、わたしがリノにつきっきりだったのがご不満で、やだやだやだーって駄々こねて泣いたり」

「なんでそんなことまで覚えてるのよっ」

むきになって怒る元気があるなら、もう大丈夫だろう。

グロリアはいつもの調子を取り戻し、ベルベットが思い出し笑いを浮かべていると、ノック音が談話室に割り込む。

ドアを開けようとして、ノブだけが空回りする音に、姉妹は顔を見合わせた。

「ハーナットさん、それにグロリア、少々よろしいでしょうか」

グロリアがやや高い声で返事をした。

「な、なんでしょうか、先生！」

「こちらで騒ぎがあったようだと、他の生徒から報《しら》せが入ったのです。何かあったのですか」

「な、なんでもありません！　ちょ、ちょっとお話が盛り上がってしまって……」

「大声で叫んでいたと聞いています。ハーナットさんに直接お話を伺いたいので、鍵を開けてもらえますか」

相手はどうやら教師らしい。

鍵のおかげで中には入ってこられないが、声はベルベットを怪しんでいるようだ。

「……グロリア？　グロリア・デイヴィス？」

いっこうに鍵が開く気配がないことに、先方の疑惑が深まってゆく。

ベルベットは目で尋ねた。

「どうする？」と。

グロリアは一心不乱に、髪をばさばさと撥《は》ねさせながら首を横に振る。

「だめ、絶対だめ！」と声なく叫ぶ妹にベルベットも同意する。

ただ、なんでもないと教師へ返すのは簡単だが、鍵を開けない理由にはならない。しかもグロリアの目鼻は真っ赤で、泣いてしまったのは丸わかりだ。ベルベットが女生徒を泣かせたと言われるくらいは屁《へ》とも思わないが、気になるのはグロリアの評判だ。

彼女が世間で〝玲瓏なる一輪の華〟と呼ばれているのは、その立ち居振る舞いが元となっている。いついかなる時も狼狽えず、冷静で、貴族としての品格を有した高貴な令嬢が泣いたとあっては、どんな憶測が飛び交うかわかったものではない。

姉としてはどんな噂や姿であっても、たとえば方向性を変え、笑顔で周囲を魅了する愛らしい女性になっても構わないが、孤高の狼《おおかみ》を演じているのであればイメージは守ってやりたい。

教師が痺れを切らす前に、ベルベットはグロリアの手を取った。

「あのさ、先生に泣き顔を見られるのと、わたしと一緒に、ちょっと悪いことをするのならどっちがいい？」

はじめ固まっていたグロリアは、自信たっぷりなベルベットにつられたのか、本来の自分を取り戻して目を輝かせた。

「人生って、少しくらい悪いことをした方が面白いと思うわ！」

「よーし良い子だ」

外套を脱いでグロリアの頭にかけると、素早く扉の鍵を開ける。

困惑と疑惑で立ち尽くしていた教師と目が合うなり詰め寄った。

「やあやあやあやあ、ちょっとうるさくしてしまいましたね」

「あ、いえ……とんでもない。それでハーナットさん、グロリアはどこに……」

「彼女はなんともありませんよ！　ですからわたくしはこれでお暇《いとま》させていただきますが、ついでにちょっと彼女もお借りいたします」

「え？」

「じゃあそういうことで。もちろん本人の合意の上ですからご心配なく！」

死角に身を隠していたグロリアの肩を引き寄せ、教師を押し退け二人分の体を通す。外套を被っているせいか、はじめグロリアだと気付かなかった教師は唖然とし、相手が正気に返る前にベルベット達は駆け出した。

「急げ急げっ」

「ね、姉さん速いっ……！」

グロリアの手を取り、学園を駆ける日が来ようとは思いもしなかった。

戸惑いから一転、面映ゆい気持ちでベルベットの胸はいっぱいになるが、学園はちょうど休憩時間に入ってしまっていた。生徒の姿がちらほら見えはじめると、二人の姿は自然と注目を集めてしまう。

グロリアの歩幅に合わせていてはなおさらだ。

ベルベットの決断は早い。

「ちょっと我慢ね！」

「え？　……あ、いきなりしゃがんで何を……きゃあ⁉」

幸いグロリアの体重なら、持ち上げることは可能だ。妹を肩に担ぐと、全身にのし掛かる重みを下半身に力を込めることでぐっと堪《こら》える。

「どんな仕事が活きるか、人生わかったもんじゃないね！」

昔、ベルベットは船着き場の荷運びをしたことがある。

日雇いで稼ぎが良いからだけの理由で、深く考えもせず飛びついた仕事だ。

数十キロの荷を何往復もしながら運び、そのときは二度とこんな仕事はするまいと誓ったが、そのときの要領があっていまがある。足を止めると動けなくなると知っているから、とにかく全力で駆け抜けた。

途中でアリスや第二王子のスティーグを見かけたが、それも気にしないのが一番だ。ジンクスのもとまで到着すると、手綱を握って馬の腹を蹴る。

ジンクスは二人分の重みを迷惑がったが、本来は訓練を受けた軍馬だ。学園街を抜けるくらいはわけもなく、ゆるやかな丘を下るのにも安定していた。

ベルベットが選んだのは道路沿いにある休憩所で、日中とあってか人の姿もまばらだ。

陽気は穏やかで心地よく、このときには既に外套を外していたグロリアは息を弾ませながら胸を押さえている。

「私、はじめて学校を途中で抜け出してしまったわ」

「初めて学校をサボった気分はどんな感じ？」

「どきどきしてる！」

興奮冷めやらぬ姿を、ベルベットは眩しいものを見るように目を細めた。

柱に繋いだジンクスが草を食む風景を、どちらともなく眺め続ける。

ベンチに腰掛け堂々と足を組む誘拐犯と、肩を小さくして膝に手を置く被害者。会話を切りだしたのは前者の方だ。

「わたしさ、貴女になにか嫌われるようなことをした?」

「……してない」

「あ、そ……。だったら本当によかった」

他に何か言うべきことがあったかもしれないが、いま長々と語っても愚痴か説教になってしまう。

結局姉らしいことは何も言えないなと諦めた。

「相談もできないくらい信用されてないのかなって思ったのはわたしの勝手だし、貴女は貴女で抱えてるものがあるんだと思う。だからもう無理に聞きはしないけどさ」

「うん」

まるで幼い子供のように頷く妹は、泣きじゃくった後のせいか素直だった。ベルベットも回りくどいことはせず、素直に己の気持ちを吐露《とろ》する。

「貴女に避けられるのはやっぱり悲しい。話せないならそれはもう構わないから、せめていつまで会えないとかは教えてくれない?」

これがベルベットに出せる折衷案だったのだが、グロリアはこれでさえ容易に返事ができないらしく、ベルベットは根気強く次の言葉を待つことになった。

「いつまで……と、言われたら、もう、ずっと会わない方がいいと思う」

「なんでよ」

「姉さんに死んでほしくないから」

「生きてるじゃん」

「そうじゃなくて……私と一緒にいたら、姉さん、今度こそ本当に殺されちゃう」

妹の言い様は、まるで己が死神か悪魔のような物言いだ。

彼女といるから死ぬなどあり得ない話なのだが、グロリアが信じて疑っていないので、ベルベットは笑わない。

「殺されるっていうのは早計じゃないかな。わたしはそこまでやわじゃないし、実際こうやって生きてる」

「いまはそうかもしれない。だけど、今回姉さんが怪我をしたのは……あれを繰り返そうとしたのかもしれない。私にはそうとしか思えないの」

「あれって？」

「……血の鬱金香《チューリップ》」

グロリアは声を絞り出すようにして苦しげに言った。

「姉さんはね、本当は十一歳で死ぬ運命だったの」

「…………そうなの？」

思い詰めるグロリアは過去を語る。

「だから十二年前のあの日、私はわざとお腹を壊して、姉さんが看病してくれないと嫌だって駄々をこねた。姉さんはすごく行きたがってたから大変だったけど、お友達と一緒に行ってたら……」

「あー……なるほど。ってことはあれは偶然じゃなくて、意図的に助けられたわけね」

「信じるの？」

「……なんでそっちが意外そうなの？」

「だってこんな話、突拍子《とっぴょうし》もないし……」

自信がない様子だが、ベルベットとて事実を事実として受け止めるくらいはできる。

「いまでも偶然にしては出来過ぎかなと思ってたからね……そっかそっか。なら、ありがとね」

「え？」

「わたしを助けてくれたこと、お礼を言わなきゃね」

ベルベットは片手でグロリアの頭を引き寄せ、互いの側頭部をこつりとぶつけ合う。

「当時はわたしも子供だったし、グロリアは誰にも相談できなかったでしょ。それなのに色々頑張って、ひと一人の命を救ってくれたわけだ」

お礼を言っただけなのに、泣き出しそうになるのは何故なのか。グロリアはやがて、緊張に声を震わせながらある告白をした。

「私ね、本当はこの世界の住人じゃないの」

まっすぐな目で見つめられたとき、ベルベットは今度こそ返答に窮した。

「ええと、この世界というのは、たとえばどんな比喩で？」

「言葉通りの意味よ。簡単に言えば、私にはグロリアって女の子になる前の記憶があるってこと」

「……な、るほど？　なら、未来予知の類ではないわけだ」

サンラニアでは長らく誕生していないが、教会史によれば予知能力を有した人間は度々生まれるもので、彼らは聖人あるいは聖女として登録されるようになっている。

聖人は一度発見されると、教会から離れられない。

グロリアは教会に拘束され、自由がなくなるのを嫌い黙っていたのだと考えていたから、斜め上を行く回答には頭を抱えたくなる心地がする。

もしこれが友人だったら、熱に浮かされたのかと訝しむだけで終わる。酷いようなら医者に診せるが、相手は可愛い妹だし、狂言めいた言葉を繰るなどあり得ない。従ってじっくり彼女の話に耳を傾けることに努めた。

グロリアは自嘲《じちよう》気味に笑う。

「姉さんは、私の頭がおかしくなったと思った？」

「そんなことは……」

「いいのよ、自分でも変なことを言ってる自覚はある。私だって昔は何度もこれは夢なんじゃないかと思ったけど、ここの歴史や人々は、前の私の知ってたサンラニアと一致しすぎてる。だから諦めて現実を受け入れたの」

「……とりあえず、わたしにもわかるように教えてくれない？」

「ええ。でも、これまで誰にも話したことがなかったから、ちゃんと説明できるかわからないの。不明な部分があったら聞いてくれる？」

そうして教えられた話は、ベルベットにとっては絵物語よりも荒唐無稽で、どんな芝居よりも馬鹿馬鹿しく、教会の司祭が聞いたら卒倒《そっとう》しそうな物語だ。

「この世界はね、私の元いた世界ではゲームの中にある物語のひとつだったのよ」

主人公は三人の女の子。

本や盤上遊戯とはまるで違う『ゲーム』は、「プレイヤー」が彼女達のうちの誰かを主人公として選ぶ方式だという。主人公は学園生活を経て国に潜む闇を暴き、最終的に運命の相手と結ばれる物語になっているとのことだ。

さほど難しい話ではない。

……ないのだが、ベルベットは呻きながら片手を挙げた。

「ええと、プレイヤーはその子達の学園生活を見て、何を知りたいの？」

「主に恋愛を見たいのよ。主人公と自分が選んだ「キャラクター」が両思いになるまでの過程を楽しむの」

「へ、へぇ……じゃあなんで、国の悪事を暴く必要があるの？」

「山あり谷ありの方が盛り上がるでしょ？」

「言いたいことはわかるけど……小説じゃだめなの？」

「ステータスと選択肢って条件を満たしながら進める攻略の楽しみに、苦労を超えた先にある音楽とスチルの感動。文字通り物語を見て聞いて楽しむゲームならではの展開は、小説とは別かしら」

「……芝居とは違うんだ」

「二次元と三次元は別物よ」

「ごめん何言ってるか全然わからない」

さらに言えば、このゲームは「画面」の向こう側で織り成される絵物語らしく、ベルベットにはまるで想像がつかない。

だがグロリアが元いた世界では当たり前の遊びのようで、プレイヤーなりの拘《こだわ》りがあるらしい。

「ほんとはプレイヤーも多種多様で、ゲームは色々な楽しみ方があるんだけど、販売元のキャッチコピーを簡単に略しちゃえばこんな感じね」

プレイヤーに操作される人生とは何だろう。

果たして学生の身分で国の暗部を暴けるのか、なぜそれを恋愛に繋げる必要があるのかも謎だが、巷《ちまた》には様々な恋愛物語が流通している。ベルベットは無理やり自分を納得させて話を続けた。

「じゃあ、グロリアもその三人の女の子のうちの一人ってことよね」

「いいえ。私は彼女達のライバル役よ」

「……ん？」

話がおかしな流れになった。

グロリアは嘆息をついて、力を抜きながらベルベットの身体に頭を傾ける。

「世間で悪役令嬢ものが流行った時期があって、制作元が流れに乗って作ったゲームだから、三人それぞれのルートで必ずでてくる敵役なの。シナリオ上、彼女達の悪役として立ち塞《ふさ》がって断罪される、プレイヤーにとっての気持ち良い盛り上げ役。場合によっては操られて途中退場だったり、密かに消えたりと様々ね」

そんなばかな、と思った。

社交界から多少おかしな名称を付けられているが、グロリアはデイヴィス家の娘として役目を果たしている賢女だ。彼女が主人公であるならともかく、悪役に貶められるのは信じがたい。

「それはおかしい。グロリアは誰よりも努力しているし、その才能だって誰かに定められたものじゃないはず。貴女が誰よりも勤勉だったのはわたしが知っている」

「……ありがとう。でもね、それもゲームシナリオを知っていたからできたことなの」

グロリアは力なく笑うばかり。

ベルベットが憤ってしまうくらいに自信のない笑みの理由は、本来のシナリオに原因があるらしい。

「私が乗っ取ったグロリアって女の子は、本当はもっともっと世間を憎んでいたの。顔はいつも笑顔を絶やさずにいても、すごく寂しい子で、それもあって人に利用されやすかった」

「……憎む？」

「姉さんったらもう忘れちゃったの？　グロリア・デイヴィスは本当の名前をグロリア・ハーナットっていうの。デイヴィス家当主の火遊びから生まれた娘なのよ」

「あ」

「グロリアはね、小さい時にお姉さんを亡くしたの」

続く話には、『グロリア』の憎しみを納得せざるを得なかった。

「ハーナット家のグロリアは十二年前の爆発事件で頼りになる姉を失った。それで母親のミシェルは荒れてしまったの」

「母さんが荒れた？」

「驚く話かしら。姉さんは子供ながらに私やリノの面倒を見てくれてたじゃない。母さんは精神的に弱いところがあったし、支えになってた自覚はないの？」

「わたしはあのときはまだ十一だったし、外に出られないぶん、家事を手伝うのは当然だったから」

「私は五歳で、リノは三歳。私達に比べたら、立派に母さんの助けになってたわ」

そうだったっけ、とベルベットは腕を組む。

たしかに彼女は弟妹の面倒をみていた。大変だったような気もしているが、出稼ぎがなかった分だけ、いまにすれば楽なのだが……。

しかし懐疑的な本人と違い、姉をよく観察していたグロリアの意見は違う。

「笑顔でおかえりって言ってくれる姉さんの存在が、どれだけ母さんを支えていたか、元のグロリアは嫌というほど実感してたの。事件の後、姉さんじゃなくてあなたが死ねばよかったって言われるくらいにはね」

「それは……」

「グロリアは頑張って姉さんの真似をしても、姦《かしま》しいと罵《ののし》られる一方で関係は修復できなかった」

ベルベットにとって母ミシェルは愛情深い人だ。捨てられた双子を引き取ると決め、実子と変わらない愛情を注いだ人が子供達を罵るなど想像もつかない。

母の違う一面を知って苦しむベルベットをグロリアは慰める。

「姉さんを喪《うしな》った母さんの悲しみは深すぎて、心は海の底に沈んだままだったのよ。それに人が人に優しくできるのは、生活に余裕があるときだけってわかってるから、大丈夫。姉さんは自分の知る母さんを信じていればいいのよ」

「でもさ、グロリア。貴女は……」

「いいのよ。それにこれは、私の経験ではないんだもの」

余裕のなさが人の心を壊すとでも言いたいのかもしれない。

今の話が、グロリアがミシェルを苦手としている原因かとベルベットは考えるも、それにしては……

……少し違う気がした。

ともあれベルベットを失った、本来のグロリアの物語は続く。

「母親が荒れ、育児放棄の状態になったので、グロリアは必然的に育児を引き受ける形になった。デイヴィス家に引き取られるまでの二年間は、ひもじくて寂しいばかりの日々を過ごした。痩せ細った弟は教会に引き取られたけれど、看護の甲斐もなく死んでしまって……」

ベルベットには聞いているだけでもつらい話だ。

ひとりぼっちになった少女は世界を恨んだ、とグロリアは語る。

「しょせん人間は最後はひとりぼっち。自分を拒絶した母親に、助けてくれなかった大人達、綺麗事ばっかりの世間知らずな学生。上辺《うわべ》ばっかりの世の中なんて壊してしまおうって思ったの」

「……それが、グロリアが主人公の敵になる理由？」

「そ、復讐の悪役令嬢として王子の婚約者となった私が、プレイヤーに選ばれた正義の主人公の前に立ちはだかるの」

悪役達が斃《たお》されて物語は大団円。

そんな物語が紡《つむ》がれる十七年前に、目の前の彼女はゲームの知識を持ったまま転生した。

次からは悲惨な歴史から逃れるべく、幼い少女が奔走する話になる。

「一番にやらなきゃいけなかったのは、姉さんの生存を図ることね」

知識があったからよかったというものではなく、この世界に馴染むまでは苦労したと語った。

「どんなところが大変だったの？」

「一番は言葉だけど、これは時間が解決したから……最後まで難儀したのは宗教観が違うところ」

「宗教って、そんなこと？」

「姉さんはそんなことって言えるけど、私には三大神なんて馴染みがなかったのよ。元の私の育った環境は多宗教の塊みたいなものだったから……」

「たとえばどんな？」

「サンラニアでは三大神教以外を信奉すると、何もしてなくても教会の圧力がかかるけど、別の神様を信じたり建物を建設しても、隣人と仲良くできるような国」

「……それってナシクみたいな国も含む？」

「あそこは流石に論外よ。人を傷つけない、強制しない、犯罪に手を染めないことは基本。もっと複雑な法律があって難しいけど、とにかく信仰の自由は認められてる。楽しいイベントなんかは積極的に取り入れて楽しんだりね」

「……変なの」

三大神信奉を絶対として育ったベルベットには不思議で奇妙な話だ。

だがいまの話を聞いて得心した。

「もしかしてさ、グロリアってそれで週末の礼拝を面倒くさがってた？　お金の余裕がないのに教会へ寄付をするなんてーって怒ってたのも？」

「あれは、家のことを考えただけよ」

グロリアの目が露骨に泳いで話を誤魔化した。

「他に大変だったのは、私が知っているのはあくまでもゲーム内でのシナリオだから、本篇前の物語は全然わからなかったことかしら」

「当時はどんな感じだったの？」

「私は将来グロリア・ディヴィスになる女の子ってわかっているだけなの。いまは貧しい家の育ちだけど、いずれは貴族になって皆から一目置かれる女性になる」

でも、と彼女は腕を組む。

「そのまま養子になったって主人公と主人公が選んだ恋人によって、私は必ず死ぬ。死なずとも死ぬよりも酷い目に遭って表舞台から退場しちゃうの」

「だから過去を変える決断をした、と」

「私も生まれ変わったのなら幸せになりたいもの」

彼女なりにシナリオの詳細を思い出し、グロリアの過去から大筋を辿ってハーナット家の瓦解を阻止した。家に笑い声が途切れていなければ、きっと養子行きもないと思ったらしい。

しかしすべてがグロリアの期待通りとは行かなかったと語る。

「私の父が侯爵である以上、結局養子の話は出てきてしまった」

「どうしてわたしを助けたのに養子縁組を決めたの？　物語通りに進むのを拒むべきなら、断ればよかったのに」

「断りたかったけど、私が養子入りしないとうちは貧しいままじゃない。どうやってリノを健康に育てるっていうのよ。私、あの子のことだって好きなのよ」

グロリアは子供っぽく唇をすぼめる。

「それに元のシナリオだと、グロリアは義母と仲が悪かったの。向こうが母さんをどう思っているかわからなかったし、手出しをさせないためにも私はデイヴィス家にもらわれて、ハーナット家には纏まったお金を渡したが方が現実的だと思ったの」

「一応聞くけど、デイヴィスの奥様との関係は……」

「良好よ。はじめは苦労したけど、いまではちゃんと可愛がってもらってる」

姉としてグロリアに苦労を掛けたのは不甲斐ないが、グロリアがデイヴィス家に引き取られたからこそ他の弟妹達のいまがある。

「それに……ちょっとおかしな事を言うけど、過去を変えたのに、養子行きの話は出てきたのよ。なにかが物語通りに進ませてるんじゃないかって予感が拭えなかったの」

「それでも嫌って言えば変わったんじゃないの。大人達はわたしたちの意見を聞こうとしてくれていたのに」

グロリアは困ったように胸に手を当てる。

「さっき予感と言ったけど、この感覚は言葉にはしにくいの。物語通りに進ませようとする強制力っていうのかしら、そういうのがあるのかもしれないって……あのとき強く感じたのをいまでも覚えてる。だから逃げなかったし、戦おうと思ったのね」

その決め手の正体はベルベットには摑めないものだが、妹の密かな決意は見て取れる。

彼女がベルベットの命を救ってハーナット家の歴史を変えたように、あえて「悪役」の皮を被った状態で歴史を少しだけ変更し、その上でハーナット家に戻る計画をグロリアは立てた。

「シナリオだと、王家はディヴィス家と繋がりを持ちたいから、グロリアを振ったりはできないけど……本来のグロリアはそれをわかってた。だから贅沢三昧や馬鹿な行動を繰り返して、皆を怒らせた挙げ句、火あぶりになったり……いろんな最期を迎えるんだけど」

「聞かなきゃよかった」

「大丈夫よ」

「大丈夫って、なにが」

「そうなりたくなかったから、私も頑張ったの。元々はグロリアがやらかした本当の悪事を暴くイベントを婚約破棄って形にして、一年も早く振ってもらったんだから」

スティーグに嫌われる努力は結構だが、ベルベットは少々物申したい。

「よりによって聴衆の前での婚約破棄はどうなの？　せめて目撃者を減らしたらよかったのに」

「ただでさえ大筋を歪めた上に早めてしまったのよ。他の部分の帳尻を合わせるために、パーティ会場ってところは変えなかったの」

グロリア曰く、これが一番穏便なエンディングらしい。

おまけに詳しく話を聞けば〝玲瓏なる一輪の華〟にも理由があった。

「自分なりにいけ好かない女を演じていたのは認めるわ。そうしたらシナリオ上から早く退場できるし、私が主人公達の邪魔になることはないはずだから」

でも、とグロリアは神妙《いじ》そうに、これまで誰にも語らなかった疑問を語る。

「やっぱり人を虐めて噂になるのは嫌だし、そこだけは真似できない私では、元のグロリアを再現するのには限度があった。だから悪評もほどほどかしらって思ってたんだけど……」

「けど？」

「どういうわけか、何もしてなくても噂に尾ひれがついて広まっていくのよね。やってもいないことが私のせいになったりして、ちょっと怖かったくらいよ。これも物語の強制力なのかしら」

グロリアの語る物語がどんなものか、ベルベットにはわからない。だが妹は綴《つづ》られていくシナリオを心底信じているようで……どうにも理解できないのだ。グロリアも姉の気持ちが理解できるようで、前屈みになり、見上げるようにベルベットと視線を交差させる。

目の前にいるのはまだ十七歳の女の子のはずなのに、まるでくたびれた女のような風情を感じさせる。

「養子縁組のときは、このままじゃ家は潰れるって、そんな勘だけだった。はっきりと確信はなかったし、私自身、ただ運命に翻弄《ほんろう》されているだけなんじゃないかって思ったことは何度もあったの。でも、今回の件で確信した」

「……グロリア？」

じっとベルベットを見つめる妹は、まるで祝いのように呪いを口ずさむ。

「私はきっと、どこまでいっても、シナリオが私を正しく殺そうと追いかけてくるのだと思う」

「そんな馬鹿なこと……」

「馬鹿かしら。姉さんだって十二年前と同じように、また同じ死に方をしようとしたって思わなかった？」

何も言えなくなったベルベットに、どこか苦しそうなグロリアは続ける。

「私はとっくに終わった気でハーナット家に帰ろうとしてたけど……まだ終わってなかったのね。物語は私を苦しめるために襲ってくるし、私が近くにいるだけで姉さんはまた死に狙われる」

「グロリア、やめなさい」

「やめない。だから、私はまた――」

「いいからやめるの」

強めの口調で黙らせたのは、聞きたくなかったからだ。

なにせ事実だからもう聞きたくなかった。

十二年前、グロリアに命を救ってもらったことはベルベット自身が認めてしまっているし、今回自分の身に起きたこととの類似性も認めている。声にしないだけで、まるで同じことの再現だとも感じていた。

ベルベットは深いため息を吐いた。

「ごめん、ちょっと待って――すぐ、すぐ纏めるから」

妹を信じようと思った矢先に悪いと思っているが……本音は否定したい。

理由は難しくない。

自分たちが作られた架空の人物で、生き様や死に様まですべて誰かに作られて、踊らされているのだと言われて誰が頷ける。ベルベットが積み重ねてきた人生はすべて彼女の意思の積み重ねであり、誰かに定められたものではない。

これはベルベットどころか、世界そのものを覆す狂った発想だ。

教会が知れば異端として扱われるのは火を見るより明らか。ベルベットも三大神を信仰する市民だから、認められない教会側の理屈はわかる。

グロリアの語る〝物語〟は、空想の話であって事実ではないと言ってやりたい。

赤の他人なら即刻頭の病気を疑って医者を案内する。それが現実的でもっとも確実な解決法だ。

だが相手はグロリアだ。ベルベットの大事な家族だ。

これを嘘と言ってしまっては家族が傷つくことくらい、彼女はとうに知っている。

何を言われてもまっとうに受け止めるつもりが、混乱してばかり。ベルベットは己に冷静になれと言いきかせ――深く息を吸った。

必要なのは、覚悟。

……待たせた時間はさほど長くなかったはずだ。

「よし、わかった」

ベルベットは手の平で己の頬を叩く。

もう認めるほかない。

ベルベットはグロリアが大事だ。

デイヴィス家に帰れと言いながら、もうずっと彼女の帰宅を喜んでいる。それをまた手放せと言われたら――無理だろう。

だからこの場で必要なのは不屈の意志であり、それをいま、彼女は固めた。

「グロリア」

不安そうに姉を見つめるグロリアの手を取った。

「いい？　わたしはいまから貴女の〝物語〟を全面的に肯定《こうてい》する」

「無理しなくていいのよ。私だって空想めいた話だってわかってるし、無理に信じる必要はないの。私はただ、知ってもらいたかっただけなんだから」

「わたしは大事な妹の話を、茶化したりなんかしない」

ベルベットが目を逸らさずに断言すれば、グロリアはぐっと奥歯を噛んだ。先ほどまでは我慢もせずびぃびぃと泣いていたくせに、今度は泣くのを堪《こら》えるような表情だ。

「でもわたしは貴女の見たものを知っているわけじゃないから……時々は間違えるかもしれない。だけど、それでもまあ、その前提で動くことにする」

「動く、って言われても……」

ベルベットなりに、真剣に向き合っているつもりだ。一方でグロリアはといえば、普段の察しの良さはどこへやらだ。ベルベットの言葉をかみ砕くのに時間を要している。

〝シナリオ〟と対峙してきた孤独の十七年に、終止符を打とうとしている現実に直面していた。

「……姉さんは何が言いたいの？」

「貴女が生きるために必要な戦いに、わたしも参加するってこと」

「本気で言ってるの、それって凄く難しいことなのよ」

「むずかしくてもやる。手伝うよ」

「どうして？」

「どうしてもなにも、貴女が家族だから以外にない」

グロリアは何を怖がっているのだろう。

咄嗟に逃げようとした手を、ベルベットは強く握りしめた。

「もう一人で頑張らなくていい」

「姉さん。姉さんはなにか誤解をしているの。私はただ、自分が死にたくなかっただけで、崇高な目的なんかひとつもないのよ」

「それがどうしたの？　貴女はハーナット家に戻ってきたかった。十年間、わたし達を忘れずにいてくれたのは、どんな理由であれ、わたし達を愛してくれていたからでしょう」

「私、転生前は全然違う女の子だった。わたしはグロリアを乗っ取った女で、あなたの本当の妹じゃないわ」

ベルベットは諦めないが、グロリアも決して受け入れようとしない。

乗っ取った、と言ったときの彼女は、失言に畏《おそ》れを抱いており、ベルベットは少女の怯えを正確に読みとった。

ゆえにはっきり伝えねばならない。

「なら教えてあげる。小さい頃から貴女は貴女だった。わたしのグロリアは、いま目の前にいる貴女以外にはいない」

ベルベットには崇高な目的など必要ない。グロリアが「だけ」といった事由だけが重要だし、なにより彼女は我慢ならない。

妹の、前世のシナリオが登場人物を殺しに来ると信じる姿は、まるで呪いに掛けられているようだ。絶望の一端をベルベットの死が担うのだとすれば――手を取るのに何の躊躇《ためら》いが必要なのだろう。

ベルベットはもう一度妹を抱きしめる。

十年前に逃してしまった、今度こそ家族を取り戻すための抱擁だ。

「いいから黙ってわたしを巻き込んどきなさい。わたし達は二人とも、あの頃みたいに子供じゃないし、一緒なら出来ることがあるはずなんだから」

「……出来ることって、なに」

「わかんない。でもひとりきりで胸に抱え込んで夜を迎えるより、話し合える人がいる方がずっと楽になれるのはわかっているつもり」

決めてしまえば単純だからこそ、グロリアにも伝わりやすかったのかもしれない。

家族へのありったけの愛情を込め、ベルベットは想いを伝える。

「わたしは、貴女の絶対的な味方ってことよ」

……しばらく置いて、洟《はな》を啜《すす》る音が耳に届く。

「……姉さんは、ずるい」

「なにがずるいのか全然わかんない」

「そうやって意識せずに私の手を引いて格好つけちゃうのよ。そういうとこ、いっつも私の心がハラハラさせられて、本当に嫌」

言葉とは裏腹にベルベットから離れようとしないのが、差し出した手に対する返事だ。

この約束がシナリオに抗うための、姉妹の答えのはじまりとなった。

エピローグ　悪役令嬢の姉

人間、逃げたくても逃げられないタイミングがある。

ベルベットの場合は末妹ラウラの薬代を稼ぐときや、上官命令だったり、家族との約束を守ろうとするときが主か。

今回の逃げられない状況は二番目絡みで、彼女は謁見《えっけん》の間に立っていた。

天井は高く、巨大なシャンデリアから黄金色の光が空間を照らしている。壁には先祖を称えるタペストリーが飾られ、色褪せた糸が年月を感じさせる。奥行きのある紅色のカーペットは、歩くたびに足音を吸い込むような沈む感触があった。

ベルベットが初めて見る玉座は、黒檀《こくたん》といった重厚な木材に精緻《せいち》な彫刻が施されている。歴史を感じさせる王の椅子は見る者に威厳を与え、ここで何人もの者がひざまずき、訴えを聞いてきたことを窺わせていた。

背後には三大神を模したステンドガラスが嵌められ、神を祭るための分厚いカーテンが垂れ下がっている。淡い光が硝子《ガラス》を通して差し込むことで、場に静謐《せいひつ》な雰囲気をもたらしている。

広間の両側には近衛兵が直立不動で並び立っている。

――誰かくしゃみでもしたらどうなるんだろ。

よからぬ想いを抱くベルベットは、緊張した空気の中でゆっくりと進んで玉座に近づく。無数の目がその一挙一動を追っているのがわかり、わずかな息遣いさえも響き渡るようだ。

大理石《だいりせき》のタイルには幾何学的な模様が描かれており、床に刻まれた模様を意識しながら前進する。

やがて玉座の前に立ち止まると、心臓の鼓動が重く響き渡るのを感じ、ベルベットはとうとう自覚した。

——あー、だめ、緊張する。

外面《そとづら》だけは平静を装っているが、隙あらば緊張を誤魔化そうとしているのがその証拠だ。

この状況、質の悪い冗談でもなんでもない。

ベルベットの眼前に立つのはサンラニアの王だ。

国王は、国民から愛されている人物だ。背後には堂々たる紋章が飾られ、重厚な金色の刺繍が施された赤い外套が肩から垂れている。柔らかい面差《おもざ》しに、貫禄付けの髭は似合わないともっぱらの評判だが、そんな話題を人々は楽しそうに話すのだ。

王としての厳しさや威容は感じないのに、思わず頭を垂れたくなるような、不思議な魅力を直に感じている。

王の斜め後ろに立つ宰相が、静かな、けれど決して威厳を損なわない声調でベルベットに命じる。

「ベルベット・ハーナット。これよりエドヴァルド王子殿下救出の功を称え、勲章を授与する」

慌てず騒がずに膝をつくベルベットは、左手を胸の前にかざし、両目を閉じて頭を傾けた。

一夜漬けならぬ早朝漬けであったが、作法については上官三人から直々《じきじき》にたたき込まれている。

臣下に向け、王の声が降りかかった。

「此度《こたび》は自らの命すら顧《かえり》みず、よくぞ我が王子を助けてくれた。近衛の本分であったとしても、そなたの活躍はサンラニアの比類《ひるい》なき宝である」

ひぃ、とベルベットは内心で悲鳴を上げる。

一介の平民が、国王陛下から直接言葉を賜《たまわ》っているのだ。

王子ならどうでもいい態度を取れても、この瞬間だけ失敗できないと全身全霊で所作に気を配り、与えられた役目をこなす。

ベルベットが珍しく緊張に身を固くするのには、それなりの理由がある。

先王から始まった政策は、この王の代で実を結んだ。サンラニアは教会との協調の道を選び、最低限でもベルベットは識字と計算を学べ、弟妹達は無償で教会に通えている。

少し前の世代の人は、ちょっと貧しいと文字を知らなかった――そんな時代の話を聞くからなおさらだ。サンラニア国民は恩を忘れず、いまでも国を豊かにしようと努める国王を愛している。

王の言葉は一言一句聞き逃さないようにしながらも、緊張のあまり、聞く端から耳から抜けて行くのも否めない。

「これからも王子を支え、皆の者に勇気を分け与えるがよい」

王が言葉を切ったのを確認したベルベットは息を吸った。

「身に余るお言葉、まこと光栄にございます。我が身命《しんめい》を賭《と》してサンラニアに仕えることをお約束申し上げます」

長々と語ってはボロが出るだろうと、セノフォンテが考えてくれた口上だ。

宰相から立ち上がるよう指示が入ったとき、ベルベットは心で拳を握る。

王が胸ポケットに勲章を差し込むと敬礼を行い、一定の手順をおいて身を翻《ひるがえ》し、謁見の間を後にする。今回はベルベット以外にも勲章を授かる大トリがいるので、彼女はその先兵というわけだ。無論、メインを張りたいなどと言う気はないので、これで充分満足である。

冷や汗を堪《こら》えながら授与式を終えるが、戦はこれで終わりではない。

次の戦場はささやかな典礼だ。

ベルベット基準では控えめどころか豪華さが凝縮された会場で、いつ見ても壁際の軽食に目もくれず、話し合いに没頭する貴族達の姿は信じがたい。

下っ端ゆえか、積極的に彼女と話そうとする貴族はいない。

ちらほらとご令嬢達が視線を向けてくるが、偶然混ざってしまった平民産の生物《せいぶつ》見たさゆえだろう。

いつ抜け出そうか――頭の中で算段をつけはじめるベルベットに話しかけたのは、真っ赤なドレスを身に纏う、ドレスの持つ魔力を存分に発揮できる令嬢だ。

サンラニアに美女は何人だって存在するが、はっと目を惹く魅力に溢れた乙女はそうそういない。

大理石の床を踏みならす彼女は艶やかに微笑みながら、髪に挿《さ》していた薔薇を引き抜き、ベルベットへ手渡す。

棘《とげ》を丁寧に処理した一輪は、それこそが一介の兵を気遣っていることを表した証明だ。

「ご苦労様でした、ベルベット様」

「ありがとうございます、グロリア様」

公の場で妹と向かい合うのは、また別の感慨深さがある。

薔薇を受け取って花弁に口付けるベルベットに、ご婦人方が若干高めの声を上げたが、彼女が目を向けるのはひとりだけだ。

本来なら、このままグラスに注がれたワインでも傾けて歓談に赴《おもむ》くのが賢いやり方だ。

しかしながらベルベット的に、勲章授与式に参加しただけでも及第点である。それらしい振る舞いも皮を被っただけのものだから、貴族が満足するようなお喋りなどできるはずがない。

従って中身がバレないうちに逃げるのが賢いやり方だ、と彼女は信じた。

早々にグロリアから離れると、上品な挨拶だけを交わし、隙を縫って裏側に隠れた。人気がない場所に逃げ出すと、表情筋を一気に崩して廊下を抜けてしまう。

記憶を辿り向かったのは、宮廷魔道士の仕事場だった。

相変わらず薬草臭い部屋だが、香水漂うパーティ会場よりは何百倍もマシだ。

部屋の主の許可は求めず、無造作に入室しながらベルベットは中へ声をかけた。

「お邪魔するねー」

「邪魔するなら帰ってくれ」

「ありがとー、お疲れぇ」

疲労困憊の体を長椅子に横たえる。

息が詰まりそうなほど詰めた衿を緩め、片腕を目に押し当てるベルベットに、調合中の薬草から目を離さないエルギスが言った。

「集中力を必要とする最中なんだが」

「まあまあそんなこと言わないで。やっと授与式が終わって、やっと解放されたところでさ」

「解放？　まだパーティ中じゃなかったか」

「見てもないのに詳しいじゃない」

「授与式くらい、僕でも参加したことがある」

ベルベットの方を見もしないエルギスは、ゴリゴリと乳棒を動かし、片手で何かの実を乳鉢に放り込んだ。

「その様子じゃ、あんた逃げ出してきたな」

「んー……」

「主役が逃げてどうするんだ」

「今日の主役は、ナシクの町への襲撃を未然に防いだ国境隊の隊長さん。わたしは添え物の野菜だから」

「一応エドヴァルドを助けたんだから、添え物だって意味はあるだろ」

すっかり力を抜いたベルベットは、ほつれた髪をひとつまみして指先で弄《いじ》った。

「じゃあ言い換える。貴族は偶然勲章を賜った程度の平民には興味がない。居場所のないところで笑い続けていられるほど、わたしはああいう場で鍛えられてないわけ」

「名誉欲は満たせる」

「美味《おい》しくないからいらないな」

ふざけた回答だが、ベルベットなりに真面目に答えたつもりだ。

声に滲んだ疲労に、エルギスが気付いたかは不明だ。

どう足掻いても去りそうにない不真面目者に、エルギスは再度忠告した。

「僕の部屋は休憩所じゃない。大体、この部屋に来るにはそれなりの理由が必要だ」

「これがあるでしょ」

義手になった腕を掲げてみるが、魔道士の反応は芳《かんば》しくない。

ベルベットは理由を考えるのが面倒くさくなった。

「いいじゃない、友達なんだから匿ってよ。いま詰所に戻っても大目玉を食らうだけだしさ」

「友達になった覚えはない」

「わたしが決めた時点で友達だから」

「あんたの友達の基準って緩いんだな」

「好きだから話したい、時間を共有したいって思うのは普通でしょ」

理由作りは完了だ。

呆れたのか、それとも返事が面倒になったらしいエルギスは黙り込んでしまう。ベルベットはひと休み……といったところで顔から腕を離した。

「エルギス、この義手って魔法仕込みだよね」

後ろを向くエルギスの耳は赤く、ベルベットは熱があるのかと疑いながら続きを問うた。

「たとえば魔法剣みたいに、一瞬で武器を持つとかできないの？」

「具現化か？　できないことはないが」

思わず身を起こしたベルベットだが、続いた言葉は無情だ。

「いまのところ従来の腕と変わらず扱えることだけを目的にしているから、術式によっては違和感が出てくるかもしれない」

「おお……？」

「あと高いから、あんたじゃ絶対に手は届かないぞ」

「…………ならいいや」

今後も命の危機が迫るかもしれないと考えての質問だったが、貴族基準の「高い」では手が届くのかすら怪しい。

諦めてごろ寝を継続したベルベットは、もらったばかりの勲章を外して天井に向けて掲げると、眠気半分でぼんやり見つめる。

「……これ売ったらいくらになると思う？」

ぎょっとしたエルギスがやっと振り向く。

「おい、馬鹿」

「やっぱりまずい？」

「ギディオンに説教を食らいたくなかったらやめておけ。いや、陛下から下賜されたとなれば、説教だけで済むかもわからないぞ」

「そこまで大袈裟にしちゃうかな」

「ギディオン隊には、セノフォンテとかいう阿呆がいたろ。あいつが騎士総長から授与された勲章を売ったときは処分を食らっていた」

「あの人も意外とやってるな」

眠気に負けて大きな欠伸《あくび》がこぼれた。

謁見の事前練習のためとはいえ、早朝出仕のせいでやたら眠い。

昼前になったら仕事に戻るかと、今度こそ瞼を閉じた――。

…………はずなのだが、なにやら体が窮屈《きゅうくつ》だ。

微睡《まどろ》みは完全な覚醒《かくせい》に至らない。

話し声が邪魔になってゆっくり目を開くと、ちょうどベルベットのお腹の辺りを押しやるように誰かが座っている。

エルギスに疎まれながら談笑している横顔はエドヴァルド。

近くに誰かが立っているのに気付いて顔を上げると、厳つい顔がベルベットを見下ろしている。

緩慢な動きで目を擦ると目やにができていた。

「隊長ったら青筋を立てて。そんなだから子供受け悪いんじゃないです？」

「貴様、サボリの第一声がそれか」

「式典にはちゃんと出たじゃないですか」

しっかり喋ろうと努力しているが、眠気のせいでなかなか難しい。おそらくまともに呂律《ろれつ》も回っていなかった。

一応エドヴァルドの前だ。

凝った首をごりごり動かしながら上体を起こし、足を引き寄せて膝を立てる。脚を両腕で抱えて小さくなっていると王子が振り向いていた。興味といたずらっぽさが混じった、人懐こい甘さを湛《たた》えた顔だ。

「昼は私と一緒に会食を行う予定になっていたのだけど、疲れてしまったかな？」

ベルベットは窓を見るが、差し込んでくる光だけでは時間を計れない。ただこうしてエドヴァルドが参じているのなら、とっくに昼は回っているのかもしれなかった。

真っ先に尋ねたのは上官や王子ではなく、魔道士だ。

「エルギス、授与式のことは知ってるって言ってたよね」

「ああ」

「知ってたんなら起こしてくれない？」

「わざとサボったのかと思った」

エルギスのつれない態度は無視し、ベルベットの顔はそのままギディオンへと向けられる。

「聞いてません」

「……そうだな。これればかりは知っていて当然と考えていた俺達のミスだ。陛下の御前で失敗せぬようにと、それればかりに気を取られてな」

てっきり怒鳴られるかと思ったが、伝達ミスはギディオンの責任らしい。

詳しく聞けば午前に式典が開催された場合、授与者と昼の卓を囲むもののようだ。しかしベルベットに儀礼的な知識が足りないせいで、相当なミスをやらかしてしまったわけだ。だがその話を聞いても、当の本人は「ふーん」とつまらなさそうな感想を漏らすだけだ。

あまりに淡泊なせいか、この反応にエドヴァルドは少し悲しげだ。

「わざと逃亡したわけではなさそうだけど、私との食事は嫌だったかな」

「嫌というわけでは。まあそれが仕事だっていうならって感じですけど」

「仕事か」

自嘲気味に笑うエドヴァルドへ、ベルベットはこう返す。

「会食って畏《かしこ》まった席になりますよね」

「いいや、君は大仰なのは好まないと助言を受けたから、身内だけで済ませるつもりだった」

「じゃあそれって自由に料理をつまめました？　給仕に料理を運ばせないタイプでしょうか」

「……流石に給仕はいるかな」

「わたし的に、それは充分畏まった席になります」

大皿や鍋を机にドン！　と置いて銘々で料理を取る家庭と貴族では、感覚に雲泥《うんでい》の差がある。

「隊長、わたしがサボったのは正解でしたよ。腕の調子が悪かったとか、そんなんで誤魔化すことを提案します」

「既にセノが手を打った。お前が抜けたことを知ったとき、あいつが真っ先に、お前の素性を思い出したからな」

「さすがセノフォンテ殿」

上官はギディオンであっても、実はコルラードやセノフォンテとの方が話す機会が多いので、即座にベルベットの身の上から察したのだろう。

エドヴァルドは上官と部下の会話の意味を理解できなかった。

「会食と素性にどんな関係があるのかな」

ベルベットは手を振る。

「大した理由じゃないですよ。わたし、食事のマナーを一切知らないんで」

「……なるほど、それは些《いささ》か盲点だった」

本当に気付かなかったらしい。

たしかに王子と会食するだけの機会を得る人物なら、大抵は礼儀作法を勉強してくるはずだ。今回は想定外の要因が重なり、誰もそこまで思い至れなかった。

そしてベルベットとしても、見世物になるくらいならサボったと思われた方がマシだ。

「でも予定を台無しにしてしまったこと、ちょっとは申し訳ないかなって思います。うん、とりあえずちゃんと謝罪しようと思うので、退いていただけませんか。服が殿下のお体の下に挟まってて……」

王子の前で無造作に座り続けているのも拙《まず》いと思うのだが、無理に押し退けることもできない。思う存分背伸びもできないし、どうやって離れるかを考えていると、ドアノックが客人の到着を告げる。

「今度は誰だよ」

面倒くさげなエルギスのぼやきをよそに、立て続けに五、六回のノック。部屋主の返事も待たず、蹴破る勢いで扉を開いたのは、薔薇の如き装いをした美しい乙女だ。

つまりグロリアである。

「失礼します！　エルギス様、ハーナット様がこちらにいらっしゃると伺いました！」

彼女の傍には、グロリアの勢いに呑まれたようなコルラードがいる。

貴族令嬢としての振る舞いはどこへやら、ずかずかと部屋に踏み込むグロリアが見たのは、上官と王子に挟まれて椅子の端に縮こまっている愛しい姉だ。

顔を青ざめさせた乙女は「ひ」と喉から悲鳴を上げ、ベルベットのもとへ駆け寄る。

そしてエドヴァルドを押し退けるようにベルベットを胸に抱き込んだ。

「姉さんになにするの、このケダモノ共!!」

威嚇《いかく》にギディオンが顔を顰《しか》め、エドヴァルドが彼女を宥めようと試みた。

「グロリア、なにを誤解しているか知らないが……」

「誤解？　誤解ですって。いいえ、親しくもない女性に距離を詰めて、一体何をするつもりだったの、この人間の皮を被った狼共！　返答によっては容赦しないわ!!」

「……グロリア様。どうか落ち着いていただきたい」

「あなたもよ、ギディオン！　普段は女なんて興味ないみたいな澄まし顔をしておきながら、こんな、こんな……！」

「……冷静になっていただきたい」

「あなたもしかしなくてもむっつりスケベでしょう、そうでしょう！」

とんだとばっちりと風評被害である。

しかしグロリアは、取り繕った猫の皮がすべて剥がれる勢いで捲《まく》し立てているではないか。面白いくらいの暴走っぷりに、抱きかかえられるベルベットは冷静だ。

驚愕しているコルラードの姿に、ベルベットはさらにエスカレートしはじめているグロリアの腕をつついた。

「グロリア、グロリア。助けてくれるのは嬉しいんだけど、とりあえず落ち着かない？」

「でも！」

「ケダモノ呼びをやめなさいって言ってるわけじゃないの。わたしも隊長はたぶんむっつりだって予想してるけど、そういうのは個人の問題でしょ。わたしがなにかされたことはないし問題ないワケ」

「おい」

さりげない侮辱《ぶじょく》にギディオンが青筋を立てるも、怒鳴れないのをいいことにまるっと無視だ。顎でコルラードを指せば、グロリアは過ちに気付いてくれる。

「あっ……」

この場で唯一、姉妹の関係を知らない人物だ。

彼女はしくじった、と丸わかりの顔になったものの、すぐに考えを切り替えた。

「エドヴァルド殿下、こうなったのも元は殿下が原因ですから、口止めをお願いいたしますね。あと、さっさと姉から離れてくださいませ。私が座れないでしょ！」

しれっと責任を押しつけ、足まで使って自分を椅子の端へ追いやる姿に、どういうわけかエドヴァルドは感心した。

「……君、意外と物を言う子なのだね」

「意外って、普段から言いたいことは言わせていただいておりますが、殿下には関係ありません！」

「シモンの語る君の人物像と、私達の評価が釣り合わない理由がわかった気がするよ。だから聞きたいのだけど……」

「知りません！」

「どうして、普段は冷たい態度で周囲に接するのかな。いまの君なら、きっとスティーグと仲良くやれるはずなのに」

「まぁっ！　それこそ本当に余計なお世話です！　っていうか前々から思っていましたけど、若者の間に知った顔で割り込まないでくださいな。だから殿下はスティーグ様に嫌われるんですよ！」

グロリアは嫌味を言ったつもりだが、おそらくやぶ蛇だ。

なぜならエドヴァルドはさらに興味を持ってしまった。

「……やっぱり君達姉妹は面白いね」

「姉妹って言ったわね！　姉さんは死んだって譲らないんだから……！」

部屋主は作業を諦めたのか、乳鉢を手放し、ベルベットに意味ありげな視線を送る。

ベルベットは自慢げに口角をつり上げた。

「可愛いでしょ？」

「姉馬鹿」

「さいっこうの褒め言葉」

彼は仕事にならないとわかると、やる気もなくなってしまったらしい。

話半分に、最近聞いたという噂を教えてくれた。

「見習いから聞いた話なんだが、あんた達、自分で思う以上に噂になってるぞ」

「違ってことはわたしとグロリア？　なんかやったっけ」

「駆け落ち。あんたがグロリア嬢をお姫様よろしく抱えて逃げたって囁かれてる」

「ああ、それならある意味間違ってないかも」

茶化してみるもエルギスは取り合わず、そして姉妹をじっくり見比べた。

「そうやって並ぶ姿を見るのは二回目か、たしかにあんた達は容姿に似通ってる部分がある」

「似てる？　髪の色も違うし、むしろ似てないって言われる方が多かったんだけどな。そうだよね、グロリア」

「……どうだったかしら」

「なに、いきなり猫を被っちゃって」

先ほどまでエドヴァルドとバトルをしていたのに、エルギス相手だとしおらしくなった。姿勢も正して令嬢らしさを取り戻す様に、エルギスが頰杖をつきながら教えてくれた。

「僕を警戒してるんだろ。きっと僕の家が勝手にディヴィス家へ婚約を申し込んだせいだ」

「へえ。じゃあグロリアをエルギスの婚約者として望んだってことか」

「そうらしい。断られてから、申し込んでいたと教えられた」

「…………別にそれだけじゃありませんけど」

こそこそとベルベットの体を使って顔を隠すグロリアを、エルギスは珍獣を見るかのように観察している。

その端では、コルラードが必死の形相でギディオンに頷いていた。

「言いません、この二人が姉妹だなどと、決して……！」

もし若き副隊長の心の声が聞けたのなら、きっとこのように誓っていたはずだ。

グロリアは姉妹の容姿が似ていると言われたことで、多少機嫌を直した。そろそろと逃げだそうとしたベルベットを、小さい子供がお気に入りの人形を抱きしめるが如く抱きしめる。

「ところで姉さん」

「なーにー」

「せっかく綺麗って言われてるのに、あまり嬉しそうじゃありませんね」

自分と似ている＝綺麗と即繫げられるのは流石だ。

ベルベットは一瞬話を逸らそうかと考えるも、目を泳がせながら切りだした。

「別に嬉しくないってわけじゃないけど」

無論、ベルベットは己の顔の良さを自覚している。

母ミシェルからして容姿の優れた人だったし、その娘ともなれば男に言い寄られた数も多い。男装で女性から騒がれても図に乗らないのは、己の下地の良さを理解し慣れていたためだ。ただ褒められて悪い気はしないが、ことさら容姿を自慢するつもりはない。

理由は単純だ。

「全部が良い思い出だったわけじゃないからさ」

むしろ、悪い思い出の方が勝ると言ったらグロリアはどんな顔をするだろうか。

ベルベットにとって容姿を褒める言葉は、必ずしも賞賛には繋がらない。

ミシェルの死後は娼館で働かないかと誘われること数十回、愛人関係を持ちかけられた回数は片手ほど。そのせいで知らない男の妻や恋人に怒鳴られた記憶も新しい。もっと悪いと仕事を追われる原因にすらなったことがある。

まっとうに弟妹を育てると決めた時点で、売春には手を出さないと決めた身には、体を売れなんて言葉は最大の侮辱だ。その手の誘いに苛立ちを覚えた時も多く、純粋な称賛をもらったことなど、数える程度しかなかったのだ。

複雑そうな表情のベルベットに、グロリアは違うベクトルで理解を示した。

「こう言ってしまうのは憚られるけど、私達って外見で中身が決められてしまうことが多いものね。ちょっと理想に外れた行動をすると、失望されるっていうか。非常に癪ですけど、エドヴァルド殿下も覚えがあるのではないですか」

「そうだね。王子だからと、相手の理想を押しつけられることは多々ある」

「私以上にその手の話には事欠きませんよね。なんでしたっけ、お若い従者をクビになさった話。余所様に突撃していったせいで、随分迷惑をかけられたとかなんとか」

「……若さが暴走したのだろうね。ギディオンが居てくれて助かったよ」

犬猿の仲かと思われたが、わかり合える部分もあるらしい。

ベルベットが上官に目で問うと、彼は随分と言葉を選んだ。

「……若さとは、時に暴走するものだ。憧れの人に仕えられると思うとなおさらな」

「なるほど。覚えておきます」

まさに『理想の押しつけ』で苦労した後だったらしい。おそらくこの場のほとんどの人間は、それなりの体験を経ていたのだろう。

ベルベットはほう、とため息を吐く。

「身体を売れとか、愛人になれとか、気軽に言われないだけ貴族は楽だと思ってたけど、そっちはそっちで同情しそう」

「……待って姉さん。いまの、なに。ちょっとまって」

「あ、隊長隊長」

「繰り返すな、なんだ」

面倒になるであろうグロリアの言葉はわざと受け流し、ベルベットは気になっていた要求を確認する。

「式典に出ましたので、報酬もといご褒美ください」

「犬かお前は。だがその話は忘れていない」

自然と無礼講《ぶれいこう》になっているのは、おそらくグロリアが原因だ。ギディオンも場の雰囲気に呑まれてしまっている。

「セロはもう表に出せないだろう、ジンクスをやるから好きにしろ」

「まさか恩賞が馬なんですか？」

「言っておくがジンクスは由緒《ゆいしょ》正しき血統で、本来なら購入だけでも相当値が張る馬だぞ」

「ジンクスが血統書付きなんて、体つきを見ればわかりますよ。不服……とは言いませんけど」

嬉しくないとは言わないが、報酬といえば金貨だと思っていた。

ジンクスはいずれ返すつもりで調教していたから目論見《もくろみ》が外れたのだが、なぜかギディオンはベルベットを睨み付ける。

「合間に調教師が様子を見たそうだが、お前、たいそうあれを甘やかしたそうだな。少し預けただけだというのに、わがままが増長したせいで、再度調教を施すのは手間がかかると苦情が入った」

「甘やかすだなんてとんでもない。ちょっとうちと馬房を自由に行き来できるようにしただけです」

「餌もだ。果物を好きに与えていたせいで、食に拘りが生まれている」

「余り物ですし、制限してましたよ？」

弟妹達が林檎や人参を与えていた気もするが、口にはしない。

こうして芦毛馬はハーナット家によって甘やかされた結果、ベルベットが責任を取る形になった。

しかし家族が増えるのはよかったが、ハーナット家の飼い方には問題がある。実は半放牧で馬は家と馬房を好きに行き来できるようにしていたから、これからは制限せねばならなくなったのだ。

セロは十歳馬とはいえ、若い牡馬《ぼば》と牝馬を常に一緒にするのは憚られる。ベルベットが馬の今後の住み分けに頭を悩ませていると、あることに気が付いた。

コルラードがグロリアに向ける眼差しだ。

少年は極力平静さを装っているが、その態度は明らかにグロリアを意識している。表情はやけに硬いし、ずっと背筋を伸ばしているではないか。

好奇心が頭をもたげるベルベットに、エドヴァルドが声をかけた。

「ところで昼がこうなってしまったのだし、夜にでも――」

「すみません、家で家族と祝杯予定です。グロリア、来るでしょ」

「もう家にリリアナを送ってる。今夜はご馳走《ちそう》よ」

勝ち誇ったように言うグロリア。嘆息をつくエドヴァルドへ、帰りたい、と顔にありありと書いてあるギディオンが進言した。

「殿下、公務もありますから、そろそろ戻りませんか」

「ギディオンの言うとおりだ。僕の仕事場から出て行ってくれ」

エルギスが応援を始めると、エドヴァルドの不満は彼に向いた。

「私には帰れと言うわりに、ベルベットのことは受け入れたようだが、騒々しいのが苦手と言って憚らない君らしくない行いだな」

「あっちが勝手に来たんだ。それに仮に僕が招いてたとしても、友人と会うのに理由はいらないだろ」

「友人？　だが彼女は、明らかに君の――」

「おっと、それ以上は怒るぞ。具体的にはあんたのアレコレをバラされる覚悟をしろ」

男連中の謎の争いが勃《ぼっ》発《ぱつ》する最中、ベルベットはどさくさ紛れに、若い副隊長への感想を漏らした。

「………春かぁ」

ぼそりと呟くも、次の瞬間、グロリアの悲鳴で我に返った。

「ね、ねねね姉さん、腕っ、腕が」

ベルベットの右腕が消失していたのだ。

彼女の悲鳴にコルラードが慌て、ギディオンが頭痛を堪《こら》える面持ちになった。

「ベルベット、腕のことを説明してなかったな。不具合が起こるかもしれないと聞いていたろう」

「失礼、忘れてました……エルギス！」

「診てやるから妹を黙らせろ。僕の神聖な仕事場をこれ以上騒がしくするんじゃない」

エルギスの仕事場は希《まれ》にみる賑わいを見せ、多種多様の反応を見せる貴人達をベルベットは眺めた。

こうして和やかに過ごしているが、彼女は知っている。

グロリアはいまも『悪役令嬢』の呪《じゅ》縛《ばく》に蝕《むしば》まれている。

心の呪いを解き、グロリアが本当の意味で安心し、笑って暮らせるための方法を、これからベルベットは模索し続けなければならない。

ベルベット・ハーナットは一般人だ。

特別なコネを有しているわけでもないし、まして今回は相談できる人もいない。そんな中で、道は途《と》方《ほう》もなく険しく思えてしまうのだけど――。

「ま、どんなことが起こったって、力を合わせればどうにかなるか」

妹を受け入れたくらいで日常は変わらないのだから、悩んでも仕方がない。

活き活きしている妹を眺めながら、悪役令嬢の姉は楽しそうに微笑みを零したのだった――が。

「いや、でもこれは予想してない」

予定外のケースはいつだって襲ってくるが、こんなことを予測できたのなら苦労しない。ベルベットは、この時ばかりはグロリアの持つ〝シナリオ〟で得た事前知識が羨ましくなった。

ハーナット家で第二王子《スティーグ》を保護する羽目になるなんて、誰が想像できたのだろうか。

――次巻へ続く

未来の悪役令嬢の小さな戦い

転生が嬉しいか嬉しくないか。

そう聞かれた場合、私は「嬉しくはなかった」という回答になるだろう。

まず、たしかに私は乙女ゲームを嗜《たしな》んでいた。

親の小言や、うるさい兄弟、テスト勉強で溜まる鬱憤《うっぷん》を晴らしてくれるのにゲームはうってつけで、グッズはお小遣いの範囲で買っていた程度には二次元の世界に癒《いや》されていた。

将来やりたいことも特になくって、でもいつか夢ができるはず……と、未来と自分を楽観視していた。いまならハッキリ言えるけど、凡庸《ぼんよう》な人間だった。

ゲームの主人公にちょっぴり自分を投影して、イベントスチルが開示されると騒いでいた私は、ファンタジー世界に生まれ変われたらと夢想していたのに、いざ転生したらまったく嬉しくない。

それはそうだ。

だって私が憧れていたのは苦労のないキラキラな夢物語。

炊事《すいじ》洗濯《せんたく》はメイドさんがやってくれて、誰からも愛される私はいつだって煌《きら》びやかなドレスを着ている。何も言わなくたって私の心を理解してくれる人だけの世界は、苦労と無縁の天国だと思っていたけど……。

まあね、現実はそんな上手くいくもんじゃなかったわ。

だってまず転生先がひどい。

私が女の人のプレイヤーが多いゲーム『蒼《あお》と紅《あか》のエンフォーサーⅡ』の登場キャラクター、サンラニア国の「グロリア・デイヴィス」だっていうのは、百歩譲って良しとしよう。

私はグロリアより主人公派だったから、心底ガッカリしたのも、まだ許そう。

でもそれならなんで、わざわざ彼女の子供時代に生まれなきゃいけなかったのか。

王子シナリオで少しだけ語られたけど、グロリアの子供時代は貧しい。

現代っ子の私が、プライベート時間もないに等しい狭くるしい家で、臭い家畜の世話をしながら靴を糞《ふん》で汚し、名前もわからない昆虫に囲まれるなんて生活は拷問に等しい。

せめてデイヴィス家に引き取られた後なら苦労せずに済んだのだ。

それにつまらない日常だと思っていたけど、手の届く範囲に娯楽がある現代の方がずっと幸せだった。ちょっと指を動かせば全国の情報が簡単に集まるし、本だって簡単に読める。

逆にサンラニアは学ぶことが難しい。

みんなが当たり前に文字を書くことが出来るようになったのはここ数十年で、農家の子が本を読みたいなら教会に行かねばならない。

私から見れば本もかなり閲覧されているから、特に宗教観に関しては思想が制限される。

日本産のゲームなので信仰には緩そうと油断していたら、八百万《やおよろず》の神という概念がないために、三大神教以外の信仰は異端とされがち。

たとえばサンラニアは裕福だからわりと寛容な人は多いけど、違う宗派だとわかった途端に嫌厭《けんえん》されるパターンも多い。サンラニア人は違うって否定するかもしれないが、現代人の私にすれば違いは顕著《けんちょ》だ。

転生したくなかったな、って思ったもう一つの理由は家族。

私は家族に愛されていた。

パパやママは煩《うるさ》くても私を想ってくれていたし、兄弟は喧嘩が多くても、なんだかんだで仲は悪くなかった。

だから皆が恋しい。

家族に会いたい。

帰れるのならもっと受験勉強を頑張るから、転生なんてなかったことにしてほしい。

こんな意地悪なことをする神様がいるなら、家に帰してくださいって土下座するのだって構わなかったけど、私は一度も神様に会わなかった。

酷いよね？

だって自我もないようなちっちゃなグロリアの中で私が突然目覚めて、私《グロリア》が私になったんだもの。元いたグロリアがどうなったかは知らない。

私はパニックになりながら手足をばたつかせて、必死に色々考えて、自分に呼びかけられる名前でやっと私が「グロリア」だって理解した。

ここがエンフォーサーの世界だって知ったときは嬉しいより困惑。

「あっもしかしてグロリアの子供時代」「ていうかこのままだと死刑かよくて流刑《るけい》エンド」と気付いたときの絶望といったら、ない。

誰かに話したいのに相談できないもどかしさ。

不自由な生活、お世辞《せじ》にも美味しくない食事の数々、SNSがない不便さになんとか慣れて、でも正直満足とは言い難いばっかりの毎日。

学歴が華やかでキャリアウーマンのママと違って、母親は頼りないし、そもそも彼女の仕事を理解してからは好きになれなかった。もう早く養子に行ってきらびやかな生活を送りたいってずっと思ってた。

それにこう言ってはなんだけど、私は可愛くなかった。

見た目じゃなくて中身の話。

外見は、それはもうびっくりするくらいの可愛い幼女よ。

変な人に目をつけられないよう、家族や近所の人が見ていてくれたくらいにね。

でも私は生意気だった。

大人びてるってことを抜きにしても、大変小賢《こざか》しかった。

だって中身は前の私の年齢をプラスしたら成人なんだもの!!

このアドバンテージを生かさなきゃ何の役にも立たないじゃない。

けど……やっぱり、一緒に暮らせば、家族に情が湧いてくる。

そのきっかけになったのが、特に私を可愛がってくれていた姉のベルベット。

私は家畜の餌やりから逃げがちだった。

理由は虫が嫌だったから。それにいくら働き手が足りないからって、三歳から家事を覚えさせるってどうかと思う。

私は早くから文字に興味を持った振りをして、覚えて、手に入る範囲の本を読んだ。

難しいらしい内容をスラスラと覚える私を、ベルベットはすごいと喜んでくれて……だから、一番最初に死なせたくないって思ったのは彼女だったかな。

ベルベットは言ったの。

「グロリアは頭が良いから、そのぶん勉強をがんばって、いい学校に行くんだよ」

「おねえちゃんったら無茶言わないでよ。うちじゃお金は用意できないって、私知ってるんだから」

「お姉ちゃんはグロリアより六歳も上なんだよ。大人になるのも早いし、グロリアが教会で学習を終えるまでには学費を貯められるって。お母さんも協力するって言ってるし!」

母ミシェルは……どうだろう。

彼女は私が……ある疑惑や感情を抱いていることに気付いていているはずだけど、果たして本当に次女を可愛いと思っているのだろうか。

でも、この時に気になったのは、私を優先するベルベットのことだ。

「……おねえちゃんは？」

「ん？」

「おねえちゃんも、まだ勉強したかったでしょ」

ベルベットが私の読みかけの本をこっそり読んで、頑張って覚えようとしかめっ面になっていたのを私は知っている。

彼女は目を泳がせて、やがて笑った。

「わたしは覚えるの苦手だし、勉強はあんまり向いてなかったからねー」

傍目には明るく振る舞っているが、私には心配するなと誤魔化しているようにしか映らない。

いい生活をしたいのなら、這い上がっていかなきゃならないのは鉄則だ。姉妹とはいえ自分を蔑《ないがし》ろにしてまで妹を優先するなんて考え方、きっとパパやママなら正座でお説教。夜ご飯抜きを命じていたに違いない。彼女は馬鹿なうえに愚かだから心配だ。

大事にするべきなのは自分だけ。

みんなそう言ってたし、現代もこのエンフォーサーの世界も……そこは変わらないと思う。

でも、あの時の彼女の無垢《むく》な笑顔を、私はずっと忘れられない。

私は七歳で貴族になるから、その前にハーナット家からいなくなる。

でもそれよりも二年早く……今の私からすれば、もうすぐ……ベルベットは爆破事件の犠牲者になってしまう。

……なんか、嫌だな。

私は私の延命のために彼女を助けるつもりだったけど、なんとなく、こんな打算で彼女を助けようとする自分を不快に感じた。

ひとつ疑問が生じると、いくつも謎が浮かんでくる。

だってそうよ。シナリオ上で彼女の死が必要だから殺されるなんて話が、そもそも変だ。

ベルベットは救われて、自分の人生を歩んでもいいんじゃないの？

もしかして、主人公ちゃんの舞台装置のために存在するような、このエンフォーサーの世界って、かなり糞《くそ》なんじゃないかしら。

私、元々はグロリアのバッドエンドを変えるだけのつもりだった。登場キャラクターである推しのエルギスのトラウマを解消して、彼と魔道士長エンドを迎えようと思ってたんだけど……。

………転生世界が現実なら、そんなの《キャラクター》に囚われなくてもいいんじゃない？

それにこれまで経験していた学校以外の……もっとたくさんの人付き合いを経て思ったけど、元が乙女ゲームなだけあって、エンフォーサーの攻略キャラクターって凄く面倒。

求められる能力は高いし、選択を間違えたくらいで仲は悪くなるし、下手したら精神科医並の仕事じゃない。

あ、いまのは言い過ぎかもしれない。

現実はそこまでゲーム的なものではないだろうけど、お金は私が持ってるワケだし、男の人に高いステータスを求める必要ってあるかしら。

むしろ私の邪魔をしないで好きに働かせてくれる人の方が、関係も上手く運ぶんじゃない？

そんなことを牧草の上で座りながら考えていると、私を呼ぶ小さな物体がいる。

「ねぇちゃ……」

「あ、ごめんごめん！」

頼りない足取りで、両手を上げながら私に歩み寄ってくる弟の手を掴む。

純粋に私を慕ってくれる姿は可愛くって仕方がない。

ハーナット家の裏には、古くさくてボロい家の割には立派な放牧場がある。

そこに放っている数頭の牛をリノは可愛がっているのだ。私は蠅《はえ》が苦手だから世話の時以外は近寄らないけど、弟が来たいというなら付き合うしかない。

リノに優しく鼻を寄せて匂いを嗅ぐ飼い牛との交流は……こういうのって、動画で見るから微笑ましいのねって改めて実感したわ。リノは大喜びだけど、私は鼻水や涎《よだれ》が気になって、これぱっかりは覚悟を決めたときじゃないと触れ合えない。まだ畑の雑草抜きの方がいくらかマシだけど、ベルベットやリノは家畜をもの凄く可愛がっているので、言えた試しはなかった。

リノが存分に遊び終えると、私は弟を近くの水場に連れて行き、丸裸にしてから洋服や身体をざぶざぶ洗う。湧き水だから水がちょっと冷たいせいで、リノは精一杯両手を振った。

「やーだー！」

「やだじゃない、うんちの上に座っちゃったばっちぃ子なんて、お家に入れてあげないんだから！」

「ねぇちゃん、やだ、つめたいの嫌い！」

「うごかないの！　昨日だっておふろ逃げちゃったんだから！」

そしてこれはベルベットに非があるわけではなく、受けてきた義務教育の差なんだけど……！

うちの家族では知識に不十分なところがあるため、ハーナット家の衛生観念に関しては、私が担う必要がある。小まめな掃除から始まってポイ捨ての習慣を止めさせ、汚いものに触ったら都度《つど》手を洗う、毎日水浴びをする、髪はきちんと乾かしてから寝る！

こんな基本的なことを、私はベルベット達に教え込んだ。

助かったのはベルベットがとっても素直な人だったこと。私の言うことは間違ってないと信じてくれるから、ハーナット家は上手に回っている。

私が見る限り、母さんは絶対どこか良いところの出の人で、たぶん私並みの衛生観念も備えているのだけど……『仕事』でいっぱいいっぱいだから、家族のことを満足に見る余裕がない。

だから必然的に、私が家族に清潔な生活を送らせる必要がある。

料理だけは包丁を握らせてもらえないから、そこは不満なんだけどね。だってベルベットの味覚は、十一歳にしてすでに取り返しがつかなくなっちゃってる。

その証拠に、夕ご飯時、私は用意されたお肉の丸焼きにぎゅっと目を瞑《つむ》る。

「こら、グロリア。せっかくのご馳走になんて顔してるの！」

ベルベットが怒るけど、無理なものは無理。

いつも通り、栄養補給のために我慢して食べるつもりだったけど、酷すぎる味に自然と変な顔になった。

「おにく、くさい」

「うそぉ」

「うそじゃないもん」

私はお肉を呑み込もうにもできないのに、ベルベットは不思議そうに噛んでのみこむ。

「普通じゃん」

「血ぬき、してない。せめて、ハーブを……」

「そんなの使い方わからないし……ほら、リノ、柔らかくしたから食べな」

母さんは夜不在なので、自然と子供だけの食卓になる。

いくらサンラニアが平和でも強盗に遭ったら一発でアウトだと思うけど、そこは『グロリア』のご都合主義のおかげなのかしら。それともボロ家に盗る物はないからか、母さんの下着泥棒以外に被害に遭ったことはない。

私はお肉を諦めて、丸焼きのジャガイモに塩を振って切り分ける。

ずーっと芋が主食だと、種類だけじゃなくて、細かな味の違いまでわかるようになってしまった。

「おねえちゃん、そのお肉、誰からもらったの」

「隣のおじさん」

「お母さんに色目使ってるおじさんね」

私の言葉にベルベットは腹を立てた。

「そういうこと言わないの。おばさんもいいよって気前よく分けてくれたんだからさ」

それって鼻の下を伸ばすおじさんに、悋気《りんき》を起こしたおばさんから嫌がらせされているんじゃないかしら。

「おじさんに、お母さんに粉かけても意味ないよって教えてあげないの？　お金持ちしか相手しませんって言えば諦めるでしょ？」

「わたしたちは余計なことに首を突っ込んじゃだめなの。いい？　その服のほつれを直してくれたのだって、おばさんなんだからね」

「だったらなおさらシンセツにしましょうよ。ご近所さんは可能性なんかない、お隣さんと仲悪くなりたくないですって教えてあげたらいいのに」

「……まったくもう、どこでそういうことを覚えてくるんだか」

「本にあった」

「嘘言え。……五歳ってこんなに口が達者だったかなぁ」

近所の人はよくしてくれるけど、母さんの仕事は男の人と枕を並べることだ。この辺りは貧しさで身を売る人もいるから、もの凄い差別を受けるわけではないんだけど……。

……サンラニアって豊かではあるけど、日本みたいに最低限の生活保障はされてない。だから裏で貧富の差が激しいのが難点よね。

うちは母さんが美人なおかげでそれなりに良い暮らしをさせてもらっているけど、あんな仕事、いつまでも続くわけないから先の保障はない。

だからベルベットが私の学費を貯めると言ったって、将来を考えるならとてもじゃないけど難しいのに……。

こういうところで、つくづく前世の私って幸せな世界で育ってたのだと思い知らされる。失ってから気付くなんて遅すぎるけど、それでも私は今を生きなきゃならない。

そう、ベルベットの味覚を矯正するよりも、これからについて考えなきゃならないのだ。

「なんとかしてシナリオを修正しなきゃ……」

目下、もうすぐ訪れる血の鬱金香《チューリップ》からベルベットを守る方法は思いついてるけど、彼女は友達と遊びに行けることを凄く楽しみにしていた。

お祭りが決まったときなんか、母さんは「お姉ちゃんを遊ばせてあげてね」なんて私に注意するし、まるで私がベルベットに日頃べったりみたいな言い方はやめてほしい。

私はただ、彼女が変な人に騙されないよう見張っているだけだ。だって彼女は泥にまみれた姿でぱっと見はわかりにくいけど、私とは別のベクトルで綺麗な子なんだもの。彼女はいつも可愛い私が攫われたりしないか不安がってるけど、それはまったくの逆の心配。

だから、そう。

変な人に連れ去られたりしないよう、守ってあげるのが精神上年上の私の義務というものよ。

豊穣祭の日、私が突然お腹を壊してしまったのも、ベルベットを助けるためだから仕方がないの。

「いたいぃ……痛いよぉ」

私は泣き喚《わめ》いた。

誇張でも、演技でもない。

私はベッドの上でのたうち回りながらベルベットに縋《すが》り付く。

「グロリア、大丈夫？」

「うえぇぇぇぇ」

私の意思に反して出てくる涙は、熱のせいで頭が朦朧《もうろう》としているせいだ。

こんなはずじゃなかった……！

豊穣祭の前夜、ベルベットは引き留める私を無視して出かける気満々だった。仲の良い女の子はともかく、男の子の存在はものすごく腹立たしかったけど、死んでほしいとまでは思わない。

行かせてはならないと皆を引き留めたけど、上手な説得ができない私の言葉は届かず、しかも普段からベルベットの傍にいるから、邪魔者だって思われたみたい。

「いつものワガママだ」って言って聞いてもらえなかった。

……都外れで秘密基地を作って泊まろうとか、木登りしようとか、洞窟探検に行こうとか！　普段そういう危ないことを、親にチクって引き留めただけで「ワガママ」呼ばわりはカチンとくるけど、死にに行かせるとわかっていたから、表情を誤魔化すのが大変だった。

寝る間際までベルベットを引き留めて、でも彼女の意思は変わらないと理解した私は、捨て身の行動を起こした。

それはズバリ腹痛。

私は「アリス」といったエンフォーサーの主人公達に追い詰められて殺されはしても、必要悪として物語が始まるまでの命は保証されているはずだ。

だからそれを逆手にとって、棚の隅っこに落ちていて見落とされた、古いチーズを手に取った。

布に包まれていたから、虫や鼠が齧《かじ》っていないのは確認済み。

流石に周りのカビは削ってから洗い落としたけど、危険極まりない生ゴミは、目の前に持ってくるだけで冷や汗が流れてしまう。

夜中、家族が寝静まった家で……私はとうとう腐ったチーズを食べた。

形容しがたい変な味がした。

嘔《は》吐きそうになりながら水で流し込んで、慌てて寝室に戻って、ベルベットの毛布に潜り込む。

慌てすぎたせいでベルベットを半分起こしてしまったけど、無意識に髪を撫でてくれる手を心地良く感じながら眠りにつき……。

そして、ひどい腹痛で目を覚ました。

私はもう、熱と嘔吐《おうと》と腹痛と下痢《げり》で、これまでにない地獄を見る羽目になった。

母さんは、きっとこんな酷い病状を見たことがなかったのだろう。

「どうしよう、どうしようベル。なんでグロリアは吐いちゃったのかしら」

「落ち着いて母さん。とりあえず、お腹が痛いみたいだから、いつもの薬草茶！」

狼狽える母さんは私の背中をさすり、ベルベットはテキパキと常備薬を私に呑ませ、医者の元へ走って薬をもらってきた。

私は胃の中のあらゆるものを吐いて、本来の目的なんて忘れるくらいに泣いた。ベトベトに汚れた私を母さん一人では看護しきれず、おまけに私はベルベットにしがみ付いて泣きじゃくるから、彼女は豊穣祭に行くのを諦めた。

私の目論見《もくろみ》は無事成功だ。

計略通りと言ってもいいけど、本物の腹痛を使った作戦は二度とやるまい。

事件後は……我が子を失うかもしれなかった事態に恐れ慄《おのの》く母さんが、しっかり長女を抱きしめる姿を、ベッドの上から眺めていた。

私は熱で気怠《けだる》さを覚えながら、安心したものだ。

「……これでひとつ、歴史を変えた」

ちっぽけで無力な私にできた、最初の一歩は、思ったよりも達成感が薄い。

その理由は、私の看病のために額のタオルを交換するベルベットにあった。

「おねえちゃん、元気ないね」

「ん、かもね」

「お友達、見つかった？」

「……うん」

彼女が沈んでいる理由は明白。

遺体が見つかった、ということだろう。

私が救えたのは一人だけで、お友達はだめだった。

エンフォーサーのシナリオで察していたが、ベルベットが即死するレベルの爆破なのだ。誰か一人くらいは助かるかもと儚《はかな》い希望を抱いていたけど、淡い願いは海の藻屑《もくず》となって消えてしまった。

私はわけもない罪悪感を覚える。

エンフォーサーはゲームの世界。

はじめは彼らを作られた人間で、決まった道筋を歩むだけの人々だと思っていたのに、いつの間にか胸は慟哭《どうこく》を叫んでいる。

ベルベットが私を愛してくれているように、私が彼女やリノを愛しているように、彼らを愛している人達がいたはずだった。

私はベルベットの服を摑む。

「ごめんね」

「なに、どした？」

「…………ごめん」

「豊穣祭のことだったら、グロリアが謝る必要ないって。ていうかグロリアのおかげで、わたしは生きていられるんだからさ」

「違うよ、そうじゃない」

私は諦めた。

説得は試みたからという理由付けをして、一回は頑張ったからと自分に言いきかせて、その他大勢の子供達という括《くく》りにして、夢に溢れる欠片《かけら》達を捨てた。

運命を変えてやると思いながら、あなた以外を生かしたら、多くのシナリオが変わって混乱が生じるのではないかと恐れて勇気を持てなかった。

選んだのも、救えたのも一人だけ。

私は身体を縮こまらせて丸くなる。

「……ごめんなさいぃ」

でもいまさら言えないし、言えるはずがない。

真実は私の中にポツリと残るだけで、これからも苦しさだけを抱えて進まなくちゃならない。

もうすでにめげてしまいそうな私をベルベット《ねぇさん》が強く抱きしめる。

「……よくわかんないけど、悲しいなら仕方ないね」

ぽん、ぽん、と優しく背中を叩く手は優しく、私の小さな戦いは、穏やかな揺りかごに包まれて終わった。


すっかり元気になって、外で背伸びする私を姉さんが呼び止める。

「治ったばっかりなんだから、薄着で出ないの」

「もう大丈夫だもん」

「あああ、まだ冷えるってのに、また変な体操をはじめて……」

「由緒正しく続く体のための運動と言って！」

「ねぇちゃ、ぼくもやる」

「わかってる。ほら、リノも手を伸ばして。こんな風に、ぐっと……！」

弟と一緒にラジオ体操の要領で体を動かし、深呼吸を繰り返すと、胸につっかえていた悩みが少しだけ風に紛《まぎ》れて飛んで行く。

私は多くの悲しみを見過ごす選択をした。

この世界はいまでもあまり好きになれないけど、私を家族と言ってくれる人達のことは愛してるし、彼らを愛してる。愛情以外にも、人々の命はもうゲーム内の話なんかでは留まらないのだと自覚してしまったから、これからの私はちゃんと現実と向き合って、私以外の大切な人の幸せも追求していこうと思う。

本当はまだ転生前の家族にたくさんの未練がある。

『向こう』のことを夢見れば泣き出してしまう朝もあるのだけど……。

でも、私は幸せになりたいの。そして私を愛してくれる人と笑い合いながら共に在り続けたい。

だから『蒼と紅のエンフォーサーⅡ』を楽しんでいた人達には悪いけど、悪役令嬢『グロリア』は、物語の途中で退場させてもらうわね。

……とりあえず、そうね、次はやんちゃでもして侯爵に養子を諦めてもらうところからチャレンジしてみるのはどうかしら。

どう話が転ぶかはわからないけど、シナリオの強制力がどこまで働くのか、調べるのは無駄ではないはずだ。

「きゃ」

背中をつつかれて、前のめりに転びかける。

何事かと振り返れば大きな鼻面が目の前にあった。

リノのはしゃぎ声に、この絶妙な間抜け面は……うちの牛！

「お、お前いったいどこから出てきちゃったのよ⁉」

柵はちゃんと閉じているはずなのに……と思っていたら、あたりを見渡した姉さんがぼやきを漏らす。姉さんの視線の先には、他にも数頭の牛がたむろしていた。

「あ、あー……こりゃ逃げ出したな。早く連れ戻さないと」

嫌な予感がする。

そろそろと逃げようとした私の背中に声がかかった。

「グロリア、元気になったのなら逃げ出した子達を連れ戻してきてよ。わたし、ひとまずその子を戻して柵を見てくるからさ」

「はぁ？　や、やだけど！」

「でもその子、わたしの言うことしか聞かないし」

うぐ……！

世話をサボり気味なツケがここで回ってきた気がするけど、私はめげない。

「私、まだ病み上がりなんですけど」

「もう治ったじゃない」

「ま、また痛くなってきたの！」

「はいはい。じゃあほら、この子使っていいから行ってきて」

姉さんが行け、と指示したのは最近拾ったばかりの子犬だ。

私が主に可愛がってるけど、姉さんは牧畜犬として色々教え込んでいて、一人前になるまでにはまだまだ時間がかかりそうだ。

尻尾をふりふり近づいてくる子犬は可愛いから好きだけど、牛はなにやっても動かせないし、べろべろ舐めてくるから苦手なのに！

「母さんが起きたらパンケーキ焼いてくれるからがんばろー」

「あっ、待ってよ。本当に私一人にやらせるのー!?」

おー、と呑気に片手を上げながら行っちゃう姉さん。

私は勝手に走り出そうとした弟の手を摑んで……。

「や、やっぱりこれは頑張れない！」

弟と牛と犬を制御するべく、次の戦いに乗り出したのだった。

魔道士は恋に落ちて

「うるさい、しつこく叩くな！」

怒り心頭の女と目が合ったとき、エルギスは息を呑んだ。

まるで脳天から雷を落とされたような衝撃が全身を突き抜けたのだ。

エルギスの視覚を奪ったのは、ベルベットという女だった。

疑い深げに彼を見る目元は涼やかで、陽を浴びる細長い睫毛《まつげ》に隠れた瞳は、些細な表情の動きさえ見逃さないような鋭さがある。

長くしなやかな髪は背中で軽やかに撥ねていたが、その髪は彼女の活発さを象徴しているかのようで、すっと通った鼻梁《びりよう》は近寄りがたい美しさを有しているのに、自由奔放な魅力も奇妙に同居している。

「特に魔法はかかっていない、見た目通りのボロ家だ」

感情を悟られたくないために、さりげなく首を動かしギディオンに声をかける。

自分の言葉は少し彼女の癇《かん》に障《さわ》ってしまったらしいが――決してエルギスに悪気はない。

ギディオンが確認を取る間に、エルギスはひそやかに彼女を観察する。

「本当にこんなところにグロリア嬢がいるのか？」

悟られないよう憎まれ口を叩きながら、脳内では一心不乱に彼女に注目していた。

まるで山間《やまあい》の川のように清らかでありながら、力強い流れも感じさせる女は、エルギスにとって周囲の空気を一変させる力を持っている。

つい「一般人」と言いかけて、これ以上嫌われるような発言は拙《まず》いと口を噤《つぐ》んだが、彼女は気を悪くしていないだろうか？

エドヴァルドとギディオンに無理やり連行されたせいでやる気など皆無だったから、思わぬ幸運に、自らが信奉する知神に感謝したくらいだ。

それだけではない。デイヴィス家の令嬢を匿《かくま》っているかもしれないと、中を検《あらた》めたいギディオンに対抗するベルベットの髪はほつれ、乱れている。服はよれよれで寝起きなのが一目瞭然《いちもくりょうぜん》だ。

彼女の背後に覗き見えるのは、嵐が過ぎ去った直後のような部屋。

服は無造作に積み重なり、もう何日も放置されていると思われる、埃《ほこり》を被った植木鉢。カーテンは片方だけが開いて、隙間から漏れる光が荒れた様子を余計に浮き彫りにしていた。

この有様、綺麗好きのギディオンならば耐えられなかったろうが、エルギスはむしろ喜んでると、この場の誰が気付いていただろう。彼と比較的長い付き合いのあるエドヴァルドでさえ、知らなかったに違いない。

エルギスは綺麗な女が好きだが、ただ顔が良い女が好きなのではない。

彼が求めるのは相手の人物像が垣間見えるような、人間味溢れる一面だ。己の美貌に酔っているのは論外で、だらしなかったり、掃除が苦手であったりと、駄目な部分が浮き彫りにされるほど彼の評価は高くなる。

つまりベルベットは――ド直球でエルギスの好みのタイプだ。

だが困ったことに、いまのエルギスは腐っても王子付きの魔道士。ましてエドヴァルドやシモンはベルベットに良い感情を抱いていないのも知っている。

下手に彼女に味方をして、立ち位置を悪くするなど本意ではない。

エルギスは自らに言いきかせる。

――いやいやちょっと待て。顔の良い貧民層の女が性格まで良いとは限らない。これまでの経験でわかっているはずだ。

悲しいかな自分が好みとする女は、相手を金づるとみなすパターンばかりだったと思い知らされている。

従って、エルギスは普段通り振る舞うことにして……。

最終的に、王子に媚《こ》びず、妹《グロリア》を想う眼差しを送っていたベルベットは、頭を抱えるレベルで彼の好みだったことを思い知らされた。


「この最低野郎！」

バチンと小気味よい音と共に、椅子ごとバランスを崩したエルギスは床に転がる。

起き上がるのも億劫《おっくう》で、ぼけっと天井を見上げていると、ドアがノックされてしばらくして、男がドアの隙間から顔を覗かせた。

「こええ顔をした女が歩いてるから何かと思ったら、お前様、またやったのかい」

「また、とは失敬な」

客人はフィリオンという中年の男で、宮廷魔道士の一人だ。無精髭《ぶしょうひげ》を生やした男は、呆れながらエルギスに手を貸した。

「エルギス、お前様はあのお嬢さんが誰か知っているかな」

「さてね。でも王城に出入りできるなら、良いところの出なのは間違いない」

「……お前様、よぉ。眼中になかったかもしれないが、ありゃあ私のところの新弟子だよ？」

「へぇ。弟子の教育もできてない自慢でもしにきたのか？」

「痛いことを言うねぇ」

エルギスは淡泊な反応だが、フィリオンは慣れた様子だ。

「あの子とはどのくらい付き合ったんだい」

起き上がり椅子を直す間に、エルギスは口をへの字に曲げて考える。

「いちいち日数なんて数えちゃいない。ときどき昼飯の後に足を運んできて……だけどフィリオン、付き合った、なんてのは酷い誤解だ」

「ほぉ、どういう誤解だい」

「その前に、そこにぶちまけられた薬草を弁償するって約束しろ。あんたのところの新入りっていうなら、なおさら責任を取れ」

「口頭じゃなく正しい額を載せた請求書で回しておくれ」

エルギスは座りながら赤くなった頬に右手を添える。どうやら叩かれた際に爪が引っかかって傷ができたらしいが、それも一瞬で治療された。

フィリオンが口笛を鳴らす。

「治癒は本職じゃないのに、相変わらず見事に治す。どうだい、せっかくの腕なんだから治癒士に転職しないか。あの業界は人手不足だから歓迎されるよ？」

「毎日あくせく働くような環境は好みじゃないんだ」

「私は大歓迎なんだがね。なにせお前様がいると、周りが無用の探りを入れてくるから」

「次の魔道士長の話か？　僕は興味ないから、なりたいなら勝手にやってくれ」

「言うのは簡単だよ、言うのは」

フィリオンの手にはいつの間にか煙管《キセル》が載っている。

男が顎を動かしたのを合図にエルギスが親指を鳴らすと、煙管に火が点いた。美味そうに煙を吸う男を、エルギスは忌々《いまいま》しげに睨み付ける。

「僕の仕事場で吸いやがって」

「その割にいつも火をくれるじゃないか」

「たかが火ひとつでネチネチ言われるのが嫌いなんだよ。あんたは細かな恨みを忘れない男だから」

エルギスは知っている。フィリオンは一見柔和な風貌の中年だが、その裏で人一倍の上昇志向を抱く野心家だ。弟子を持たないエルギスと違って門下生を増やし、勢力を拡大して次期魔道士長……即ち宮廷魔道士の頂点を狙っている。

そして厄介なことに、この男はエルギスを自らの陣営に引き込もうと熱心だ。権力争いに関わりたくないエルギスが何度言っても諦める気配がないから、もはや諦め半分で相手をするようになった。

青年は頬杖をつき、女が出ていった方向へ視線を送る。

「僕は押しかけてくる相手のご希望通り、話をしてただけだ」

「話し相手……にしては、怒り方が半端なかったけどね」

「断言するが、僕はその気があるような素振《そぶ》りなんか一つも取ってない。なんなら帰ってくれって何度も言ったぞ。そのたびに親が大物だと仄《ほの》めかしてくるんだから、迷惑もいいところだ」

「ありゃあ……それはちょっと、いただけないね」

「いつかお前の名前も勝手に使い出すかもな。注意しとけよ」

「ご忠告どうも」

面白がるようなフィリオンは、その一瞬だけは目が笑っておらず、ぷかりと丸い煙を吐き出す。

「まあ、でもあの子がお前様に熱を上げてたんなら納得だよ」

「納得すんな。こっちはいい迷惑だ」

「真面目な才女だったはずなのに、ここしばらくミスが増えて困ってるって相談が入ってた。ンで、調べてみればお前様のところに足繁く通ってるっていうからさ」

エルギスは嫌々答える。

「あんたの弟子だと知ってたら、話も聞かずに追い返してたよ。まったく無駄な時間だった」

後悔しているらしいエルギスに、フィリオンは揶揄い半分、興味半分で尋ねた。

「なぜ大人しく叩かれたんだい？」

「ああいうのは避けると後が面倒だ」

「無理にでも追い返せばよかったのに」

「帰れって言っても引かなかった女だ。下手に出て面倒なことになりたくない。……あとはそうだな、顔がよかった」

わかりやすい回答だが、これにフィリオンは目を丸め、エルギスは眉を顰《ひそ》める。

「何だよその顔は」

「いや、お前様の周りは女っ気がないから、てっきり興味がないのかとね」

「あんた、僕をなんだと思ってるんだ。仕事が恋人なんて枯れたこと言うのは、ギディオンくらいなもんだ」

「ああ、彼なら言いそうだ。なんなら公言してるかもしれない」

くつりと喉を鳴らしたフィリオンは晴れやかに笑う。

「まったく。お前様が私の弟子を籠絡《ろうらく》して、この足を掬《すく》おうとしているのかと思ったら、あの子の一方通行とは……」

「その無駄な想像力がアホらしいんだよ」

宮廷魔道士にとって自らの発言力を強めるための争いは、断じて「アホらしい」の一言で済ませられるものではない。だが、エルギスは本気で言っているのだとフィリオンは知っている。

エルギスは魔道士長を除くと誰よりも実力のある男だ。

本人は煙たがっているが、実は血筋も由緒正しく、少し魔法を齧った者なら目の色を変える出自だ。

加えて女からは「陰があって支えてあげたくなる」と評判の顔立ちだから、異性からアプローチを受けることも多い。

フィリオンは揶揄い気味に言った。

「どうだい、私ならいい子を紹介してやれるよ」

よからぬ雰囲気を感じ取ったエルギスは首を横に振る。

「やめとけやめとけ。僕を女で陥れるのは、あんたじゃ到底無理な話だから」

「ほーう。言っとくが、私の人脈はお前様の比じゃない。そんなコト言ってたら後悔するよ？」

「人脈がズバ抜けてるのは知ってる。でも、無理なものは無理さ」

自信満々に鼻を鳴らすエルギスは、この男では自分のタイプの女性を見つけられないと知っている。

なにせフィリオンは、生まれながらの高位貴族で、かつ根っからの魔道士。その人脈は良いところの貴族に届くから頼る人も多いが、だからこそエルギスが惹かれるような女性を見つけるのは難しい。

なにせ貴族の大半の女性が求めるような完璧な美しさは、いまいち彼の心を動かさないのだ。

それに、とエルギスは内心で呟く。

──もう眼鏡に適《かな》う女は見つけたんだよ。

いまは目下、どうやって相手と接触を図るか考えているところだ。

一応は穏便に帰そうと思っていた女を怒らせたのも、面倒になって雑に「あんたは好みじゃない」と言い放ってしまったせいである。

フィリオンは息抜きのつもりか、すっかり肩の力を抜いていた。

「お前様とこんな話をするのも珍しい気がするよ」

「僕はしたかないけどな。どんな発言をネチネチと覚えられてるか、わかったもんじゃない」

「そんなつれないことを言いなさんな。そうだ、ギディオン坊やの名前で思い出したけど、お前様は知ってるかい」

「うん？」

「彼のところに、女達を騒がせる麗人が入ったそうだよ」

普段なら聞き流す雑談を、どうしてこの時ばかりは興味を持ったのか。エルギスは全身の細胞が音を立てて沸騰する感覚に陥りながら聞き返す。

「噂になるってことはよほどだな。まさかと思うが、ギディオンが顔で選んだのか？」

「うちの若い子達も興味があるみたいだ。まあ、だーれも出自を知らないところを見ると、いいところの出ではなさそうだ。せいぜい遊び相手に声をかけられるくらいだろうけど、潰されなきゃいいね」

王城は話題に飢えている。

フィリオンにその気はないだろうが、言葉の裏に潜む悪意にエルギスは気付いている。そして、この王城で、たかだか一時の噂話のために消費される人々を見てきただけに、軽々しく人の人生を弄《もてあそ》ぶようなフィリオンの言葉には不快感を隠せない。

「おや、どこに行くんだい」

「あんたの相手をするのは疲れる」

どうせ相手をし続けても、実のない会話が続くばかりだ。

フィリオンに背を向けたエルギスは、置いてあった包みを取ると肩越しに振り返る。

「弟子の教育はちゃんとしとけよ」

「言われなくとも、さ。迷惑かけたね」

颯爽《さっそう》と歩き出すエルギスが握るのは、ギディオンに頼まれていた薬である。

件《くだん》の麗人を見に行くにはちょうどいいこじつけだ。

上機嫌で歩みを進める魔道士が、事が思い通りに進まないことを思い知るのは、わずか数分後の出来事だ。

あとがき

きっかけは単純でした。

『転生令嬢と数奇な人生を』より軽く読める話を作りたいなと思い立ったことです。

ついでに漫画みたいに絵映えしそうなものでも書いてみたい。

欲のままに善は急げと始めた連載。運が巡り担当さんのおかげで早川書房から書籍化と相成り、驚くことに新潮社からもお声がけいただいてコミカライズが決定しました。

こちらはよね先生がご担当されまして、本書の紙版は帯によね先生のキャラクターイラストと共にお知らせが載っていますのでご確認ください。

電子の場合は、早川書房の公式ｎｏｔｅ等から確認できます。

また公式ｎｏｔｅでは各キャラクターの詳細画も出ていますので、是非ご覧になってみてください。

さてお知らせも終わったところで本作のちょこっとした設定を。

このお話は乙女ゲーム、もっと言えば二次元といった概念を知らないベルベット視点で進められます。なぜグロリアを主人公にしなかったと問われたら、そこはもう趣味ですね。

もちろんすべてを知っている異世界人（中身）視点も好きですが、今回はそんな本来主人公的立ち位置である子を、何も知らない人が見たらどう感じるかを書いています。

この物語は軸となる世界設定があります。

それが書き下ろし短篇で出した「蒼と紅のエンフォーサーⅡ」というタイトル。

攻略キャラクターはメインを張る王道エドヴァルドを筆頭にした、ギディオン、エルギス、スティーグ、ヴィルヘルムといった攻略キャラクター。グロリアは知りませんがその後に発売されるDL《ダウンロード》C《コンテンツ》でセノフォンテといったキャラクターが解放されます。

基本は優しい世界です。

少なくとも表ルートは優しい世界なので、一抹の優しさを忘れないようにと念頭に置きながらキーボードを叩いています。

何故グロリアがストーリー上、各主人公共通で敵役《かたき》なのかも、もしこのゲームを作っていたらという制作者側視点で設定を作っていますので、タイトルが「Ⅱ」となってる理由と合わせ、今後開示できたらなと思っています。

グロリアに婚約破棄宣言を行った人物がどうなるかもこれからですね。

最後までお話を出させていただく予定ですので、よろしくお付き合いいただければ幸いです。

本作の発刊にあたっては綿密な確認を行いながら素敵なイラストを描いてくださったオロロさん。

多忙にもかかわらず帯イラストを作成してくださったよねさん。

デザインや校正と様々携わった早川書房の皆さま方など。

本作を手に取ってくださった皆さまへ感謝を込めて、次巻にてお会いできますようにと祈りを込めまして、一巻の挨拶とさせていただきます。

二〇二四年十二月

かみはら拝

"悪女"の妹が、前世なんて呪いを抱えてた

1

発売おめでとうございます！

かみはらさんの書かれるお話の
一読者・いちファンとして、
彼女たちの世界に彩を添える
お手伝いをさせて頂けることを
とても光栄に思っています。

今回キャラクターデザインも
させて頂きましたが、
読者の皆様のイメージに
合っていましたでしょうか？

まだ登場していないあの人や
あの人も、いずれお目にかけら
れると思いますので、是非是非
楽しみにお待ちください！

2024.12

本書は「小説家になろう」サイトで連載された小説を大幅に加筆修正し、書き下ろし短篇二篇を加えたものです。

〝悪女《あくじょ》〟の妹《いもうと》が、前世《ぜんせ》なんて呪《のろ》いを抱《かか》えてた1
——『死《し》』のシナリオから逃《のが》れるために

二〇二五年一月　二十日　印刷
二〇二五年一月二十五日　発行

著　者　かみはら
発行者　早　川　浩
発行所　株式会社　早川書房

郵便番号　一〇一 - 〇〇四六
東京都千代田区神田多町二ノ二
電話　〇三 - 三二五二 - 三一一一
振替　〇〇一六〇 - 三 - 四七七九九
https://www.hayakawa-online.co.jp

印刷・製本／中央精版印刷株式会社

ISBN978-4-15-210392-5 C0093

小さな恋の予感、ときどき死の予感。

婚約破棄の裏に隠された秘密が明らかに!

2025年7月 発売予定

〝悪女〟の妹が、前世なんて呪いを抱えてた②

かみはら

イラスト オロロ